सत्कथा कही नहीं जाती

सत्कथा कही नहीं जाती

मुकेश वर्मा

वाणी प्रकाशन

वाणी प्रकाशन

4695, 21-ए, दरियागंज, नयी दिल्ली 110 002

शाखा

अशोक राजपथ, पटना 800 004

फ़ोन : +91 11 23273167 फ़ैक्स : +91 11 23275710

www.vaniprakashan.in
vaniprakashan@gmail.com
sales@vaniprakashan.in

SATKATHA KAHI NAHIN JATI
by Mukesh Verma

ISBN : 978-93-5000-089-2
Collection of Stories

प्रथम संस्करण

मूल्य : ₹ 395

एस.के. ऑफ़सेट, दिल्ली-110 095 में मुद्रित

वाणी प्रकाशन का लोगो मक़बूल फ़िदा हुसेन की कूची से

अनुक्रम

दिलों की एक आवाज़ ऊपर उठती हुई...

तीन सौ सड़सठवीं मंज़िल से गिरते हुए जब वह अपने होश-हवास पर कुछ क़ाबू कर पाया तो उसने देखा कि वह नीचे गिरता ही जा रहा है। वह मदद के लिए उस बड़ी इमारत के सामने चिल्लाया लेकिन ऊपर के कई माले हमेशा की तरह सख़्त बन्द हैं। मकानों की दरारों में से रह-रहकर सिगरेट का धुआँ और शराब की गन्ध लापरवाही से निकल रही है।

अपने जिस्म को पत्थर की तरह ठीक सीधे और नीचे ही नीचे जाते देखते हुए उसके दिमाग़ में सिर्फ़ मदद...मदद की एक ही आवाज़ गूँज रही है। उसे तीन सौ पाँचवीं मंज़िल के टैरेस पर एक हैरदज़दा आदमी दिखाई पड़ा। उसने हाथ फैलाकर कहा—'मैं नीचे गिरता जा रहा हूँ, बताओ मैं क्या करूँ...मेरी मदद करो।' टैरेस पर सकपकाया खड़ा आदमी अकबका गया और लगभग हकलाते हुए चिल्लाया—'अरे रुको...क्या करते हो...मर जाओगे...मैं फिर कहता हूँ कि...वहीं रुक जाओ...'

गिरता हुआ वह झल्लाना नहीं भूला, 'मालूम है...मुझसे बेहतर कौन जान सकता है...स्साले...'

लेकिन तब तक वह दो सौ अठासी नं. के लैट के करीब पहुँच गया है। उसने फिर मदद की गुहार की।

दरवाज़े पर एक चुस्त-दुरुस्त बदगुमान शख़्स पतलून के जेबों में हाथ घुसेड़े उसे ताक रहा है। उसने तेज़ आवाज़ में पूछा 'क्या है रे, काय को चिल्लाता है? क्या नाम है तेरा? काय को पूँ-दा? भीख माँने का नवा तरीका निकाला है? दो लात देउँगा तो और फटाफट नीचे पहुँचेगा...'

उसने चाहा कि रुककर वह इस बदतमीज आदमी से निपट

ले लेकिन उसे अपनी हालत का ध्यान आया। उसने खुद ही कुछ करने में दिमाग लगाया।

जब वह लैट नं. दो सौ उनसठ के पास से निकला तो उसने बिना देखे कहा, 'भाई, मैं नीचे गिरता जा रहा हूँ...हालाँकि ज़मीन पर हरा लॉन है लेकिन फिर भी चोट तो लगेगी...अब मुझे जरा जल्दी से बताओ कि...गिरते वक़्त मेरा सही पोश्चर क्या रहे...कि पैरों को सीधा रखूँ...या सिर को हाथों से थामे रहूँ...ताकि चोट ख़तरनाक न बन सके...'

फ़्लैट की खिड़की से आसमान को घूरता एक मनहूस और बेरोज़गार नौजवान उसे देख बहुत दिनों बाद आश्चर्यचकित हुआ और हँसने लगा।

फिर यकायक चौंक कर बोला, 'भाई साब, आप कहाँ नौकरी करते थे... जगह बताओगे...? ...टेम्पैरेरी या कि परमानेंट...मुझे ज़्यादा फ़र्क़ नहीं पड़ेगा...'

दुनिया से एक बार फिर दुःखी होकर, अब उसने कभी कहीं पढ़े गये योग के बारे में सोचा। यदि वह श्वास को रोक लेने का अभ्यास करे या फेफड़ों में से हवा निकाल ले तो...क्या शरीर हलका होकर फूल की तरह आहिस्ते से ज़मीन पर रख जायेगा...क्या ऐसा हो सकता है? ...ऐसा न हो कि फूल जैसा हलका होकर वह इमारत के किसी ख़तरनाक कोने से ही टकरा कर छार-छार हो जायो... हाथ-पाँव टूटे तो भी चल जायेगा लेकिन...कहीं जान से हाथ धोना पड़ा तो...यह 'तो' इतना बड़ा बन कर उसके सामने आया कि इस बार वह फूट-फूट कर रोने लगा।

कुछ बच्चे, बचपन और जवानी की सरहद पर खड़े, फ़्लैट नं. दो सौ छब्बीस के तंग बरामदे में कौन सा खेल खेलें, इस बात को लेकर झगड़ रहे हैं। एक भर आवाज चीखा...

'...सुपरमैन...सुपरमैन...'

'...इसकी लाल चड्डी कहाँ है...?'

'...हवा में...कहाँ गया...?'

'...नीचे....भई नीचे...!' कोरस में आनन्द के स्वर गूँज उठे।

'...सुपरमैन...सुपरमैन...'

इस क्षण वह फ़्लैट नं. दो सौ तीन के सामने से गिरता हुआ

गिरता गया। दीवार पर लटके काँच में सूरत निहारता एक अधेड़ शेविंग कर रहा है। देखकर उसने दाढ़ी पर चिपका साबुन पोंछा और ज़ोर से हँसा और ज़ोर-ज़ोर से हाथ हिलाने लगा। गिरते आदमी ने फिर वही पूछना चाहा लेकिन वह हाथ ही हिलाता रहा।

यकायक उसने पूछा, 'कैसे गिरे...अचानक...खुली खिड़की से?...' और ज़ोर से खिड़की बन्द कर ली।

वह अभी भी हवा में है। बेचैन है। उसके शरीर का क्या पोश्चर होना चाहिए, वह समझ नहीं पा रहा है। उसने बड़ी आजिजी से उस फ़्लैट को देखा जिसके बाथरूम की बाहर वाली खिड़की चौपट खुली है।

'...बेशर्म...गुण्डे...बदमाश...'

टाबुल की ओर लपकती औरत मुँह खोल कर चीखी। खिड़की से नीचे देखती औरत का मुँह खुला का खुला रह गया।

उसके भाग्य का गुण्डा बदमाश फ़्लैट नं. एक सौ अठहत्तर के पास फड़फड़ा रहा है।

सामने ड्राइंग-रूम में तीन लोग बैठे और एक खड़ा व्हिस्की पी रहा है।

एक चिल्लाया—'देख, क्या सीन है...!'

सबकी आँखें उसी तरफ़ मुड़ गयीं।

'...क्या कहता है...आओ सट्टा लगायें...आसमान से उतरा फरिश्ता या अन्तरिक्ष से आया चोर...लगाते हैं...फरिश्ते पर एक के चार...चोर पर एक के आठ...माल निकाल...जल्दी बे...'

फ़्लैट नं. एक सौ उनचास के किचन में आटा गूँथती काली औरत ने कहा—'...एक वो है जो ऊपर से कूद पड़ा और...एक तुम हो निठल्ले...निकम्मे...काम के न काज के...दुश्मन अनाज के...मैं नौकरी न करूँ तो भूखे मर जाओ...उसे देखो...और कुछ शर्म करो...' उसने दरवाज़े से नीचे गिरते आदमी को एक बार देखा और चुप बैठा रहा। जब गिरते आदमी ने उसे देखा, तब भी वह उसी तरह चुप बैठा रहा। औरत के अधिक बड़बड़ाने पर वह चुप उठा। चप्पलें पैरों में फँसाकर बाहर निकल आया और आदतन सीढ़ियाँ उतरने लगा। नीचे उतरते हुए ऐसा लगा कि वह नीचे गिर रहा है। उसने जेब ढूँढ़ी लेकिन आखिरी बीड़ी वहाँ भी नहीं है।

उस वक़्त फ़्लैट नं. एक सौ अठारह के बाजू से वह गुज़र रहा

है जिसके टैरेस में दर्जनों कैक्टस के गमलों के बीच से पीले पत्तों वाली एक बेल दीवार दरके कोने से बार-बार बाहर उमड़ रही है। अस्त-व्यस्त मोटी औरत ने लगभग कान खींचते हुए लड़के को बुरी तरह से डपटा।

'...छोड़...छोड़...उसने देखा...दरवाज़ा भी ठीक से बन्द नहीं करता...हाय रे...वह नीचे गिरा जा रहा है...उसने देख लिया...ज़रूर देखा होगा...'

लड़के ने ढीठता से कहा, 'किसने देखा...?'

पसरी औरत बेदम हाँफ रही है।

'...उसने...और किसने...अरे वो मुआ...जो नीचे गिरा जा रहा है...'

लड़के ने हाथों में ताकत भरी और गिचगिचा कर बोला, 'कौन गिरा...आप तो मुझे देखो कि आपके लिए मैं कितना नीचे गिर सकता हूँ...'

कहते हुए मनीबैग से फूली और तीन जगह से उधड़ी चितकबरी पैंट पाँव से परे ठेल दी।

फ़्लैट नं. चौरानवे के बूढ़े ने उसे बहुत पहले से देख लिया। फ़र्क़ केवल इतना रहा कि वे उसे चिड़िया समझ कर खुशी-खुशी सोच रहे थे कि आकाश में अभी भी चिड़ियें हैं। लेकिन उनकी बत्तीसी निपक कर बाहर आने को हुंई जब उन्हें कुछ-कुछ आभासित हो सका कि इतनी बड़ी तो चिड़िया नहीं हो सकती। ऐनक लगाकर वे सप्रमाण जान पाये कि कमबख्त यह तो आदमी है, बेकार ही नीचे को भागा जा रहा है। रैलिंग से सटी कुर्सी पर फिर लेटते हुए वे बुदबुदाये, 'आह! जवानी की मौज भी क्या होती है...ज़मीन-आसमान सब एक हो जाता है...कहीं भी चले जाओ...ऊपर-नीचे, दायें-बांये, चारों दिशाएँ...सभी सनसनाती...तब कुछ भी गज़ब करने का मन होता था...अब न उम्र रही और....न कोई गज़ब हुआ...अब तो देखने से भी डर लगता है...।' उन्होंने टटोल कर गोली खाई और आसमान से मुँह फेरकर करवट बदल ली।

जिस दम वह फ़्लैट नं. बहत्तर के नजदीक पहुँच रहा है। उसके भीतर के हॉल में पहले से कुछ परेशान हाल लोग आपस में उलझ रहे हैं। उन्हें कुछ सूझ नहीं रहा है। तभी जिसने उसे देखा, उसके

साथ कई और लोग समवेत भी चिल्लाये।

'...वह...वह...देखो...देखा...कैसे...हाँ...गज़ब...एकदम...फाइन यार...'

उनमें से सिर खुजलाता आदमी जिसने सबसे बाद में देखा, मुँह फाड़ कर आया और सबसे आगे हो गया।

'...अरे...हाँ...'

उसकी 'हाँ' इतनी बड़ी और लम्बी हुई कि उसमें सबकी हाँ घुस गयी और दूर तक और देर तक फैली रही। '...आइडिया...हाँ... आइडिया...ऐइटाइ तो आमी खूंजछिलाम...आर ऐइटाइ पालामछिलम ना...आखिर आसमान से टोपका...छोप्पर फोड़ के...'

सब लोग उसके चारों ओर इकट्ठे हो गये।

'...दादा...की भालो...?...?...?...?'

'अपुन को एकटो नोइ आइडिया आयी...अपुन को बीमा के बारे में एड फिलिम कोरबो...तो...सुनो...आमार कम्पनी की महिमा...जार लाइफ का बीमा कराया, ओ आदमी... 300वीं मंजिल से नैचूँ को पूँ-दा... बूझले तो न...आमार कम्पनी सच ए फॉस्ट...के...श्शाला, जब वो 200वीं मंज़िल पे पौंचा तो कम्पनी ने क्लेम का चैक हाथ में पोकरा दिया...व्ही ऑर फास्ट, व्ही ऑर अहैड द शाला टाइम...है न,...आइडिया...एकदम नोइ...'

यह दुनिया का नियम है कि जो नीचे गिरता है, वह गिरता ही जाता है। प्रकृति भी इसमें आड़े नहीं आती बल्कि अपनी सारी गुरुत्वाकर्षण शक्ति के साथ जुट जाती है।

वह फ़्लैट नं. अट्ठाईस के सामने रुकना चाहता है। लेकिन बावजूद हरचंद कोशिशों के रुकना हो नहीं पा रहा है। उस फ़्लैट की तीसरी खिड़की से भी निकला एक कोमल कमज़ोर हाथ उसे रोकना चाह रहा है लेकिन रोक पाना नहीं हो पा रहा है।

यूँ तो बड़ा कहा जाता है कि प्यार में बड़ी ताकत होती है आज यह कहनात प्यार बेकार सिद्ध हुई कि गिरने से प्यार रोक सकता है अलबत्ता कारण ज़रूर बन सकता है। बात सिर्फ़ इतनी भर नहीं बल्कि आगे यह भी जताया जाता है कि दुनिया की कोई ताकत किसी को गिरने से रोक नहीं सकती। लेकिन केवल लेखक ही है जो यह कमाल दिखा सकता है, भले ही कागज़ के मैदान में और कलम के

माथे पर भल-भल स्याही बहाता हुआ...

...और ऐसा हुआ भी। लेकिन कुछ फ़र्क़ के साथ। हुआ यह कि फ़्लैट नं. तेईस से नीचे आते-आते वह सीधे हरे लॉन पर नहीं गिरा। पास के पेड़ पर आया। फिर उसकी डालियों से, टहनियों से, पत्तों में से सरसराता पके आम सा टपका। धम्म की इक आवाज़, वह भी हलकी सी। धूल झाड़ी। उठ कर चल दिया, इस बार भी बिना बताये कि अब कहाँ जा रहा है। आप कहेंगे कि ऐसे कैसे???? लेकिन आप भी तो दिल ही दिल में चाहते यही थे...तो अब क्यों कैसे कैसे की रट लगा रखी है?

अगर दिल की बात पूरी हो जाये तो भला आपको क्या और क्योंकर आपत्ति होनी चाहिए...!!!!

सत्कथा कही नहीं जाती...

यह सत्कथा है। बड़ी मुश्किल से मिलती है। जस्टिस काटजू के भारत के 90 प्रतिशत मूर्खों को समझाती है कि अगर इनसान में दूरदृष्टि हो, कड़ी मेहनत कराने का माद्दा हो, आत्मानुशासन हो, मार्ग और महाजन की स्पष्ट जानकारी हो। स्वजाति के प्रति लगाव और अपने संभाग की बोली के लिए प्रेम और क्षेत्र का स्थानीय गौरव हो। गुरु में भक्ति, अपमान सहने का सहज भाव, अद्‌भुत विनम्रता, घर में घुसने की कला हो। असीम धीरज, सरल मूढ़ता, अहंकारविहीन स्वभाव, अदम्य चापलूसी, विलक्षण चैतन्यता और ना जाने क्या-क्या चीजें हों तो वह नरोत्तम सोलह कलाओं और कलंक युक्त चन्द्रमा की नाईं घोर अमावस में भी चमकता है। हर व्यक्ति को किसी ना किसी विशेष गुण की सौगात के साथ प्रभु ने संसार में भेजा है, इसलिए नहीं कि दैनिक घरेलू दिक्कतों से परेशान, मासिक कष्टों से हलेकान और वार्षिक व्यथाओं से हैरान यहाँ-वहाँ मारा मारा चौतरफा फिरे, बल्कि इसलिए कि अपने भीतर झाँको, उस गुण विशेष को पहचानो और एक ज़िद, जोश और जुनून से, एकचित्त हो, दत्तचित्त हो, पट्टचित्त हो जुट जाओ, सफलता बाँदी की तरह तुम्हारे आगे पीछे घूमेगी।

ऐसा नहीं है कि मूर्खता का उम्र से कोई ताल्लुक नहीं है। देखा गया है कि दोनों समान्तर गति से बढ़ती रहती हैं, छायावादी काल में नदी के किनारों की नाईं और उत्तर-आधुनिकता काल में रेल की पटरियों की तरह। कभी कभी तो दोनों में अजब किस्म की होड़ होती है। लेकिन वही होता है जो मंजूरे खुदा हो चुका है। उम्र कभी मूर्खता को परास्त नहीं कर पायी। दरअसल यह एक विशेष गुण है जो जब हज़ारों साल नरगिस अपनी बेनूरी पर रोती है तब कहीं जाकर चमन में खिलता है। यह सरस्वती का धन है जो खर्चने से

घटता नहीं बल्कि इस्तेमाल से दिन दूना-रात चौगुना बढ़ता है। यह शैतान की वो छाया है जिस पर पड़ जाती है, उसका भगवान भी कुछ बिगाड़ नहीं पाते, इनसान की तो ख़ैर औकात क्या है।

प्रफुल्ल कुमार ऐसा ही मूर्ख था और आज भी है। आज के कथाकारों की इससे ज़्यादा दयनीय हालत क्या हो सकती है कि उन्हें धीरोदात्त नायकों को परे सरकाकर मूर्खों पर कहानी लिखना पड़ रही है। यह दुर्भाग्य तो अभी पीछा नहीं छोड़ेगा, नीचे रसातल तक ले जायेगा। लेकिन धरती पर जब तक प्रफुल्ल कुमार है, कथा जारी रहेगी।

प्रफुल्ल कुमार के बारे में जो कुछ भी जानकारी मिल पाती है, वह ज़्यादा तो नहीं लेकिन इस बात को पुख़्ता करने के लिए काफ़ी है कि मूर्खता आसमान से नहीं टपकती। वह बाकायदा इनसानी तौर तरीकों से जन्म लेती, बड़ी होती, दिनोंदिन बड़ी होती और प्रति दिन गुल खिलाती है। प्रफुल्ल के बारे में आम धारणाओं की कमी नहीं है, ठीक उसी तरह जिस प्रकार इस ज़माने में आबादी की कमी नहीं है। जितने मुँह, उनसे भी ज़्यादा बातें। कोई गिनती लगाये तो अनगिनत तक पहुँचे। लेकिन एक बात विचित्र मिली कि लोग उसे मूर्ख नहीं मानते। यह तो प्रफुल्ल कुमार ही है जो खुद को ऐसा समझता है। समझ का यह मोती उसे बरसों के आत्मान्वेषण से हासिल हो सका। बहुत गहरे स्तर पर मन और आत्मा की दनादन उठा-पटक और आना-कानी के बाद वह इस मुकाम पर टिक पाया कि वह ना तो ज्ञानवान है, ना पहलवान, ना धनवान, ना रूपवान और ना ही कलावान। इतना सारा कचरा और अधकचरापन उसके भीतर-बाहर है कि अब जो कुछ भी दुनिया में करना है तो इसी पूँजी के बल पर करना है। बस एक ज़िद, जोश और जुनून की ज़रूरत है। इनके साथ ही अगर बेपनाह समय है। धड़कता दिल है। चढ़ती उमर है। उछलते अरमान हैं। प्रजातंत्र है तो उन्हें किसी खूँटे पर टाँगकर चैन से सोया भी तो नहीं जा सकता। जो जागत है सो पावत है।

जवान रह चुके लोग अच्छे से जानते हैं कि जवानी में जब भूकम्प आता है तो देह के साथ जीवन की धुरी भी हिल जाती है। नौजवान बावला हो जाता है। समझ में नहीं आता है कि क्या करूँ, क्या ना करूँ? और जो कहा गया कि ना करूँ, तो वह क्यों ना करूँ! महात्मा

बुद्ध का उपदेश कि 'अपने आपको पहचानो' का प्रफुल्ल कुमार पर गहरा असर पड़ा। उन्हीं दिनों मैटिनी शो में देखी दैनिक फ़िल्मों में बार-बार बोले गये इस ज़ोरदार डायलॉग से भी उनके दिल और दिमाग़ एक साथ प्रभावित हुए कि जब कभी दिल और दिमाग़ अलग-अलग बोलें तो दिल की सुनो। प्रफुल्ल के भीतर से हमेशा एक ही आवाज़ निकलती थी और वह कभी समझ नहीं पाया कि दिल बोला या दिमाग़, सो इस भँवर के हज़ार हिचकोले खाने के बाद ग़रीब इस किनारे लगा कि बात तो यह है कि अपना मन ना तो पढ़ाई-लिखाई में लगे, ना कसरत में, ना किसी धन्धा-व्यवसाय में और ना किसी हुनर में, तो क्या किया जा सकता है। जबकि बिना किये रहा नहीं जाता और कुछ करने के लिए तन-मन बिन पानी मछली सा तड़फता है। दिन-रात एक आग जलती है और पतीली है कि गर्म तक नहीं होती। इसी आग के बारे में महापुरुषों ने कहा कि एक आग दिल में होनी चाहिए। वेद काल से अग्नि की पूजा इसीलिए की जाती रही क्योंकि यह आग ही है जो फटाफट लग जाती है और इस खेल में उसे अच्छे पार्टनर के तौर पर हमेशा मूर्खता सहज सुलभ हो जाती है। वह आग पर धुएँ की तरह मँडराती है। प्रफुल्ल की किस्मत में आग कम धुआँ ज़्यादा था जिसमें उसके मन-प्राण-आत्मा और प्रफुल्ल कुमार चारों चार प्रकार से घुटते रहे। इस दम घोंटते दैवी क्षण में जब महापुरुषों को बड़े बड़े इल्हाम हुए हैं तो परम्परानुसार प्रफुल्ल कुमार को भी छोटा-मोटा कुछ सूझ ही गया। भाग्य के जर्जर कपाट खोलकर उसने निर्णय ले लिया कि अन्ततोगत्वा उसे कविता लिखनी चाहिए। यह कविता की भी नियति है कि वह हर नाकारे बेरोज़गार के काँधे पर बैताल की तरह लपककर चढ़ बैठती है। यह कविता का सौभाग्य भी रहा वरना वह भी अब तक होशियारों के घोंसलों में बेकार के अंडे दे रही थी जिससे साहित्य का कुछ भी भला नहीं हो पा रहा था। केवल कवि और काग़ज़ एक-दूसरे का मुँह काला कर रहे थे। जिसे कहते हैं उजास, वह कहीं नहीं था।

यह उजास प्रफुल्ल ने खोजा, पाया और वह उठ खड़ा हुआ जिस प्रकार कभी सिकन्दर विश्वविजय के लिए उठ खड़ा हुआ था। लेकिन मामला कविता का था। केवल खड़े होने से कविता खड़ी नहीं होती, उसे शब्दों में, छन्दों में, लय में बैठाना पड़ता है। इतिहास गवाह है

कि इस अभ्यास में अच्छे-अच्छे कवि बैठ गये। लेकिन प्रफुल्ल कुमार मामूली चीज़ नहीं थे। वे इतिहास से ऊपर थे। मूर्खता में बुनियादी तौर पर एक ठस्स ज़िद, ठकाठक जोश और ठोस जुनून होता है, इसलिए उनमें एक बात कूट-कूट कर लबालब भर गयी कि वे जब भी खड़े होते हैं, आत्महीनता की छाती पर लात धरकर खड़े होते हैं। अपने पर लगातार गर्व और गौरव करने की आदत ने इस बार फिर उसे आगे धकेल दिया और वे एकजुट होकर कविता बनाने में जुट गये।

अगर कोई कविता लिखता है तो दूसरे उसका कुछ नहीं बिगाड़ सकते। संविधान ने चाहे कुछ भी होने दिया हो लेकिन यह तो निश्चय रुप से नहीं होने दिया कि इस विशेषाधिकार का कोई हनन कर सके। इस यज्ञ में देवता-असुर कोई भी विघ्न नहीं डालते। यह आत्मा की तरह अजर-अमर और रबर की तरह अनश्वर है। सवाल सिर्फ़ पूरी ताकत और निष्ठा के साथ कर्म को करते जाना है जब तक कर्म समूल नष्ट ना हो जाये, कलम ना टूट जाये या कलमकार ही खेत ना हो जाये। प्रफुल्ल कुमार के मामले में तीनों चीज़ें सम्पन्न नहीं हो सकीं और आखिरकार मीलों लम्बी कविताएँ लिखी गयीं। टनों काग़ज़ के बोझ से पृथ्वी दिन में तीन बार डगमगाई। लेकिन साधना जारी रही। एक दिन उस मलबे में से जैस-तैसे उबरकर प्रफुल्ल कुमार सुस्ताने उठे तो मौक़ा देखकर आत्मा ने चीख-पुकार मचाई कि अब इन्हें प्रकाशित भी करवा ताकि स्याह अँधेरे में भटकती इनसानियत को रौशनी मिल सके और तू भी कमबख्त खुद को और मुझे चैन से जीने दे। यह कंजूस का धन नहीं है। कुमारिका का यौवन नहीं है। विधवा का मन नहीं है। इसे कब तक बाँधकर रखा जा सकता है। यह तो अंजुरी का जल है, गोपाल को बुलवाकर फौरन पिलाना चाहिए। इसकी एक्सपायरी डेट ज़्यादा नहीं होती।

लेकिन संसार में जितना कमीनापन है उतनी कविताएँ नहीं हैं। प्रफुल्ल कविताएँ लिखता रहा, लिखता रहा। काग़ज़ ख़त्म हो गया, स्याही भी, यहाँ तक कि कविताएँ भी। छपी एक नहीं। छपी भी तो 'दैनिक पोल खोल' में जो दो-तीन महीनों में एक बार निकलता है जब सम्पादक को गाँजा के स्टॉक में धूल दिखने लगती है और वह शहर के भ्रष्ट अधिकारियों की माँ बहन एक करने गाजे-बाजे के साथ निकल पड़ता है, या फिर वार्षिक पत्रिका 'जय जवान जय किसान'

के चौबीस पेजी दीपावली अंक में जिसमें हर चार पेज विज्ञापनों की अजस्र धार के बाद एक रचनानुमा रोड़ा अड़ा दिया जाता है। इन महान पत्र-पत्रिकाओं के बारे में सगर्व कहा जाता है कि इन्हें प्रूफ़ रीडर के अलावा इनके सम्पादक और प्रकाशक भी नहीं पढ़ते। बाकी किसी सम्पादक ने रचना की अस्वीकृति तो दूर सान्त्वना के दो शब्द भी नहीं भेजे। एक-दो जगह से कविताएँ वापस भी आयीं तो उनकी आलपिन निकाल ली गयी थी। यह हिन्दी का वह ठीकरा है जिसे प्रति वर्ष 14 सितम्बर को माता की मूँड़ पर फोड़ा जाता है। लेकिन प्रफुल्ल कुमार इस तरह हार मान कर बैठने वाला वीर पुरुष नहीं था। उसने पहली कसम खायी और फलस्वरूप कमर कसी। मूर्खता सब कुछ बरदाश्त कर लेती है, अपनी उपेक्षा नहीं। जैसे कंचन अग्नि में खरा हो जाता है, वैसे ही अपमान की आग में धधक कर कवि और निखर उठा। लतियाये जाने पर मूर्खता ऐसे गज़ब के जबर्दस्त करतब दिखाती है जैसा कि राजनीति में हमेशा देखा गया, साहित्य में इन दिनों देखा जा रहा है और इस कहानी के बाद में देखा जायेगा।

कमर कसने के बाद उसने दूसरी कसम खाकर ठान लिया कि जिस घोड़ी ने उसे लतियाया, वह उस पर ही सवारी कर के मानेगा। इतिहास ने भी कचहरी के सच्चे गवाह की तरह तस्दीक किया कि गुज़रे ज़मानों से आज के गये-गुज़रे ज़माने तक घोड़ियों ने इसलिए इज़्ज़त गँवाई क्योंकि अन्त में कोई ना कोई उन पर सवारी गाँठ कर चलता बना। प्रफुल्ल को यह बात जमी क्योंकि इसमें बाहर अकविता और भीतर कविता थी। बहुत खोजबीन और अनुसन्धान के बाद प्रफुल्ल के हिस्से में जो घोड़ी आयी, वह समकालीन लिख्खाड़ आलोचक की महिमामय पीठ थी।

उनका नाम कोमल कान्त पदाक्रान्त था। उनका नाम सुनकर सहज अनुमान लगा लिया जाता था कि वे एक साथ कई लोग हैं जबकि क़द काठी के लिहाज से वे कुल मिलाकर बमुश्किल एक इकाई बन पाते थे। लोगों ने उनके बहुवचनी नाम के अनेकानेक अर्थ लगाये, अनर्थ निचोड़े, शिकंजी बनाई और आज तक पी रहे हैं। हक़ीक़त यह थी कि कोमल उनकी माँ का दिया नाम था। कान्त उन्हें उनकी भूतपूर्व प्रेमिका कहती थी और बचपन के संगी-साथियों की आत्मीय सोहबत ने उन्हें पदाक्रान्त नाम दे दिया था। बचपन

की इतनी सारी नियामतें और गनीमतें लेकर कान्त जी ने जवानी में क़दम रखा और इसी बोझ के साथ सादर बुढ़ापे तक पहुँचे। वे ऐसे गोरे रंग के थे जो अब चेहरे पर पीला पड़ने लगा था लेकिन पेट पीठ पर अब भी ज़्यादा बचा था जिसकी गोपनीय जानकारी कुछ ही लोगों को थी। कान्त की कमनीय कंचन देह को लेकर एक क्षण क्या अनेक क्षण सुविज्ञ दर्शकों के गिरोहों के मध्य लिंगभेद के झंझावात उठे और उठे ही रहे। दुबले-पतले छरहरा बदन और नैना बने विशाल जिन पर लगा गोल-गोल चश्मा हर हालत में छोटा लगता था, इसलिए वे चश्मे के दायें-बायें, ऊपर-नीचे के अलावा भी बाकी दुनिया को बारीकी और चतुराई से देख लेते थे। वे धीरे-धीरे बोलते लेकिन विद्वत्ता से बोलते। उसके अलावा कुछ नहीं बोलते क्योंकि और कुछ उनके पास था ही नहीं। वे जल्दी-जल्दी ग़ुस्सा हो जाते। चेहरा तमतमा जाता और पसीने की बूँदों से चेहरा नये अख़बार में पुरानी कविता सा छप जाता। वे ऐसी धोती बाँधते थे जैसी धोती प्रफुल्ल कुमार के पिता नहीं बाँधते थे। इसी बात से प्रफुल्ल बेहद प्रभावित हुआ, क्योंकि उसे अपने पिता उसी तरह पसन्द नहीं थे जिस प्रकार उनकी धोती। उनके खानदान में ऐसे ही कारणों से हर पिता बेटे को नापसन्द करते पाये गये थे। बिल्लियों की इस लड़ाई में कान्त जी की लॉटरी निकल आयी जिसका उन्हें पता नहीं था क्योंकि वे उस समय अपने मनहूस एकान्त में किसी दिवंगत आलोचक की पुरानी जीवनी में नये धातु रस ढूँढ़ रहे थे जिन्हें खोजते-खोजते वह ग़रीब चल बसा था और शव साधना के लिए कान्त जी को छोड़ गया था।

फिर प्रफुल्ल कुमार ने तीसरी कसम खायी और सीधे धड़ाधड़ कान्त जी के अध्ययन कक्ष में घुस पड़े जहाँ नवयौवनाओं और प्रौढ़ाओं की विभिन्न प्रजातियों तथा चन्द मौक़ों पर कुछेक लौंडे-लपाड़ियों के अलावा अन्य किसी आदमजाद का प्रवेश सदा सर्वदा निषेध था। कार्तिक मास के शुक्ल पक्ष की एक रसवन्ती दोपहर होती सुबह में औचक एक काले कलूटे मुच्छड़ का निजी कक्ष में धुर-प्रवेश से रचना रत कान्त जी अचकचा गये। तदोपरान्त नाराज़ हुए। आगे चलकर आगबबूला। लेकिन मूर्खता के ठंडे पानी का कौन आग आज तक क्या बिगाड़ पायी है। जैसे ही भक्त प्रफुल्ल कुमार ने उनके चरण गहे और कसकर कलेजे से चपेटे कि ज्ञानी गुरु समझ गये कि यह

साँड़नुमा प्राणी शरीर के विभिन्न अंगों के साथ इस प्रकार के अभिनव प्रयोग कर सकता है। सो वे स्तम्भित देखते रहे। जब उसने अटपटी श्रद्धा की लटपटी बानी में कहा कि आप आज हिन्दी के महान आलोचक हैं तो भाषा के भार से वे लगभग चार अक्षांश नीचे झुके। फिर जब कहा कि आप जैसा कोई दूसरा नहीं है और ना होगा, तब भी वे विद्वानों की भाँति चुप रहे। और जब जाति बताई तो कान्त जी सँभल कर बैठ गये। जब बोली सुनाई तो वे थोड़े और गुलगुले हुए। और जब दूर का रिश्ता पास से बताया, तो उमगकर उन्होंने प्रफुल्ल कुमार को गले लगा लिया जिसके अनहाये बदन के पसीने की बू से उनके गुलाबी होंठ चिरपिरा गये मगर मन मीठा हो गया।

स्वगत बोले कि अपना है, अपने तरफ़ का है, अपना बन जाये तो अपनी बाकी किस्मत बन जाये। उन्हें याद आया कि इसी तरह तो पूज्य गुरु जी की उन पर दृष्टि पड़ी थी और वे बैंसवाड़ा के भैंसा गाँव से वाराणसी विश्वविद्यालय में प्राध्यापक नियुक्त कर दिये गये थे। उस वक़्त वे क्या थे, एक दुबले-पतले नाजुक बदन, नियमित छींकते पादते जीवन गँवाते, पिछली बेंच पर बैठे एक मूर्ख अपढ़ विद्यार्थी जो गाँव से शहर के कॉलेज में मास्टर बनने की हार्दिक महत्वाकांक्षा लेकर जैसे-तैसे आया था क्योंकि गाँव में अब खानदानी पंडिताई से पेट पालना कुल पांड़े परिवार के लिए कठिन हो चला था। मार कूट कर बी.ए. में पहुँचने के ऐन पहले और इस निर्णय के दौरान कि निरन्तर भूख से धीरे-धीरे मरें या एक दिन उधार लेकर भरपेट भोजन कर आत्महत्या करें, वे वाराणसी से साहित्यिक समारोह में पधारे पूज्य गुरु जी की नज़रों के लेखे-जोखे में आ गये और गुरु जी का छप्पर उन पर भरभराकर गिरा जिसके मलबे में उन्हें वाराणसी में छात्रवृत्ति, तदनन्तर नौकरी और तदोपरान्त उनकी आठवीं कन्या जीवन साथी के रूप में मिल गयी जिसे उन्होंने अहो भाग्य की तरह सराहा और अहो ढोल की तरह जीवन भर बजाया। फलस्वरूप ईश्वर ने भी कसर नहीं छोड़ी और शृंखलाबद्ध पाँच पुत्रियों से ग़रीब का घर भर दिया जिनमें से चार कन्याओं का विवाह कान्त जी इसी गोरिल्ला पद्धति से वर लूटकर सम्पन्न कर चुके थे। सिर्फ़ अन्तिम कन्या जिसका नाम ही अन्तिमा रखा गया था, आँखों का तारा बनते-बनते आँख की किरकिरी बन गयी। मामूली सा दृष्टि-दोष था। वह जिधर

देखती थी, एक आँख तो उधर को ही देखती थी लेकिन ना जाने क्यों दूसरी आँख उधर नहीं देखती थी। पहले तो उन्होंने इसे बचपन के चंचल नयनों का सौन्दर्य समझा लेकिन जल्द ही समझ गये कि यह तो उसकी युवावस्था और उनके बुढ़ापे की झंझट बनने वाली है जो बरास्ते पत्नी और बजरिये उनके, इस मर्त्यलोक में अपने नाना का स्वरूप रखकर आयी थी। इलाज कराया और सब कुछ लाइलाज रहा। हार-थक कर पूज्य गुरु जी का ध्यान किया जो ईशकृपा से एक समय में एक नज़र से चारों तरफ़ देख लेते थे और इसीलिए साहित्य में सम्यक् दृष्टि के चतुर्दिक दूरदर्शी आलोचक माने जाते थे। ध्यान शुरू हुआ तो किरपा भी आने लगी, और तो और कानों में उनके कूट वचन बजते-बजाते चले गये, जैसा कि हिन्दी फ़िल्म में उर्दू शायर ने कहा है कि उनके ख़याल आये तो आते चले गये। इस आवागमन में यह सार-संक्षेप हाथ आया कि "महाजनो येन गतः सा पन्थाः"। संकटमोचक गुरुवर ने ढाढस जहाँ भी होती हो, वहाँ बँधाई और केवल उनके कानों में फुसफुसाकर आकाशवाणी हुई कि इस नम्बर पर सट्टा खेलना खाली झोली भरना है। पहली बार प्रफुल्ल कुमार के मूर्ख होने पर मन में भारी आनन्द का अनुभव हुआ जिसके भार से वे बिस्तर पर निश्चिन्त पट लेट गये।

अगली सुबह उन्होंने तड़के विशुद्ध ठंडे पानी से मन्द-मन्द मुस्कुराकर हर हर गंगे स्नान किया। लगा कि पीले बादलों में से सूर्य नहीं वे खुद निकलकर बाहर आ रहे हैं। सूर्य नमस्कार किया। दैनिक अग्निहोत्र किया। सारे देवी-देवताओं की क्रमानुसार पूजा की। एक को ना छोड़ा। फिर चार बादाम, चार काजू और लोटे भर दूध के साथ मूँग के हलवे का नाश्ता कर धवल कमल मुख लाड़ से पोंछा। हलकी मूँछों को हलके से सहलाया। उत्तरीय को उत्तर से दक्षिण सँवारा। ठीक साढ़े छह बजे आसन पर बैठ गये और माँ सरस्वती को नमन किया, जैसे व्यापारी दुकान खोलते समय लक्ष्मी मैया को प्रणाम करते हैं। अपने प्रिय प्रियम्वद और प्रखर शब्दों को छाँटा जैसे दुकानदार आत्मीय बाँटों को तराजू के करीब सजाते हैं। फिर चहुँओर फैली प्रफुल्ल कुमार की अनन्त और अनगिनत कविताओं को बटोर कर पढ़ना शुरू किया। शीघ्र ही माथा ठोकने लगे। बार-बार ग़ुस्से पर क़ाबू किया। कई बार हँसी की बौछार से मस्तिष्क झन्ना गया।

अर्थ की तलाश में पसीने छूट गये, हासिल कुछ ना हुआ। दोपहर सिर चढ़ने को आयी मगर दर्द सिर चढ़ने लगा। लेकिन हिम्मत नहीं हारी। हौसला नहीं त्यागा। कानों के पास बजती शहनाइयों के मधुर निनाद में बिदा होती बिटिया की एक सजल आँख और एक प्रसन्न चेहरा अनेक बार झलका और इस अनुष्ठान में कुकवि के कटु पद अंजुली से ढारते रहे। किसी तरह आसन पर जमे रहे। अन्ततः इस निष्कर्ष पर पहुँचे कि मूर्खता की अन्तिम परीक्षा पास कर अब पीएच.डी. की हार्दिक अभिलाषा लेकर प्रफुल्ल कुमार उनके दरवाज़े पर वामन अवतार की तरह ठाड़े हैं, जिन्हें अपनी छाती पर झेलने के अलावा और कोई रास्ता नहीं बचा है। 'शरणागत को शरण दिये बिना मेरी शरण कहाँ' टाइप के भजन को दोहराते, रोते गाते स्वयं दोहरे हो गये। जब सिज़दे में गिरे तब परम प्रभु परमात्मा ने उन्हें उठाया। तब ज्ञान-चक्षु खुले। तब दिव्य दृष्टि मिली। तब खुराफात की ब्राह्मी लिपि पढ़ी। तब नये वाद-विवाद को मंगलमय गर्भ धारण कराया। तब अतीत के छायावाद को दूर टरकाया। वर्तमान के यथार्थवाद को गले लगाया और प्रगतिवाद का झंडा लेकर महा आलोचक भविष्य में आगे बढ़ चला जहाँ बिटिया के शुभ विवाह का पंडाल लगने वाला था।

कान्त जी ने ना केवल घर का आसन बदलकर अपितु साहित्य में भी अपना बरसों पुराना पद्मासन बदलकर, नये सिरे से उन पुरानी कविताओं का अध्ययन प्रारम्भ किया। पहले चरण में भ्रष्ट व्याकरण की भूलें सुधारीं। अधिकतर शब्दों की वर्तनी ठीक की। दूसरे चरण में अनर्थ में से अर्थ ढूँढ़े। व्यर्थ को अन्यार्थ दिये। शैली को मोड़ दिया। भावों को जोड़ दिया। अपना सिर फोड़ लिया पर डटे रहे साधना के सतत सन्मार्ग पर कि आखिर उन्हें परम अभिव्यक्ति का वह स्वर्णाक्षर मिल ही गया जो उनके सामने प्रगट होकर विकट हो गया।

कान्त जी ने उन कविताओं की कंटकाकीर्ण कँटीली झाड़ियों के झुरमुटों में से उस पगडंडी को खोज निकाल ही लिया जो नव साहित्य में नव पर नव पथ देने वाली कहलाई। इस उद्यम में पंडित जी ने एड़ी-चोटी का ज़ोर लगा दिया। काव्य के नव रसों का घोंटा लगाया। शास्त्रों का छौंक और परम्पराओं का बघार लगाया। पूर्व की सूक्तियों और पश्चिम की उक्तियों को लेकर एक ऐसा घालमेल तैयार किया कि साहित्य में एक नया वाद सरपट चाल-कुचाल भरने लगा। इसे

उत्फुल्लतावाद का नाम दिया गया। उन्होंने अपनी लम्बी गवेषणात्मक समीक्षाओं और चौड़ी आलोचनात्मक टिप्पणियों से हिन्दी साहित्य की कटोरी में बला का तूफ़ान उठा दिया कि भले साहित्यकारों का जीना दूभर हो गया और घटिया साहित्यजीवी उत्फुल्लतावाद के नये झंडे तले चीखने-चिल्लाने लगे। इस रौरव कोलाहल ने प्रफुल्ल कुमार को विवादास्पद, इस प्रकार चर्चित कवि बना दिया। फिर विभिन्न प्रकार की रणनीतियों को धर्मक्षेत्रे कुरुक्षेत्रे में उतारा गया। देश और आसपास के छोटे मोटे विदेशों के कोने-अँतरों में सभा-संगोष्ठियों में परचे पढ़े-पढ़ाये गये। हर पत्र-पत्रिका में प्रफुल्ल जी की कवितायें और उन पर विशेष विमर्श, साक्षात्कार, साथ में तस्वीरें, कभी पढ़ते हुए, कभी व्याख्यान देते हुए, कभी कसरत करते हुए और कभी बागीचे में फूल सूँघते हुए। मीडिया ने उन्हें आठवाँ आश्चर्य बताया। देश भी अचरज में पड़ गया। घबराकर सरकार ने भी उन्हें महाकवि से अलंकृत कर दिया और फिर निश्चिन्त होकर अपने राजनीतिक लफड़ों में व्यस्त हो गयी। फिर तो पुरस्कारों-सम्मानों की भावभीनी मोटी-मोटी वर्षा होने लगी। गले-गले तक डूबे प्रफुल्ल कुमार गली-गली में मशहूर हो गये।

जब यह गर्व भरा मदमाता दीपक पंक्ति को सौंपा जाकर पंक्ति से भी आगे निकल रहा था, तभी भयानक भँवर सामने आन खड़ी हुई। कान्त जी के एक-दो शोध छात्र जो मूल काम के अलावा अन्य मौलिक काम निहायत दिलचस्पी से करते थे, भारी मेहनत और मशक्कत से खोज कर खुफिया ख़बर लाये कि प्रफुल्ल कुमार पहले से शादी-शुदा है। दूर ज़िले की एक दूरान्त तहसील मुहावा के खिरचोला हलके के पास बहती लिधोरा नदी के तट के बस दो किलोमीटर आगे, बायें तरफ़ एक छोटे से गाँव फरफूँदा में पश्चिम में स्थित मुहाली टोले में उसके विधुर पिता के साथ उसकी पत्नी रहती है जिसके एक बच्चा बाहर और एक भीतर खेल रहा है। बाप ग़रीब-गुरबा काश्तकार है। गाँजा पिये मस्त पड़ा रहता है। और यह स्साला, पंडिज्जी की कृपा से विश्वविद्यालय में सहायक प्राध्यापक की अस्थायी नौकरी सही, लेकिन चाँदी काट रहा है और अभी पूज्य श्वसुर के सत्प्रयासों से बैंकाक में आयोजित विश्व हिन्दी कविता सम्मेलन के उद्घाटन समारोह में भागीदारी के अलावा संलग्न कार्यक्रम के अनुसार बिटिया जी के साथ

पटाया में हनीमून में भी हिस्सेदारी कर रहा है।

इस ख़बर ने कान्त जी के होश उड़ा दिये। इस मुसीबत में उन्होंने अपने पूज्य गुरु जी का ध्यान किया लेकिन फिलवक्त वे स्वर्ग की किसी रमणीय लीलास्थली में किसी लीलावती के साथ अपने पुण्यों का भुगतान भरपेट वसूल रहे थे। सो वे एक समझदार चुप लगा कर पूर्ववत् मोर्चे पर जुटे रहे। वैसे वे होते भी तो क्या कर लेते! अब समय जटिल हो गया है जिससे निपटने के लिए पुरानी टाइप की करतूतों की कलई खुल जाने से वे अनुपयोगी हो चुकी थीं और अब नये पैंतरों की आवश्यकता प्रतीत हो रही थी। इस कठिन समय में लोगों ने संघर्ष का रास्ता त्याग कर समझौतों की राह पकड़ ली है, फलस्वरूप काल के वशीभूत होकर कान्त जी खुद मामला सुल्टाने के विलक्षण उपाय सोचने लगे।

वे गाँव गये। पिता से मिले। इतने बड़े आदमी को अपने घर के दुआरे पर पाकर पिता जितने खुश, उससे ज़्यादा विनीत हुए। मामला सुन-समझकर और ज़्यादा खुश और कम विनीत हुए। वे पुराने चरित्रहीन थे सो उन्हें किसी नैतिक संकट ने नहीं घेरा, बल्कि एक बड़ी नैतिक ज़िम्मेदारी के आनन्द से हाड़ हाड़ लुपलुपाने लगा। आर्थिक संकट की भयावहता का निपटारा तो उन्होंने एक मोटी रकम लेकर भरे गले से कर लिया। बेटे को उसी अनुपात में मोटी-मोटी गालियाँ देकर ना केवल उसे घर से निकाल बाहर किया बल्कि भविष्य के विघ्नों को भी समूल नष्ट करने का वार्षिक वायदा मासिक किश्तों के आश्वासन पर किया। घर में बैठी बहु की तकदीर का मातम मनाते रहे और हर बार कान्त जी की बंडी में अटके बचे-खुचे रुपये अपने खीसे में डालते रहे। उन सबके जाने के बाद पंडिज्जी के एक चेले से उपलब्ध असली नेपाली गाँजे की एक लपटदार खेंच के लपेटे से भाव जगत में झूमते पूज्य पिता को अपने बेटे की याद आयी और उसके विवाह का वह दिन भी, जब छोटा बच्चा होने से वह घोड़ी पर चढ़ नहीं सका था। परिवार की मान मर्यादा और समाज की परम्पराओं के पालन में तथा मित्रों के आग्रह पर उन्हें बेटे की तरफ़ से घोड़ी पर चढ़ना पड़ा था। वह पुरानी कसक आज फिर घुटने के दर्द सी उभर आयी तो पुरानी छाती में नयी धड़-धड़ होने लगी। वे आज तक उस घड़ी और घोड़ी का इन्तज़ार कर रहे थे। वे जिस चक्कर

में अपने ही घर के चक्कर लगाते रहे, आज अचानक औचक घर बैठे भाग्य चाकर हो गया। घर बैठे माया मिली तो काया मिलने में क्या बाधा है! अब तो घर की इज़्ज़त को घर में ही ठिकाने लगाने की ज़िम्मेदारी कन्धों पर आन पड़ी। बाकी गाँजा सँभालकर मनमुदित पिता ओसारे में तैयारी से बैठ गये। रात होने वाली थी। और उसके बाद हर रात अपनी होने वाली थी।

इधर झींकते-झाँकते कान्त जी घर लौटे और बरामदे में दुशाला ओढ़े अधलेटे प्रफुल्ल कुमार को पाकर आपे से बाहर हो गये। क्रोध में कोमल स्वर लगाकर शिष्ट भाषा में, औकात से ज़्यादा, वे जितना गरिया सकते थे, प्रफुल्ल कुमार को गरियाते रहे। तमाम लानत-मलामत हुई। सिर झुका कर विनीत भाव से प्रफुल्ल कुमार सुनते रहे जैसे धनुष तोड़ने के बाद एकतरफा परशुराम संवाद सुन रहे हों और देखते रहे गौर से कि गुस्से में पंडिज्जी से ज़्यादा उनकी मूँछ बिल्ली की पूँछ की तरह हिलती है। लाल जीभ कोटर में बैठी ललमुनिया की तरह रह-रह कर बाहर निकलती और फिर भीतर घुस जाती। दृश्य मज़ेदार था। प्रफुल्ल का मन रम गया। डाँट-फटकार पहली बारिश की बूँदा-बाँदी की तरह आजू बाजू से निकल गयी। जिन्हें ना व्यापे जगत गति, उनसे भगवान नहीं निपट सकता, कान्त जी तो अपने ही खेत की मूली थे। रगड़े-झगड़े का सत्रावसान हुआ। प्रफुल्ल चित्त प्रफुल्ल कुमार मूलियों के आठ स्वादिष्ट पराँठे दबाकर खाये और विश्वविद्यालय चले गये जहाँ अगले रविवार को जल मोहिनी डैम पर साहित्यिक पिकनिक की आयोजना पर वृहत् और महत् चर्चा निर्धारित थी।

कान्त जी चुपचाप सब देख रहे थे। उन्हें इस आखिरी बिटिया की बहुत चिन्ता थी जो रंग-रूप-स्वरूप में ही नहीं बुद्धि में भी हीन थी। उसे अपनी वैवाहिक झंझटों का भान ही नहीं था। वह तो गहने-गुड़ियों की खरीद और साज-सँभाल में दिन बिताती थी। उसे देख-देख कर दुःखी कान्त जी का मन उनकी अनुपस्थिति में आने वाले समय के बारे में सोचकर बैठ बैठ जाता। आखिर उन्होंने चार वकीलों और चौबीस शुभचिन्तकों से विचार-विमर्श कर अंगुल अष्ट कमान सँभाली और सिंहासन पर बैठे प्रफुल्ल कुमार को कानूनी तीरों से बेध दिया। स्टाम्प लगे काग़ज़ों पर दस्तख़त कराये। पूजा-पाठ, हवन कराये। पुराने पाप धुलाये। कड़ी निगरानी में रहने का लिखित वचन लिया।

इस तरह प्रफुल्ल कुमार विधिवत् कान्त जी के घर-जमाई बने। इन सब वाहियात बातों से प्रफुल्ल कुमार को रंच भर भी कोई ग्लानि या बकवास नहीं घेर सकी। उसे वह सब कुछ मिला जिसकी बरसों से उसे मुराद थी और अपनी जिस विलक्षणता के दम पर वह सफलता के अन्तिम पायदान पर पहुँच सका, उसके विकास और विस्तार का उसने तहे-दिल से एक बार फिर शुक्रिया अदा किया और उसके ही संग साथ सदा रहने का कौल दोहराया।

कान्त जी ने अब काव्य-साधना छोड़ दी है। घर में भारी-भारी ग्रन्थ मुँह चिढ़ाते हैं, बाहर छोटे-मोटे ग्रन्थी। मन उचट गया। बिटिया को देखकर घुलते हैं। दामाद को देखकर कुढ़ते हैं लेकिन प्रेम-भाव से नातिनों को खिलाते रहते हैं। प्रेम में जब मज़बूरी शामिल हो जाती है तो दृढ़ मधुर सम्बन्ध पैदा होता है। नये सपने भी उपजाता है, सो इसी जंजाल में फिर फँसकर बड़ी का नाम कविता रखा है। छोटी का साधना। वैसे उनका मन कहता है कि वस्तुतः नाम मूर्खता और धूर्तता रखना चाहिए लेकिन आज के ज़माने में मन जैसी वस्तु सन्देहास्पद हो चुकी है। भरोसे लायक नहीं रही। कथा बताती है कि मन की सुनकर कान्त जी विद्वत्ता के दलदल में फँसकर रसातल जा पहुँचे। दूसरी ओर मन की ही सुनकर प्रफुल्ल कुमार मूर्खता के दलिद्दर से हवाई आसमानों में उड़ने लगे।

सो, कहा ना कि यह सत्कथा है। बड़ी मुश्किल से मिलती है। हम सब जन को समझाती है कि अगर इनसान में एक ही गुण हो तो वह दूसरी तमाम बढ़िया-बढ़िया चीज़ों को चुम्बक की नाईं अपनी ओर खेंच लेती है। प्रफुल्ल कुमार में वह एक ही गुण, वस्तु अमोलक कूट-कूट कर भरी थी, जिसकी बदौलत और अहिर्निश परिमार्जन से दूरदृष्टि भी आ गयी, कड़ी मेहनत कराने का माद्दा भी, आत्मानुशासन भी, और ना जाने क्या-क्या! और फिर उसे क्या-क्या नहीं मिला कि दूर ज़िले की एक दूरान्त तहसील मुहावा के खिरचोला हलके के पास बहती लिधोरा नदी के तट के दो किलोमीटर आगे, बायें तरह एक छोटे से गाँव फरफूँदा में पश्चिम में स्थित मुहाली टोले के एक भोले-भाले बालक का जीवन आजीवन धन्य हो गया। इसलिए सद्गुरु कहते हैं कि हे मूढ़ मते, अपने भीतर झाँको, उस गुण विशेष को पहचानो और एक ज़िद, जोश और जुनून से, एकचित्त हो, दत्तचित्त

हो, पट्टचित्त हो जुट जाओ, सफलता कान्त जी की तरह तुम्हारे आगे पीछे तुम्हारे बच्चे खिलायेगी।

और हाँ, सद्गुरु यह भी कहते हैं कि सत्कथा कही नहीं जाती, सुनी नहीं जाती, सिर्फ़ गुनी जाती है और हाँ...लिखी तो जाती ही नहीं है।

एक जुड़वाँ कहानी

वे लोग : ये लोग

वे लोग

मेरे पिता शहर की सहकारी पेढ़ी के हैड मुनीम थे। सब लोग उन्हें हैड साब कहकर पुकारते। अमूमन पुलिस के सिपाहियों को इस नाम से जाना जाता जिसमें जितना कम गौरव प्रगट में था, उससे कई गुना ज़्यादा तिरस्कार और उपहास भीतर शामिल था, लेकिन पिता के लिए यह भाव नहीं था, सुनकर वे ज़रा सा लजाते, हँसते, हाथ नचाते मना जैसा कुछ करते, कुछ इनकार और कुछ इकरार के बीच डगमग मुस्कुराते। इस हँसी के बीच उनकी साँवली छोटी नाक रह-रह कर चमकती। लोगों के साथ वे भी ऐसे ही हँसते। हम बच्चों को लोगों का यह ढंग पसन्द नहीं आता लेकिन उन्हें ऐसा कोई ख़याल नहीं, वे अपनी धुन में रहते। गाते रहते; छांड़िये ना हिम्मत, बिसारिये ना हरि नाम, जाही विध राखे राम ताही विध रहिये।

लम्बा लपकता क़द, ताँबा मिला गोरा रंग, खिचड़ी मूँद्दें कुछ-कुछ नीचे गिरती सी और ऊँचा-ऊँचा फैलता ढेर सारा अपनापन और यहीं से वे हमें बेहद अपने लगते। ऐसे हमारे पिता।

जहाँ तक मैं उस उमर में देख पाया, वे बड़ी फजर उठते और कोई भी रुत हो, क़ैसी भी हो, पाँच बजने के पहले ही छड़ी लेकर बाहर निकल जाते। चलने में दिक्कत नहीं थी और शहर भर के कुत्ते, बिल्ली, गाय, भैंस, तमाम जानवरों से पक्की बोल-चाल थी, आदमियों का तो ख़ैर सवाल नहीं तो फिर छड़ी क्यों रखते, कभी बूझ नहीं पाया। घूमने का कोई ठिकाना नहीं था। मन की मर्ज़ी, दिल के राजा, ऐसा वे ख़ुद कहते। और फिर रानीपुरा के छोटे तालाब के

उस पार, कभी भूतेश्वर की तरफ़, कभी कैंटोनमेण्ट वाले बड़े पुल पर से रेलगाड़ियों को देखते तो कभी कजरीवन खेल-मैदान में नियमित दौड़ने वाले लड़कों के साथ दौड़ने लगते। वृन्दावन-घाट से लगा हुआ कनफटे जोगियों का जो अखाड़ा है, वहाँ उनका मन ज़्यादा रमता। भुरभुरी भसकती मिट्टी देखकर रहा नहीं जाता। बस निहाल हो जाते। खुद तो ज़ोर करते नहीं, कहते—यार, अब उमर नहीं रही। अलबत्ता लौंडे-लपाड़ियों को शह देते और बला का शोरगुल मचाते-मचवाते। लेकिन कभी कोई जोश दिला दे या तबियत ही आखिर उछल जाये जो अक्सर ही होता, तो क्या कहना। कपड़े फेंक-फाँक कर लकड़बग्घा दाँव के पेंच-दर-पेंच दिखाने में जुट जाते। सारे शहर में और आस-पास के इलाकों में, पहलवानी का यह अद्भुत और अजीब दाँव पिता के अख़्तियार में था।

हाँफते-हूँफते, मन-मुदित घर लौटते, मोहल्ले-दर-मोहल्ले में हाल-चाल पूछते, सलाह-मश्विरे-ख़बरें बाँटते, घर के दरवाज़े पर हुलसकर आवाज़ देते—'बाई, लो मैं आ गया...'

जहाँ तक मैं जान पाया, मेरी माँ का नाम बाई था क्योंकि सब उन्हें बाई कहकर ही बुलाते, हम सब भाई-बहिनें, रिश्तेदार, पास-पड़ोस और पिता भी। माँ भी बुलाने पर 'हओ' ही कहती। कन्धे पर कुर्ते को लटकाये, सकपकाये पिता को देखकर रोज़ की तरह माथे पर साड़ी का पल्लू खींचती माँ रोज़ आश्चर्य से पूछती—'हे राम, आज का कर आये...?' और जल्दी-जल्दी झूठे-सच्चे बहाने बनाते पिता हें-हें करते झट से नहानी में घुस जाते और उतनी ही फुर्ती से वे रसोई वाले बरामदे में बैठे दिखाई देते जहाँ काँसे की बड़ी थाली में गरम भात में दाल सान-सान कर चबूतरा सा बनाते और उस पर ऊपर से घी की घण्टी (छोटा-सा लोटा) उड़ेल-उड़ेल कर, उँगलियों को थाली में घुसेड़-घुसेड़ कर सपड़-सपड़ कर खाते। कभी मिर्च, कभी अचार, कभी लहसुन-प्याज माँगते। खाते वक्त उनकी आँखें मुँद-मुँद जातीं और रस-विभोर हो रह-रह कर कहते—'बाई, कैसी उम्दा दाल पकाई...।' पिता जितनी बार कहते, अधिक बार माँ का चेहरा रानी-महारानी के गर्व भाव से भर जाता। ललछौंही आभा गालों पर दमक उठती और वहीं टिक जाती। एक विलक्षण सन्तोष उनकी नाक की लौंग के पास दिपदिपाने लगता। वे वहीं उनके पास सलीके से बैठ जातीं,

कभी बिजना झुलाने लगतीं और गृहस्थिन की गम्भीरता को साधने की कोशिश करतीं लेकिन छाती भीतर उमड़ती-घुमड़ती खुशी गले तक रस की बूँदों की जो फिसलन रचा देती उसमें ज़ुबान बार-बार रपट जाती और फिर अटपटे-लटपटे वचनों के साथ, पिता को पेढ़ी से लौटते समय क्या-क्या लाना है या कौन से ज़रूरी काम बाकी रह गये हैं, धीरे-धीरे उँगलियों पर टहोंके देती हुई गिनवाती जातीं जब तक पिता पेट पर हाथ मलते तेज़-तूफानी डकार नहीं ले लेते।

जिस तरह रंगमंच पर पर्दा उठता और गिरता है तथा एक दृश्य आ जाता है, ठीक उसी तरह पिता की सुबह के प्रश्न के बाद एक छोटे अन्तराल का पर्दा (जो हमें हमेशा बड़ा ही लगता) गिरता जब पिता पेढ़ी गये होते। तब घर में कुछ घटता ही नहीं, घर जैसा तो लगता लेकिन बहुत कुछ उखड़ा सा, अजीब, उदास, अनाथ सा। लेकिन पर्दा फिर उठता शाम के दृश्य पर, जब पिता पेढ़ी से घर वापस आते। यह दृश्य सुबह जैसा तो नहीं, लेकिन उससे बिल्कुल उलट भी नहीं लेकिन फिर भी कुछ अलग, अलहदा रंग लिए हुए होता। सुबह जिस ऊर्जा और ऊष्मा से पिता जगर-मगर रहते, चमकते-धधकते रहते और वाचालता और बचपना उनमें होती, यूँ तो शाम को भी होती मगर वो बात नहीं होती। शाम को वे एक वयस्क चेहरे के साथ लौटते। भारी चेहरा और भरा गला। जितने थके नहीं, उससे ज़्यादा अनमने। घिनौची में मुँह धोते। बाई के हाथ की चाय पीते और वहीं बरामदे में पड़ी खटिया पर लुढ़क जाते और मेंढक की तरह हाथ-पैर सिकोड़ लेते। ऐसा नहीं कि हम बच्चों से बात नहीं करते। बाकायदा सबका हाल-चाल पूछते, बातें सुनते, पेढ़ी की बताते। बरहमेश वे हमें कहानियाँ सुनाते जिनमें अजीबो-गरीब लोग और उतनी मज़ेदार उनकी बातें होतीं और सभी पहचाने से चेहरे लगते जैसे उनसे हम कभी न कभी कहीं न कहीं ज़रूर मिले हैं, लोग उनमें झूठ के रचे उलझाव होते और उन्हें तोड़ते आश्वस्ति भरे सुखद अन्त जो हमारी पलकों को हौले से सहलाता हमें गहरे सन्तोष और अव्यक्त प्रसन्नता से भर देता लेकिन नींद डूबते हुए मुझे अक्सर लगा कि ख़त्म होती कहानी में जब सब लोग आपस में गले मिलकर खुशी मनाते होते, पिता कहीं अकेले टूट रहे होते, किसी अनकही व्यथा में दीवार से सिर टिकाये वे और...पास में बाई। अँधेरे में घुलते दो सिर...बरसों यह प्रतिबिम्ब

मेरे भीतर जागता रहा और न कभी मैं और न मेरा कोई भाई-बहिन उन दोनों के दुःख को भेद पाया। इतना गोपन दुःख लिए दोनों संसार से मुस्कुराते बिदा हो गये और हम तक आँच नहीं पहुँची।

या ऐसा भी कभी-कभी लगता कि कहानी सुनाते हुए वे हमसे मुखातिब नहीं हैं बल्कि खुद को सुना रहे हैं या शायद खुद को भी नहीं बल्कि सूने खँडहर में बिखरते अपनी आवाज़ के टुकड़े वे अकेले या हम सबके साथ सुन रहे हों। हम में से कोई कुछ नहीं समझ पाता, हाँ बाई ज़रूर उलझी-उलझी सी रहतीं जैसे कहीं कोई चूक हो गयी हो और सुलझने की राह सूझती नज़र आ रही हो। हालाँकि छोटा होते हुए मैं सभी बच्चों में से सबसे बड़ा था, लेकिन यह सही है कि जिस कच्ची गृहस्थी को वे ढो रहे थे उसकी दुश्वारियों का हम में से किसी को भी ज़रा सा इल्म नहीं था। लेकिन यह ज़रूर लगा करता था कि सुबह के पिता और शाम घर वापस लौटते पिता के बीच कुछ मुस्कुराहटों का फासला रहता है जो हर अगली सुबह ग़ायब मिलता है और शाम को मौजूद।

या यह भी होता और अक्सर कि वे पेटी में बरसों से सहेज कर रखे गये दबे-चिपके कपड़े पहनकर बाज़ार या यहाँ-वहाँ रिश्तेदारी या दोस्तों में निकल जाते। उस वक़्त पहनने वाले उनके कपड़ों की तहों से सिलेटी रंग की अजब अजनबी गन्ध आती। जब वे लौटते, गन्ध कहीं नहीं होती, वही हमारी अपनी हँसी उनके चेहरे पर होती और हमें लगता कि हमारे पिता हमें फिर मिल गये। यदि बाज़ार नहीं जाते तो उनका एक ही ठिकाना था। मीर साब के उस बड़े कमरे में जिसे कचहरी कहा जाता था और जहाँ हम सब भी साथ जाते थे और मीर साब की आँख बचा कर स्प्रिंग वाले बड़े-बड़े सोफों के छेदों में उँगली घुसेड़ कर पुरानी रबड़ या भूसे जैसा कुछ-कुछ अनोखा निकालकर कौतूहल में होंठ भींच कर हँसते रहते थे। वहाँ पिता का साथ अच्छा लगा था क्योंकि वहाँ अक्सर सुबह वाले पिता दिखाई दे जाते थे। प्रायः उत्तेजना के चरम क्षणों में वे ललकारते और इस तरह ताल ठोंकते गोया कि जंग के मैदान में घोड़े की सवारी पर तलवार लहरा रहे हों। पहाड़ से ऊँचे ऐसे पिता मुझे लगते।

लेकिन उनका असली रंग होली में खिलता। होली के चार दिन पहले से रंगपंचमी के पाँच दिन बाद तक। शहर में लँगोट बाँधकर

होली खेलने वाले हुरियारों में उनका नाम अव्वल नम्बर पर था। भाँग और दोस्ती के नशे में दिन भर, गले में ढोलक लटकाये शहर में फिरते। वे बहुत अच्छा गाते थे, खासकर स्वाँग और फागें। कहते थे कि कंठ में ईसुरी बसते थे और सामने बैठी सरसुती माई टकटकी बाँध कर हेरती रहती थीं। आनन्द के उस आलम में फिर क्या...?

पिता को सारा संसार बिसर जाता! सिर्फ़ वे, ढोलक की थाप पर थाप और आसमान से टकराकर फिर-फिर लौटती उनकी गूँजती आवाज़ और उस आवाज़ का साथ देते, बढ़ाते, उकसाते साथियों के समवेत स्वर। इतवारी टौरी से शनीचरी टौरी वाया शुक्रवारी टौरी और परकोटा से पलोटनगंज, बीच में बैरिस्टर की कटन, रामपुरा, गुजराती बाज़ार और फिर मछरयाई, मोती नगर से पुरब्याउ टौरी से बरियाघाट, चकराघाट और अन्त में सुदामा की होटल। शाम को हम लोगों की चिरौरी करते—'राजा बेटा, पाँव दबा दे, तनिक पीठ पर खड़ा हो जा रे, मोरो प्यारो मुन्ना...' और हम सब अखिल भारतीय गर्व और अखंड कर्तव्य-प्रायणता से उनकी देह पर देर तक मटकते रहते।

86 वें साल की उमर में वे गये। न कभी बीमार न कभी बुख़ार। न दवाई ली न अस्पताल गये। न किसी से सेवा कराई। तनकर चलते फिरते रहे और एक शाम वे बरामदे की उसी खटिया पर मेंढक की तरह सोये हुए चुपचाप निकल गये। सिरहाने टँगी लालटेन की पीली रौशनी परछी से आगे आँगन तक पहुँचने की ठीक-ठीक कोशिश कर रही थी। जिसकी बरामदे भर लहरों की पीली आभा उनके अन्तिम चेहरे को चमका रही थी। हालाँकि रौशनी कम थी लेकिन ऐसी कोई जगह नहीं थी जहाँ वह नहीं थी। लगा ही नहीं कि वे चले गये बल्कि ऐसा लगा कि अभी-अभी हाँफते हुए अखाड़े की मिट्टी से बाहर निकले हैं, थकान से भारी आँखें अभी-अभी मुँद गयी हैं, कि अभी-अभी उनमें नींद उतर आयी है, कि अभी-अभी वे नींद में हँसे हैं, उसी तरह, बस्स!

लोग उनके बारे में क़िस्से सुनाते रहते हैं, उनके पास जो एक बड़ा मन था उसके सिवाय और कुछ नहीं था। थे तो वे पेढ़ी में जहाँ हर गरजमंद हाथ फैलाने जाता था और पेढ़ी का धन्धा भी यही था, लेकिन कर्ज लेने आये हर व्यक्ति को वे हर तरह से हतोत्साहित करते—'काय को ले रहे हो, कर्जा जान का बबाल होता है, एक बार

लिया तो चिता तक साथ जाता है और साथ भस्म नहीं होता, मुर्दा को भस्म कर रोती-कलपती औलाद के साथ फिर घर लौट आता है। कैसा समय था कि ऐसी बातों से कोई इनकार नहीं करता था, यह अलग है कि उसे कोई कितना मान पाता या मान पाया या मान सका। लेकिन कोई एक शर्म थी जो दिल में रहती थी और चेहरे पर उभरकर अपने गुनाह की हामी भरती और देर तक हाथ मलती रहती। और कुछ लोग ऐसे भी रहे जो ऐसी किसी भी शर्म से ज़िन्दगी भर डरते रहे, लाख गरीबी और अभाव में रहे लेकिन उस रास्ते नहीं गये जहाँ उन्हें ऐसी किसी शर्म की सोहबत का भी अन्देशा रहा। वह कोई सत्युग नहीं था लेकिन उसकी उम्मीद ज़रूर थी। मैंने इस उम्मीद को बनते देखा है, टूटते देखा है, बनते हज़ार बार तो टूटते लाख बार लेकिन फिर-फिर बनते-बिगड़ते लेकिन मिटते कभी नहीं।

हम उस पीढ़ी के लोग हैं जो इस ठहरे हुए क्षण के साथ हमेशा के लिए ठहर गये और शाम और सुबह में फ़र्क़ नहीं कर सके। कुछ लोग जो हमें पहले मिले, सुबह के साथी थे, वे सुबह के होकर गये। जो बाद में हमारे संग हुए, शाम के मुसाफिर थे, वे शाम के साथ चले गये।

ये लोग

मेरा बेटा एक बड़े बैंक में अधिकारी है। बचपन से ही उस पर एक ही धुन सवार थी कि अफ़सर बनूँगा। वाकई रात-दिन पढ़ाई में जुटा रहा। न कोई दोस्त, न कोई शौक, न कभी खेल, न कभी आवारागर्दी। उसका बचपन देखकर मुझे अक्सर कोफ़्त होती। कभी आजिज आकर मैं कुछ कहता भी तो वह बस यही रट लगाता कि खेलने को तमाम उम्र पड़ी है, बाबू, आज मेहनत कर लूँगा तो कल चार पैसे कमाने लायक हो जाऊँगा और दुनिया में इज़्ज़त हो सकेगी।

बातें तो ऐसी करता है जैसा मेरा बाप हो लेकिन मेरे बाप तो ऐसे नहीं थे। लोग-बाग कहते हैं कि ऐसी औलाद को सब तरसते हैं और तुम अलग ही सुर अलापते हो। पत्नी भी मेरे पक्ष में नहीं हुई, कहती...'हमेशा ऐसी टोका-टोकी ठीक नहीं, वह जैसा उचित समझता है, उसे करने दो, कोई गलत रास्ते पर तो नहीं है न तुम्हारी जान क्यों जलती है, बाप हो कि दुश्मन?...' मैं कहता—'भला उसका दुश्मन

क्यों होऊँगा, लेकिन मुझे लगता है कि कहीं कुछ गड़बड़ है, जीवन में एक सन्तुलन होना चाहिए, पढ़ाई भी हो, खेल भी हो, मन अच्छा रखो और शरीर भी तो दुनिया-जहान में अच्छा लगता है, लोगों से मिलना-जुलना भी...सबके दुःख-सुख में शामिल होना...केवल अपना ही नहीं दूसरों का भी सोचो... इसलिए खूब पढ़ो तो खूब खेलो-कूदो। खेलने से सबका संग-साथ होता है...एक दुनिया बनती है, यह क्या कि दिन-रात भूत की तरह अकेले मसान जगाने में जुट गये...'

हम लोग इन्हीं बातों में लगे रहे और एक दिन वह मुम्बई से लौटा तो उसकी धज निराली थी। बढ़िया सूट-बूट, टाई लगाये, तेज़ क़दमों से चलता मेरे पास आया और उस आवाज़ में बोला जिसमें दम था—'बाबू अमेरिका के सबसे बड़े बैंक की ब्रांच अभी हाल में मुम्बई में खुली है, उसमें मुझे तीन लाख रुपया साल के पैकेज पर सिलेक्ट किया गया है। कम्पनी का फ़्लैट, कम्पनी की गाड़ी और तो और पाँच लाख रुपये कपड़े आदि के लिए अलग से दिये गये, एक स्टेटस होना चाहिए न, मैं तो फटाफट ज्वाइन करके आ गया, आप लोगों को बताना था, मिलना भी था, फिर छुट्टी न जाने कब मिले, काम बहुत ज्यादा है... परसों सुबह चला जाऊँगा...फ़्लाइट से वापसी एलाउ की है...'

उस दिन घर में मंगल हो गया। ऐसी चहल-पहल और धूम कि कभी अपने घर में देखी नहीं। जिसने सुना, बधाई दी, मेरी आशंकाएँ गलत निकलीं। पत्नी ने कनखियों से मुझे कई दफा देखा भी और बिना बोले कई बार जताया भी। मुझे अपनी यह हार अच्छी भी लगी। छोटे भाई-बहिनों में हड़कम्प मचा रहा। सब बड़े भैया की सेवा में तत्पर। पत्नी ने चाव से दस प्रकार के पकवान बनाये। सबने साथ खाना खाया। देर रात तक सभी भाई-बहिन बड़े के पास बैठे मुम्बई की शानदार इमारतों, समुद्र, चौपाटी के किस्से और बैंक-ऑफिस की खूबसूरती के चर्चे सुनते रहे। वहीं मैं बैठा रहा और पत्नी भी। सुबह वह चला गया लेकिन घर में अनगिनत खुशियाँ छोड़ गया। खुशी इतनी ज़्यादा थी कि मैं और पत्नी एक-दूसरे की आँख बचा-बचा कर पोंछते रहे। जब जीवन खुशियों से भर जाता है तब मन उतना कहीं कुछ खाली भी हो जाता है जिसे सिर्फ़ आँसू ही भर पाते हैं।

जहाँ वह गया, बरसों बाद मैं गया। चूँकि वह यहाँ है, इसलिए

मैं आया, वरना मुझे यह शहर बिल्कुल पसन्द नहीं। इस शहर के भीतर एक हॉरर है जो हमेशा, हर समय सारे वजूद पर मँडराता रहता है। शायद यही कारण है कि पिता कभी मुम्बई नहीं गये। कभी कोई अवसर आया भी तो उन्होंने हाथ-पैर जोड़कर जान छुड़ाई। वे कहते कि भैया, माया-नगरी है। इसलिए वे डरते क्योंकि माया भटकाती है, भरमाती है, सर्वनाश कर देती है। वे निश्चय ही सर्वनाश नहीं चाहते थे। उनका सर्वनाश भी नहीं हुआ। वे बच गये लेकिन मुझे कई बार इधर आना पड़ा। जैसा आया, वैसा वापस लौटा, और जितनी जल्दी हो सका।

मेरा बेटा इसे सपनों का शहर कहता है। खुल जा सिमसिम कहता है कि यह सिद्ध-नगरी है, जो माँगोगे, मिलेगा।

कितनी अजीब बात है कि जिस शहर में पाँव धरने से पिता घबराते थे, जिस शहर में रहने से मैं बचता था, उसी शहर में बेटा फ़्लैट खरीद कर बस गया।

मैं उसके सपनों के उसी शहर को देखने आया। कई बरस बाद। इस दौरान जिन्दगी किसी उतावले बच्चे की तरह कैलेण्डर के पन्ने पर पन्ने नोच-नोच कर फेंकती रही। कई घटनाएँ घटीं। अच्छी भी, बुरी भी जो अच्छी थीं, जल्दी ही उनकी अच्छाई हवा में उड़ गयी जैसे उल्लसित दिये का तेल चुक जाता है। जो बुरी थीं, उनमें बुराई न बची। वे कफ़न लपेटे दिनों की तरह ख़ामोश हो गयीं। समय गुज़रते घटनाओं में उत्तेजना ही नहीं रहती।

अपने सपनों के शहर में वह रोज़ सुबह हड़बड़ाता उठता है जैसे किसी जानवर को असमय चाबुक मार कर हड़काया गया हो। गुसलखाने से निकलते ही उसके हज़ार हाथ हो जाते हैं। जिनमें किसी से लैपटॉप उठाता, पैंट में शर्ट दबाता, मुँह में टोस्ट ठूँसता, चाय, पानी, जूस पीता कम-ढोलता ज़्यादा, लंच-बॉक्स सँभालता, टीवी पर वर्ल्ड-बिजनेस, शेयर-मार्केट की अफरा-तफरी की ख़बरों में ताक-झाँक करता, जूते के तस्मे बाँधता, चीज़ें गिराता, ऐनक ढूँढ़ता, पर्स उठाता, रूमाल खोजता, टाई कसता-ढीली करता, ब्रीफ-केस उठाता-धरता, बार-बार पिनकता, झिड़कता, भड़कता, बार-बार सीढ़ियों से लौटता, असबाब से लदा-फँदा, हैरान परेशान हर हालत में नौ बजे सुबह बाहर!

दो-ढाई घण्टे की जहमत भरी यात्रा कर हाँफता, खाँसता, खँखारता

लतपथ ऑफिस में और फिर मीटिंग्ज़, आँकड़े, टारगेट, लाभ-हानि, बाजार के उतार-चढ़ाव, चालें-चालाकियाँ, मक्कारी, बेईमानी, झूठ, व्यापार, वादाखिलाफी, षड्यन्त्र, ओछापन, नीचता, जलालत, हिकारत झेलता और सारा दिन और पूरी शाम गँवाता थका-हरा घर लौटता रात के दस बजे। आते ही ब्रीफ-केस फेंका और बिस्तर पर धड़ाम। सारा घर उसके चारों तरफ़ घूम रहा। सब उसको पापा कहते और सबको पापा से कुछ न कुछ काम, ज़रूरी बेहद ज़रूरी। और पापा हैं कि बात-बात पर बेबात झल्ला रहे हैं।

या फिर ऐसा भी कि शाम डूबते घर भागते आता। जल्दी-जल्दी मुँह पर पानी मारा। कपड़े बदले, सेण्ट पोता और बीवी को लेकर ज़रूरी लेट-नाइट पार्टी में भागते-भागते गया। रात को डेढ़-दो बजे उसके सकपकाते क़दमों की डगमगाहट, दरवाज़े के ताले पर देर तक चाबी की कवायद, दबे सुरों से झिड़कियाँ, कानाफूसी, और उसी में वे उभरती तीखी टकराहटें, बेड-रूम का दरवाज़ा भड़ाक् से बन्द होना, फ़्लश का चलना, ये तमाम आवाज़ें मेरे बिस्तर तक आतीं और रात भर वहीं मँडराती रहतीं, उसके सपनों के शहर में। अगली सुबह फिर वही भागमभाग।

जब वह घर वापस लौटता, शून्य में रखे उसके पैरों के साये की दीवार भसकने की आवाज़ आती। अपमान और जिल्लत के दामों में हिलगी सायास हँसी की शर्मसार थरथराहट उसके चेहरे के चारों ओर उचटती। देखकर लगता ज़िन्दगी एक सजा है जो उसे सुनाई गयी है। उसका पदनाम एक सूली है जिस पर उसे लटका दिया गया है और तमाम व्यावसायिक लक्ष्यों की कीलों से हाथ-पैरों और दिल-दिमाग़ को बींध दिया गया है। आँखों पर महत्वाकांक्षा, सफलता और निरन्तर उपलब्धियों की पट्टियाँ बाँध दी गयी हैं और जेब में रुपया, शराब और लालच ठूँस दिये गये हैं जिनकी खनकती आवाज़ों के पीछे लपलपाता वह कोल्हू के बैल की तरह प्रगति के गोलाकार रास्तों पर लगातार चल रहा है।

उसके आने पर बच्चे सहम कर टेबिलों के आगे बैठ जाते और किताबों में सिर गपा लेते हैं। उसके आने पर उसकी पत्नी शिकायतों और फ़रमाइशों की लिस्ट लेकर सामने मुस्तैद बैठ जाती है। उसके आने पर लगता है कि वह आया है, बल्कि कहीं गया हुआ लगता

है। इतने नफ़ीस, ख़ूबसूरत और बिजली की ताकत से लैस उपकरणों से पछाड़ खाकर गिरती रौशनी बेहद बेदम मालूम होती है। हालाँकि घर में अँधेरा नहीं, लेकिन उसे हर जगह बखूबी देखा जा सकता है।

उसे बच्चों को कहानी सुनाते मैंने कभी नहीं देखा। भ्रष्टाचार और अन्याय। हाँ ऐसे गलीच और भयानक बातें हँस-हँसकर ज़रूर सुनाता जिन्हें सुनकर बच्चे तो क्या मैं भी दहल जाता और फिर रात भर नींद नहीं आती।

उसकी छुट्टी का कोई दिन नहीं था। होली-दीवाली का अर्थ नहीं। होली के दिन कोई आता-जाता नहीं, सिर्फ़ एस.एम.एस. आते। दीवाली की रात तेज़ संगीत में शीशे के गिलास खनकते। बाकी तीज-त्यौहार के निशान नहीं पाये जाते और न कोई जानता। मैं उसके चेहरे पर अपने पिता की उस मुस्कान को ढूँढ़ने की कोशिश करता जो लाख कटने-फटने के बावजूद उनके चेहरे से आखिरी वक़्त तक नहीं हटी। बेटे के चेहरे पर भयावह और खोखले अट्टहास की बेशुमार परछाइयाँ हैं जिनमें से किसी के करुण स्वर में रोने की दहशत भरी आवाज़ें लगातार आती हैं।

रविवार को भी वह लैपटॉप से जूझता रहता। घंटों मोबाइल पर बतियाता, डाँट लगाता या सुनता, ओछी बारिश की तरह उमसता रहता। अकेला पछताता सा पस्त पड़ा रहता। उसके एकाकीपन को कम करने के ख़याल से मैं संग-शामिल होने की सोचता और कुछ दूसरी बातों में उसकी दिलचस्पी जगाने की कोशिश करता लेकिन उसके न कोई शौक, न हॉबीज और न दूसरे टॉपिक। घूम-फिर कर वह शेयरों की खरीद-फरोख़्त, इनकम टैक्स की उलझनों, बाज़ार की मन्दी और इस दुस्समय में पैसा पैदा करने के तरीकों पर आ जाता। वह लोन लेने की हज़ार योजनाओं की खूबियाँ, उनकी पोलें और फायदे लेने के तिलिस्मी रास्तों के बारे में खुश हो-होकर बताता और मुझको ही प्रलोभित करने का व्यावसायिक जाल फेंकता। कर्ज न लेने के पिता के सिद्धान्त मेरे दिमाग़ में दीवार की तरह खड़े थे, हालाँकि वक़्त के चलते उनमें दरारें फट चली थीं और झाड़-झंखाड़ के मकड़-जाल भी फैलने लगे थे लेकिन दीवारें अपनी जगह अपनी तरह से तैनात थीं। लेकिन वह कहता कि आधुनिक मनुष्य की हैसियत की पहचान ही इसी बात से होती है कि उसने कितना सारा लोन लिया हुआ है! मैं

पूछता कि चुकायेगा कौन और कैसे?

'यह सामाजिक व्यवस्था का दायित्व है। जो रास्ता समाज चुनता है, फँसने पर समाधान भी समाज को निकालना होता है। हम क्यों व्यर्थ परेशान हों और दिमाग़ ख़राब करें। देखा नहीं कि अमेरिका में लोन न चुकाये जाने के सबब से चीख-पुकार शुरू हो गयी। लोग कहने लगे कि अमेरिका डूब गया। न बाबा न...गवर्नमेंट ने ख़ज़ाने खोले और सबने फिर अपने घर भर लिए। आप लोग पुराने जमाने की ही बातों में लगे रहते हो, देखते नहीं कि ज़माना किस तेज़ी से कहाँ से कहाँ जा रहा है। जिस नाव में सब बैठे हैं, उसके डूबने पर सब डूबेंगे, अकेला कोई नहीं और बाबू डूबने के ज़माने गये। अब जिसे तैरना आता है और पड़ोसी को डुबाना आता है, राज तो वही करेगा न...।' मैं उसे देखता रह गया। कुछ समझ नहीं पाया। मेरा बाप क्या समझ पाता।

मेरे पिता और उनके पिता और उनके भी पिता, पिछली कई शताब्दियों के इन लोगों को अपने बेटों के जीवन में झाँकने का यदि कभी कोई मौक़ा मिला होता तो उन्हें अपने समय और इन पीढ़ियों के समय में कुछ खास फ़र्क़ महसूस नहीं होता लेकिन पिछले बीस-पच्चीस सालों में न जाने कब कैसे क्या हुआ कि मैं अपने पीछे के समय और अपने आगे के समय में तालमेल ही नहीं बैठा पाता हूँ। यह मेरी अभागी पीढ़ी है। एक मोमबत्ती जल रही है जिसके एक सिरे पर वह आग थी जिसकी रौशनी ने कभी आदिम गुफाओं में समय के अँधेरे को काटकर सभ्यता को प्रशान्त उजाला दिया, दूसरे सिरे पर अब वह आग है जिसमें इतनी बला की गर्मी है जो अब तक अर्जित पूरी संस्कृति को भस्म करने पर उतारू है और फिर उन्हीं गुफाओं की ओर ले जाता अन्धकार...!

दोनों के दरम्यान हमारी यह पीढ़ी है जो पीले उजाले और गहराते अँधेरे के बीच मोमबत्ती की तरह ज़ल रही है, गल रही है और असहाय अपने समय का अन्त देख रही है।

जूते

कितना वक्त गुज़रा होगा! अन्दाज़ से लगभग पचास साल के ऊपर। लेकिन सड़क पर खुलते छज्जे पर तरतीब से रखे गमलों के हरे-पीले रंग और उनमें छोटे-छोटे पौधों में खुलते और खिलते खुशबुओं के फूल और किनारे पर रखे बड़े गमले से निकली गहरे हरे रंग की लचकदार बेल जिसने आगे और आगे बढ़कर छज्जे को आधे से ज़्यादा ढाँक लिया था, सरपट चाल छत की ओर भागती उसकी नसों की चमकीली चमक आज भी इस कदर याद है जैसे कोई सा मौसम हो, आसमान में घटाटोप बादलों के बीच रह-रह कर काँपती बिजली की उज्ज्वल रेखाएँ कभी ज़ेहन से नहीं मिटतीं।

अब वहाँ कोई नहीं है।

लेकिन एक वक़्त वह मेरी चाची और इस्माइल चाचू का घर था। साँवले रंग के दुबले-पतले चाचू के होठों पर महीन कटारदार मूँछें बढ़िया लगती थीं। एक खासियत उनके जूतों की थी, ज़ोर से पैर रखते वक़्त उनमें से सधी हुई आवाज़ निकलती...सिप्प...सप्प...सप्प ...सिप्प...सप्प...सप्प...जैसे ज़मीन पर धीमे-धीमे नन्ही बदकें चली जा रही हों। चाची के पास ऐसा कुछ नहीं था। वे प्रायः नंगे पाँव रहतीं। काले दुपट्टे में गोरी दमक से लबरेज, सकुचाई सी चाची के मुँह से हमेशा पान और किमाम की उड़ती-उड़ती खुशबू आती और आँचल में से छन छन छनकती अपनेपन की सोंधी गन्ध।

मेरे घर के ठीक सामने लेकिन थोड़े तिरछे बने हुए मकान की पहली मंज़िल में रहते थे। सड़क से सीधा एक ज़ीना तड़-तड़ ऊपर को जाता और वहाँ खुलता जहाँ गुजराती झूले में बैठी चाची ज़रदोजी का कोई अजूबा काम कर रही होतीं। रंग-बिरंगे धागों की अधखुली गुच्छियाँ, चिकने चमकीले तार, तरह-तरह की छोटी-बड़ी रंगीन

टिकलियाँ और भी न जाने क्या-क्या अल्लम-गल्लम जिनके बीच बैठी व्यस्त चाची की अभ्यस्त उँगलियाँ और अनुभवी आँखें किसी दुर्लभ और दिलचस्प कारीगरी में तल्लीन होतीं। उनकी पीठ ही मेरी आहट पहचान लेती। वे हाथ का काम परे सरकाकर उठ खड़ी होतीं और हौले से कहतीं—'आ जा मेरी मीठी, आ जा मेरा मिट्ठा...'

मुझे मिट्ठा कहने पर ऐतराज़ नहीं था लेकिन मीठी कहना बिल्कुल नहीं सुहाता। आखिर अब मैं बड़ा हो गया हूँ। लड़का हूँ। इस जुलाई से आठवीं की जमात में बैठूँगा। पर चाची समझती ही नहीं। वही पुरानी रट लगाये रहतीं। कई बार कहा लेकिन हँसतीं। कहतीं—'अभी कहाँ बड़ा हो गया है रे तू, जब वाकई हो जायेगा, गबर शेर तो ढोल बजबाउँगी, धूम-धाम से तेरी शादी करूँगी और फिर तेरी दुल्हन को मीठी कहकर बुलाऊँगी...ओ मीठी बहू....हा...हा...हा...तब तक तू ही मेरी मीठी और तू ही मेरा मिट्ठा...।' और देर तक हँसती रहतीं। तभी कहीं से चाचू आ जाते। चाची से हँसने का सबब पूछते। चाची मेरी सारी कैफियत बयान कर देतीं।

'देखो तो इस लड़के का हाल, कहता है कि बड़ा हो गया हूँ !'

चाचू भी संजीदगी से शामिल हो जाते।

'अमाँ यार, मैं भी तो देखूँ, किस तरह बड़े हो गये हैं आप.....'

फिर मेरा चेहरा उठाकर घुमा-फिराकर मुआयना करते।

'...चश्मेबद्दूर,...बरखुरदार, चेहरा तो वही पुराना लगे है, लड़कियों जैसा, अलबत्ता नाक ज़रूर पकौड़े जैसी मोटी हो चली है। यार, तुम्हारी तो मूँछें भी नहीं निकलीं। खुदा जाने लड़की हो या लड़का, कुछ समझ में नहीं आता...'

इस पूरे वक़्त मैं गुनहगार की तरह बैठा रहता और फिर धीरे-धीरे आँख से आँसू टप्प टप्प निकलने लगते।

'ऐल्लो...आपने तो मेरे बेटे को रुला दिया। न...न...रोते नहीं। कौन कहता है कि लड़की है। अल्ला देखे, अच्छा-खासा लड़का है। ये हाथ-पैर नहीं दिखते, कैसे मज़बूत, बिल्कुल लोहे जैसे, फुटबॉल खेलता है तो अकेले छह गोल मारता है। है न...मेरा राजा बेटा...मेरा सोना...मेरी...मतलब मेरा मिट्ठा...।'

चाचू हँसते और हमें हुमकता-झुमकता छोड़ धीरे से सीढ़ियाँ उतर जाते। ...उनके जूते देर तक बजते रहते...सिप्प...सप्प...सप्प...सिप्प

...सप्प...सप्प...। और फिर मैं चाची से कसकर जुर्माना वसूलता।

उस घर में जो कुछ था, सब मेरा था। उस घर में और कोई नहीं था। चाचू सुबह दस बजे जाते तो शाम के बाद ही आते। हाँ, इतवार को ज़रूर पूरे दिन भर घर में रहते लेकिन या तो साफ़-सफाई में उलझे होते या अलमारियों के करीब खड़े होकर काग़ज़ रखते-गिराते मिलते। उन्हें एक शौक और था, मुर्गा पकाने का। जब से वे पकाने का काम शुरू करते, मैं ललचाये कुत्ते की तरह वहीं बैठा रहता। जो काम बताते, फौरन हुक्म बजा लाता। तब मुझमें बला की फुर्ती, गज़ब का जोश। आखिर मुर्गे का मामला था।

उस घर में बच्चे नहीं थे, क्यों नहीं थे?, कहाँ गये?, चाचू कहाँ जाते हैं ?, क्या काम करते हैं?, वगैरह वगैरह की ना मुझे जानकारी थी और ना ही दिलचस्पी। बस इतना ही मेरे लिए ज़रूरी और महत्त्वपूर्ण था कि यह घर पूरा का पूरा मेरा है। यहाँ और कोई नहीं। कोई रोक-टोक नहीं। मेरा हुक्म चलता है। यहाँ...सिर्फ़ मैं...और मैं ही मैं...। उस घर में हमेशा कुछ न कुछ पकवान खासतौर पर मेरे लिए बनते और सुरक्षित रखे जाते। उन दोनों का प्यार और घर पर अधिकार मेरे लिए ऐसी सौगात और सम्पत्ति थी जिसके बल पर फुदकता हुआ मैं अपने आप को खास चीज़ समझता था।

लेकिन साथ-साथ, कुछ ज़्यादा ही चौकस-चौकन्ना रहता और हरदम इस जुगत में भिड़ा रहता कि मेरे दूसरे भाई-बहिन इस घर में घुसने न पावें। एक बार देखा कि चाची झूले पर बैठी छोटी बहिन नन्ही की चोटी कर रही थीं। वहाँ तो कुछ नहीं बोला लेकिन उसे बहाने से बाहर ले जाकर खूब पीटा। यह सब करना ज़रूरी भी था। दरअसल मेरे घर में सात भाई-बहिनों का जमावड़ा था। चार भाइयों में तीसरे नम्बर पर मैं और बीच-बीच में बहिनें घुसी हुईं। दिन-रात लड़ाई-झगड़ा और मार-पीट होती रहती। कुछ शिकायत करो तो बाबू अलग मारें और अम्माँ अलग। अपने इस घर में, चाची के पास अच्छा लगता। लेकिन वो मुझे खास तवज्जो देतीं तो सभी मुझसे जलते। कोशिश करते कि चाची की गोद में उनका भी आना-जाना हो। इसके लिए झूठ-मूठ की बातें रचते। मेरी चुग़ली लगाते। मुझे बेहद ग़ुस्सा आता। एक तो घर में इज़्ज़त नहीं। कोई पूछ-ताछ नहीं।

अब कहीं कोई जगह मिली है तो सभी ठसने लगे। ऐसे में मेरे घर में सभी घुस जायेंगे तो मैं बाहर मारा-मारा फिरूँगा। सड़क पर बाहर। नहीं जी। मेरे सिवाय यहाँ कोई नहीं आ सकता। किसी तरह चाची को बता दिया। वे सब्जी छोंक रही थीं। छोंकती रहीं। कुछ न बोलीं। सिर्फ़ बोलीं—'...पागल कहीं का...'। और पतीले में डाल दी। ठीक है। पागल हूँ लेकिन अपनी चाची का हूँ। यहाँ कोई दूसरा पागल नहीं आ सकता।

मेरे अलावा उस घर में एक और था जो साधिकार रहता था। बालकनी में छोटे मिट्ठू का पिंजरा टँगा होता। वह मनमौजी था। मुझे बहुत प्यारा लगता। मेरे अचरज में यह कि उसे मिर्च खाने का बड़ा शौक था। जब खुश होता तो किलक-किलककर राम-राम चिल्लाता। जब नाराज़ होता तो घुटी-घुटी सी ऐंठी आवाज़ में चाची-चाची चीख चीखकर आसमान सिर पर उठा लेता।

चाची कहतीं—'मरा कभी अल्ला-अल्ला नहीं कहता!'

चाचू हँसते—'शुकर है कि परिन्दों को इस झंझट से कोई वास्ता नहीं। जो रटा दो। कयामत तक चिल्लाते रहेंगे। दरअसल चहचहाना ही उनका मजहब है जैनब, इसे अल्लाह ही बेहतर समझते हैं, हम तुम नहीं। अब तुम चाहो तो मार-पीट कर इसे भी अल्ला-अल्ला चिल्लाना सिखा दो तो उससे क्या होगा...।'

'तौबा तौबा, ऐसा कुफ़र क्यों करूँ मैं ! जिसका जो दीन, उसे वही सुहाये, अल्लाह सब पर रहमत रखे...'

चाचू हमेशा की तरह हँसते हुए सीढ़ियाँ उतर गये। सिर्फ़ उतरती आवाज़ आती रही...सिप्स...सप्प...सप्प...सिप्प...सप्प...सप्प...।

यूँ तो बाबू गहराती शाम के पहले कभी घर नहीं लौटते। लेकिन उस दिन दोपहर को ही आ गये। यह अकस्मात् था। सीधे कमरे में गये। ताबड़तोड़ काला कोट और टाई एक तरफ़ फेंकी। और चिल्लाये—'...अम्माँ...'

हमारे यहाँ बाबू और अम्माँ एक-दूसरे को अम्माँ और बाबू कह कर ही बुलाते। बस थोड़ा सा फ़र्क़ यह कि बाबू कभी बुलाते नहीं, हमेशा चिल्लाते—'...अम्माँ...'

इस बार उनकी आवाज़ में थरथराहट और चेहरे पर बदहवासी

थी। जल्द ही सभी भाई-बहिनों को खोज-खोजकर भीतर बुला लिया गया और बाहर ना जाने की सख़्त ताकीद की गयी। हम सभी सकते में आ गये। शाम आते तक हालात की परेशानियाँ और सरगर्मियाँ बढ़ गयीं। बाबू बहुत नाराज़ थे, लगभग बौखलाये हुए और अम्माँ चिन्तित। थोड़ी देर में बाबू बाहर निकले। फिक्र में डूबी अम्माँ दरवाज़े पर ही खड़ी रह गयीं। लौटकर उनके साथ चाची और चाचू थे। वे दोनों भी काफ़ी हैरान-परेशान थे। चाचू बार-बार इनकार में सिर और हाथ हिलाते। चाची रोने लगतीं। उन्हें देखकर मैं बहुत खुश हुआ। लेकिन माहौल की संजीदगी और बोझिलता ने मेरे सारे उत्साह पर पानी फेर दिया। उनकी परेशानी का सबब नहीं जान पाया। तब तो और भी नहीं जब वे दोनों ऊपर वाले कमरे में चले गये। पीछे बरामदे में लालटेन की पीली रौशनी में बाबू और अम्माँ देर तक बातें करते रहे। बाबू लगातार सिगरेट धौंक रहे थे और अम्माँ बार-बार पहलु बदलतीं और पानी पीतीं।

रात के सन्नाटे में अजीब सा कोलाहल था। कभी पास और कभी दूर सुनाई पड़ता। लोगों के भागने की आवाज़ें। कुत्तों का भौंकना। सीटियाँ। फिर खौफनाक सन्नाटा कि तभी उसे तोड़ती कोई एक चीख। हम सभी भाई-बहिन एक ही कमरे में चिपक कर पड़े थे। आँखों में दूर-दूर तक नींद नहीं थी। सभी भयभीत थे। आज किसी ने ना स्कूल की बातें बताईं, ना कहानी सुनाई, ना पहेलियाँ बूझीं और ना ही मार-पिटाई की। फुसफुसाते हुए ऐसी-ऐसी बातें कही-सुनी जा रही थीं जो हैरत-अंगेज़ और दिल दहलाने वाली थीं। हालाँकि किसी को कुछ भी पता नही था, सब कुछ अलल्-टप्पू लेकिन शंका और विश्वास एक साथ मिले-जुले और इतने जबर्दस्त कि लगता कि ये ना हुआ हो और वो नहीं हो सकता लेकिन फिर भी कहीं तो कुछ ज़रूर हुआ है। जो हुआ या हो रहा है, वह सब गलत हो रहा है। लेकिन किसी पर हम में से किसी का कोई बस नहीं, सो रोना भी आ रहा था लेकिन कोई रो नहीं रहा था। शायद भीतर कोई 'एडवेंचर' का हौल भी उठ रहा था। मैंने महसूस किया कि सबके भीतर डर के साथ-साथ डरने और डराने की इच्छा, आश्चर्य में डूब जाने की इच्छा, कोई अनहोनी घट जाने की इच्छा और ऐसी ढेर सारी अजीबोगरीब इच्छाएँ और और उनकी तड़प मन की भीतरी अतल तहों में एक

अजीब उद्वेग और उत्कंठा के साथ गड्ड-मड्ड थीं। बचे रह जाने का सुख और/या बचे रहने की जिजीविषा गहरी नींद सुला देती है। इस तरह हम उस रात सोये।

सुबह पता चला कि शहर में हिन्दू-मुस्लिम दंगा हो गया है। ऊपर गया तो देखा चाची अभी रो रही थीं और चाचू हैरान परेशान, कमरे में परकटे परिन्दे की तरह भटक रहे थे। चुपचाप नीचे उतर आया। बाहर जाने पर कड़ी मुमानियत थी। घर में इस कदर मनहूसियत और बोरियत कि इस उमस से उकताकर मैं पीछे की छत की मुँडेर पर पैर लटकाकर बैठ गया। मन के अपार सन्नाटे और खालीपन में खुद को एक पत्थर की तरह फिंकते और सनसनाते हुए मैंने महसूस किया। यह भयावह था। पिछली गली से सटी पहाड़ी और उसके पार मैदान और उसके आगे तालाब के कुछ-कुछ दिखते और झलकते पानी में खुद को डुबोने की नाकाम कोशिश करने लगा। तभी किसी ने सीटी बजाई और एक कंकर छत की मुँड़ेर से टकराया। चौंककर देखा। रामदयाल, विजय, साधुराम, केशव। वे मुझे इशारों से बुला रहे थे। मेरे मना करने को उन्होंने बुजदिली करार दिया और हुज्जत भरे अस्फुट स्वरों में उलाहने देने लगे। दोस्तों में इज़्ज़त का सवाल था। मैं धीरे से छत से छप्पर पर पैर रखकर आहिस्ता-आहिस्ता पिछली दीवार तक पहुँचा। एक लौटती चोर नज़र ऊपर डाली। कोई नहीं था।

धम्म् से गली में कूद पड़ा। बायाँ घुटना छिल गया। लेकिन दोस्तों के उछलते फुसफसाते उत्साहित घेरे में वीर नौजवान की तरह उठा। कहीं कोई रोक नहीं थी। सभी ओर दौड़ते भागते मस्ताते गर्राते चीखते चिल्लाते लोग। आतंक और डर में से अब एक मज़ा उपज रहा था। उत्साह, उत्कंठा और कौतूहल में तेज़ी से उनके साथ बाज़ार की ओर भागा।

कटरा बाज़ार में हुड़दंग का माहौल था। ऐसा कभी नहीं देखा था। कई जगह आग लगी थी। लोग झुण्डों में घूम रहे थे। नारे लगा रहे थे। इतना शोरगुल कि चीखने-चिल्लाने में गला बैठा जा रहा था। ऊपर चटख गहराता और निस्पृह आसमान था। नीचे आदमी आदमी को रौंदता हुआ, कहीं भागता हुआ, किसी को बुलाता हुआ, पटकता हुआ, रोता हुआ। गाली-गलौज से गली-बाज़ार पटा हुआ था। दुकानों के दरवाज़े तोड़े जा रहे थे। लोग भीतर घुसते, सामान तोड़ते और

बाहर फेंकते। उन्माद के आनन्द और उत्तेजना के ये हाल थे कि नये बाज़ार में एक लुटती दुकान के पास खड़ा मोटा अधेड़ सिन्धी बदहवास चिल्ला रहा था........

'सालो, मत लूटो... दुकान मेरी है मेरी....मैं हिन्दू हूँ हिन्दू...'

लेकिन लोगों को अब ना फिकर थी ना कुछ ख़बर। वे अनसुनी करते हुए बदस्तूर लूटे जा रहे थे। मैंने उसे देखा। उसकी आँखों में दिल हिला देने वाली नफरत, ग़ुस्सा, आतंक और बेबसी थी। उसने मुझे देखते हुए देखकर एक जबर्दस्त गाली दी। मैं भागा। दिल डर रहा था। घबड़ाया हुआ भी। उस डर को स्वछन्दता के अराजक माहौल में अपनी चीख-चिल्लाहट से दबाता हुआ मैं दोस्तों के साथ हो लिया क्योंकि उनका डर सबसे ज़्यादा था। जल्द ही एक अजीब दहशत के स्वाद में गिरफ़्त हम साड़ियों की अधजली दुकान में दाखिल हो गये। चारों ओर कपड़े ही कपड़े। छोटी-छोटी लपटों में से सिर झुका कर जलते थान और जली हुई गन्ध में सुलगते बंडल। लोग देखकर पागल जैसे कोई ख़ज़ाना। खुल जा सिम सिम। और हम हैरान, ललचाये, हड़बड़ाये लेकिन उन्माद और आवेश में उतावले। लोगों की छीना-झपटी चल रही थी। हमें जली कटी साड़ियों को उठाने में मज़ा नहीं आया। हम वापस मुड़े। जमुना हलवाई की दुकान से सीधे कोतवाली को ऊपर जाने वाली रोड पर कई दुकानें लुट रही थीं। उनमें से एक दुकान जूतों की थी। केशव ने उस तरफ़ इशारा किया। हम सब सरपट दौड़े। लोग दुकान से डिब्बे निकालकर लाते और गलियों में गुम हो जाते। मेरे जूते पुराने और घिसेपिटे थे। केशव के पास तो पुराने भी नहीं थे। और अब सामने जूतों का विशाल भंडार था। सब ओर जूते ही जूते। जैसे कोई सपना सच में सामने आ गया हो। मुझमें बिजली की लपक पैदा हुई। भीतर घुसा। बदहवासी में जूतों के दो डिब्बे हाथ लगे। एक केशव को थमाया। वापस घर भागते मेरी बाजू में एक डिब्बा था।

उसी तरह छत से घुसा। दिल धक-धक कर रहा था। पिछले क्षणों का उत्साह और उत्तेजना नदारद थी। अब डर के अलावा एक गहरे अवसाद में मन डूबता जा रहा था। बीच के कमरे में कोई नहीं था। रसोई में अम्माँ और चाची थी। चाचू बाबू की कचहरी में थे जिसके दरवाज़े बन्द थे लेकिन बाबू के चीखने-चिल्लाने और चाचू के

समझाने की आवाज़ें साफ़ आ रही थीं। दबे पाँव ऊपर गया। जल्दी जल्दी डिब्बा चाची की सन्दूक के पीछे छिपा दिया और ऊपरी छत पर पहुँच गया जहाँ इकट्ठे सभी भाई-बहिन डर के मारे शोरगुल कर रहे थे। तेज़ धूप में आसमान जल रहा था। कई दिशाओं से धुआँ का हुजूम उसे गँदला कर रहा था। तीखी और तल्ख आवाज़ों में अब गोलियों के धमाके भी शामिल हो गये थे। सड़कों पर भागदौड़ बदस्तूर थी। पीछे तालाब में पानी शान्त और ठहरा था। हमेशा छत पर एक से दृश्य दिखाई देते थे लेकिन आज छत पर तस्वीर के दो अलग-अलग रुख थे। ऊपर आकाश में जहाँ सबके देवता रहते थे, वहाँ हवा में बारूद की तेज़ गन्ध थी। मुझे ज़ोर की भूख लगी। नीचे रसोई में उतर गया।

शाम तक सोया रहा। जब उठाया गया, रात हो रही थी। खाना खाया। फिर सो गया। न जाने क्यों मेरा दिल गिरा हुआ था। किसी के सामने जाने या नज़र मिलाकर बात करने की ना हिम्मत थी और ना हौसला। बार-बार दिमाग़ में बाज़ार की वही पूरी दृश्यावली खिंच जाती और बार-बार आँखों के आगे एक डिब्बा झूल जाता।

अगली सुबह देर से जागा। माथा अभी तक भारी था। बालकनी से झाँका तो आँगन ने भी मुझे प्यार से नहीं देखा। नीचे चाचू बेहद परेशान चहलकदमी कर रहे थे। बार-बार बाहर जाने का इसरार करते। उतनी ही बार बाबू उनके पैर पकड़कर, हाथ जोड़कर घर में ही रहने की मिन्नत करते। पहली बार मैंने बाबू को इस रूप में देखा। वरना धधकती आग को पकड़ना आसान है लेकिन बाबू की लपट के सामने रुक पाना किसी के वश में नहीं।

'इस्माइल, समझते क्यों नहीं। फसाद अभी भी ख़त्म नहीं हुआ है...कलेक्टर की अपील और पुलिस के रूट-मार्च से कोई फ़र्क़ नहीं पड़ने वाला। बदमाश लोग अभी भी ताक में हैं...सब को शह है, सपोर्ट है...बाहर निकलोगे...कुछ भी हो सकता है...अभी भी ख़तरा है...'

'...मैं बर्बाद हो गया भाईजान, कहीं का नहीं रहा। जो कुछ बचा-खुचा है उसे अभी समेट लूँ तो भी गनीमत है वरना कुछ हाथ ना लगेगा...आप ज़ज्बात के बजाय हालात पर गौर करें...'

'...ज़ज्बात नहीं हालात की ही बात कर रहा हूँ...चोर पुलिस से

लेकर हर प्रकार के बदमाशों को खूब जानता हूँ मैं...रोज़ कचहरी में इन्हीं सब से पाला पड़ता है...सब की भीतरी साँठ-गाँठ होती है...मेरी मानो, ख़तरा अभी टला नहीं है...बाहर निकलोगे...अब क्या बताऊँ भैया...बस मेरी मान लो...दो दिन रुक जाओ...'

'...मैं बर्बाद हो गया, मेरा क्या होगा...'

और चाचू सुबक-सुबककर रोने लगे। बाबू उनकी पीठ एक हाथ से सहलाते हुए न जाने किन्हें बेपनाह गालियाँ देने लगे। रसोई में चाची प्याज काट रही थी। यकायक उन्होंने बायें कन्धे पर सिर डाला और हिलक-हिलककर रोने लगीं। मुझे बहुत बुरा लग रहा था लेकिन मेरी समझ में नहीं आ रहा था कि क्या करूँ, क्या कहूँ! चुपचाप छत पर चला गया। कल की तरह आसमान से धूप बरस रही थी। लेकिन आज, चारों ओर शहर वीरान और मुर्दा। ना कहीं कोई लोग, ना आवाज़ें। जैसे कोई टोना मार गया हो। भुतहा शहर बीभत्स और डरावना लग रहा था। डर के मारे वापस लौटा और चाची के कमरे में उनके पलँग पर सो गया।

दोपहर का वह कोई सा वक़्त रहा होगा, अन्दाज़ नहीं पड़ता। नींद से धीरे-धीरे जागते हुए हलकी आवाज़ों की सरगोशियाँ कान के पास इकट्ठा हो रही थीं। कुछ भीतर जातीं। कुछ अटक जातीं। कुछ खो जातीं। नींद की धुन्ध में चाचू की धीमी आवाज़ धीरे से उभरी।

'...देखा जैनब, अपने इन साहबजादे का कमाल। डूबा बंस कबीर का, उपजा पूत कमाल...'

'खुदा के लिए भाई जान से ना कहियो। बावेला मचा देंगे, उनका ग़ुस्सा...'

चाची की मिन्नत भरी फुसफुसाती आवाज़ में कहीं कोई आँसू भी थे।

'कौन कमबख़्त कहेगा, छोड़ो, मैं तो तुम्हें बता रहा था कि गलत नम्बर का जूता उठा लाया है...'

मेरी फूँक सरक गयी। नींद में जैसे किसी ने झन्नाटेदार थपाड़ा मारा हो। उठने की हिम्मत नहीं हुई। कान जगाकर कुहनियों में से देखा। चाचू उसी डिब्बे का बाहर भीतर से मुआयना कर रहे थे। उनके होंठ कुछ टेढ़े-मेढ़े हो रहे थे। बार-बार खाँसते और नाक पर

चश्मा सँभालते उनका चेहरा अजब ढंग से काँप रहा था।

'...आठ नम्बर का जूता उठा लाया कमबख़्त। इसके बाप तक को नहीं आयेगा। भले आदमी तरीके से लूटना तो सीख...मेरी दुकान का ही है, अब की बदल कर ले आऊँगा। इसके जूते भी तो पुराने हो गये...मुझे ही याद नहीं रहा...चलो, यूँ ही सही...अल्ला अल्ला ख़ैर सल्ला...'

एकाएक मुझे न जाने क्या हुआ। मेरा खुद पर बस न रहा। इतने समय से जो अवसाद, ग्लानि और आक्रोश मन के भीतर उमड़-घुमड़ रहा था, तेज़ झोंकों के साथ बाहर निकल पड़ा। मैं हिचकियाँ दे देकर ज़ोर ज़ोर से रो रहा था। चाचू अवाक् देख रहे थे। चाची ने मुझे गोद में झुका लिया और सहलाने लगी।

'...देखो, मियाँ, बड़ा हो गया है न मेरा राजा बेटा। ...मेरा मिट्ठा...'

चाचू उठे। चुपचाप सीढ़ियाँ उतर गये। कोई आवाज़ नहीं हुई। शायद उनके पैरों में जूते नहीं थे।

चार चतुर की बेकार कथा

वे चार थे। चारों बेकार थे। पहले वे ऐसे नहीं थे। बचपन से ही सबके अपने कारोबार थे, जहाँ कहीं कभी कोई ना तो फिक्र थी और ना ही चिन्ता। एक साथ रहते थे। शुरुआती दिनों की बात थी। उनमें से एक कविता लिखने की धुन में रहता था। दूसरा काग़ज़ पर रंगों से खेलते रहना चाहता था। तीसरा अपनी आवाज़ को अन्तरिक्ष तक उठाकर स्वरों में खो रहा था। चौथा नृत्य की लयात्मक मुद्राओं में अपना वजूद भूलने की हद पर था। अपने शौक में मुब्तिला वे सभी बेपरवाह और अलमस्त थे।

उन दिनों उनके पास ख़त्म ना होने वाले दिन और रात थे। हँसती हुई सुबहें थीं। महकती हुई शामें थीं। गुनगुनी धूप थी। आसमान में बेफ़िक्र चाँद। आँखों में उजाले थे और सपने अँधेरी रातों की गोद में से नहीं, दिन के उजालों के सरमाये में से निकलते। नींदों में डूब जाने के बाद स्याह-धूसर लिफ़ाफ़ों में से इतने रंगीन सपने निकले कि दुनिया के रंग चटख और रौशन हो गये। इस रौशनी ने फिर वे पगडंडियाँ दिखलाईं जिन पर से चलकर उनके पास किताबें आयीं।

उन किताबों के एक-एक पन्ने में ख़ज़ाने छुपे थे जो खोलने पर बेतहाशा बोलते, ना खोलने पर बार-बार पुकारते और ना सुनने पर अवाक् और स्तब्ध रह जाते लेकिन उनकी अनुगूँजें बन्द नहीं होतीं और फिर उधर मुड़ना ही पड़ता जिस मोड़ पर वे खड़ी होकर उनकी बाट तक रही होतीं। वे दोस्त की तरह सीने से लग जातीं और दुश्मन की तरह कभी खुद को भूलने नहीं देतीं। उन्होंने आँखों के रास्ते चलकर और कानों के पास ठहरकर वे तमाम बूझ-अबूझ बातें बताईं-सुनाईं जो उनके दिल में अब तक थीं लेकिन जाने क्यों ख़ामोश थीं। पानी की ऐसी चुप सतह जिस पर कोई अक्स ना थे लेकिन

किताबों ने ऐसी हलचलें उठा दीं कि अब तक देखी गयीं और अब तक ना देखी गयीं तमाम सूरतें, तमाम चेहरे, तमाम क़िस्से और अब तक ना देखे-सुने-जाने-समझे अफ़साने अगली-पिछली हज़ार रातों के बयान देने लगे। इस क़िस्सागोई में वे करामाती नक्शे और तिलिस्मी निशान थे जो कभी उनके ख़यालों में इस तरह तो कभी ना थे, और फिर उनमें से निकलीं वे दिलकश उड़ानें जो सीधे उनके ख़्वाबों तक पहुँचकर उन्हें वहाँ ले जाती थीं जहाँ दिल ने पहुँचने का कभी खुद से वायदा किया था और इस हसरत में फ़ना हो जाना पसन्द भी किया था। हिम्मत और हौसले अपने शबाब पर थे। कुछ कर गुजरने की तमन्नाएँ दिल में सौ-सौ बल खाती थीं। कमबख़्त अंगड़ाइयाँ भी इस तरह और इस कदर उठती थीं कि उम्र के पेड़ों पर कमसिनी के फल वक़्त से पहले पकने लगे थे। उन्हें वे सहारे मिले जिन्होंने उन्हें अपना सहारा माना। वक़्त की थैली में रखी प्यार की इस दौलत को दुनिया की सबसे हसीन और अहम शै मानकर वे फूले ना समाये और बेतहाशा खर्च करने में तल्लीन हो गये।

अब वह आसमान उनके हाथों में था जिसके कूचे-कूचे की सैर उन्होंने दिल्लगी के साथ की। तब उन्हें वे पत्थर भी गड़े जो लोगों ने हर उठती चीज़ के ख़िलाफ़ फेंके थे और जिनके सिलसिले पुरजोशी से बाद तक कायम रहे। इन चोटों से किताबों के हरे-भरे पन्ने फीके तो पड़ने लगे पर बदरंग नहीं हुए। फूलों में पोशीदा काँटों का अहसास होने लगा था और एक बार फिर दुनिया के बारे में शंकाएँ और आशंकाएँ पैदा हुईं, मगर कुछ अलग अन्दाज़ से, कुछ अलग अंजाम के साथ। इन्हीं पेंच-दर-पेंच उलझनों में से ढेर सारी अनथक बहसों की धाराएँ बहीं। इस जल-थल की जड़ों से गुत्थियाँ निकलीं। विचारों के सिलसिले बने-बिगड़े। मान्यताएँ टूटीं-फूटीं। स्थापनाएँ सजी-सँवरीं। कामनाएँ सुलझीं-उलझीं। सच बिखरे। झूठ ठहरे। अँधेरे में रौशनी का भ्रम और रौशनी में अँधेरे का रहस्य जगा। अजब तमाशा कि वे इनमें-उनमें फ़र्क़ ढूँढ़ते रहे और यकीनी तौर पर हाथ कुछ ना आया। अज़ब शक्लों में गहरे मथती कशमकश और उबाल भरे तनाव हैरान-परेशान माथे में भरते चले गये।

दुनिया फुटबॉल की गेंद की तरह लुढ़कती हुई करीब आयी थी जिसके साथ उन्होंने अपनी तरह से खेलना शुरू किया। गेंद आसमानों

तक जाती और वे समुद्र की गहराइयों से उसे खींच लाते। लेकिन ज़ल्द ही गेंद ने अब उन्हें किक मारना शुरू कर दिया। पढ़ाई ख़त्म होने के साथ वे ना केवल क्लास-रूम से बाहर हुए बल्कि अपनी दिलचस्पियों के हर मैदान से बाहर होते चले गये। वे गहरी असमंजस के दिन थे जिसके दिन-दहाड़े अँधेरों में वे सब घिर गये। जीवन के अर्थ व्यर्थ होने लगे। ना घर में राहत, ना बाहर चैन। सड़कों पर आवारागर्दी और नौकरी की अनन्त अर्थहीन तलाश। सपनों की जमा-पूँजी तेज़ी से ख़र्च हो रही थी। शीशे का शहर पत्थरों में तब्दील हो रहा था। प्रेम-पत्रों के चिथड़े उड़ने लगे। रफूगिरी का कोई अन्दाज़ काम ना आया। मौसम नहीं चेहरे बदल रहे थे। भरे हुए पैमाने उलट रहे थे। शक उन्हें करना चाहिए था लेकिन लोग उन पर शक करने लगे थे। धरती का वज़न बढ़ रहा था जिसे वे अपनी धँस रही छाती पर शिद्दत से महसूस कर रहे थे लेकिन अथाह दलदल में डूबते जाने के अलावा कुछ भी बस में नहीं रहा। और फिर वह दौर शुरू हुआ जब अपनी नालायकी और निकम्मेपन के साथ, सपनों और बहसों का बोझ उठाए वे वीरान पार्कों की नामुराद सूखी ज़मीन पर ख़ारिज पत्तों से असहाय पड़े रहते या सड़कों पर धूल की तरह इधर से उधर उड़ते-बिखरते। कभी जिस किस्मत से उम्मीदों का रिश्ता बनाया था, उसे अब दिन-रात कोसते लेकिन उससे क्या होना था !!!

चलते-चलते उनमें से एक ने आलीशान होटल के नायाब कालीन पर इठलाते एक जोड़ी जूतों को देखा। उन जूतों पर बेहतरीन पालिश थी। वे इतने खूबसूरत थे और अपने इस आतंक की वजह से इतने चमक रहे थे कि चकाचौंध में उन्हें देखना या उनके आस-पास देख पाना मुश्किल था। उससे भी मुश्किल उन तक पहुँच पाना था। लेकिन वह उन्हें लगातार देखता रहा होगा, तभी अचानक एक झपट्टा मारकर उन क़ीमती जूतों में सूराख़ कर भीतर घुस गया।

उन सब के लिए यह एक जबर्दस्त और आकस्मिक हादसा था। इस बारे में इस तरह से उन्होंने कभी सोचा नहीं था और आज जो सोचा, वह ग़म और गुस्से के अलावा कुछ नहीं था। जितना अचरज, उससे दूनी नफरत और चौगुनी हिकारत। बस यही बबाल उठता रहा कि क्या हुआ होगा उसका ? सबने कहा कि सख़्त एड़ियों की चोटों में कहीं पिचपिचाकर रह गया होगा। इस सारी प्रक्रिया में दया

भी आयी, तरस भी खाया, डर भी लगा लेकिन कहीं कुछ राहत सी भी महसूस हुई जिसके बारे में किसी की कोई कैफियत नहीं थी।

सोचते-सोचते उनमें से दूसरा उस कलफ लगी कड़कदार वर्दी के गिर्द मँडराने लगा जिसके आस-पास बरसों से उसका बाप भिनभिना रहा था और हमेशा बेटे के कान उमेठकर उस ओर खींचता रहता था। दूसरे का मन पहले तो कभी इस काम में नहीं लगा था लेकिन एक दिन जाने क्या हुआ कि वह ग़ज़ब की तेज़ी से भिनभिनाता हुआ उड़ा और धीरे से वर्दी की चोर जेब में दाख़िल हो गया। वे सब देखते रह गये। सबका मन नफ़रत से भर उठा, फिर भी सबने उसे कई बार पुकारा। लेकिन उसके बाप की रौबीली मूँछों की फुफकार और सख़्त हाथों की आक्रामक फटकार से पास फटक ना सके। घृणा भरी थूक के साथ वे सब ज़मीन पर पटक दिये गये। फिर भी वे उसे पुकारते रहे लेकिन वह जा चुका था।

यह एक और संगीन वारदात बनी जिसके बारे में कभी सोचा नहीं गया था। उन्हें हर तरह से आश्चर्य हुआ। आख़िर उसे क्या सूझा। वे उसके बारे में कितना अधिक जानते थे लेकिन ऐन वक़्त जानना कितना कम पाया गया। जाते समय उसने ना कुछ पूछा, ना सलाह-मशिवरा किया, यहाँ तक कि आवाज़ भी नहीं सुनी। इस बार भी दया थी, पर कम थी। तरस भी कम था। डर ज़रूर बढ़ गया था। लेकिन इस बार राहत हो या ना हो, ईर्ष्या की हलकी लपट ने कलेजे तक आँच दी थी। उन्हें यकीन हो रहा था कि वह अब कभी उनकी आवाज़ नहीं सुनेगा। लेकिन इस बार ख़ुद को तसल्ली देने के लिए उसे पुकारा।

पुकारते-पुकारते उनमें से तीसरा पश्चिम से आ रही गोलियों के तेज़ धमाके को गौर से सुनने लगा। बारूदी गन्ध के उस माहौल में वह पहले स्तब्ध हुआ और फिर हतप्रभ खड़ा रहा। फिर तेज़ी से दौड़कर उस तरफ़ ग़ायब हो गया जहाँ से अभी तक बन्दूकों के धमाकों की आवाज़ें आ रही थीं। ख़ून की बौछारों के बीच धुआँ फैल रहा था। छायाएँ अस्पष्ट थीं। सिर्फ़ उनके काले नक़ाब चमक रहे थे। उनके कहकहे दिल को दहलाने वाले थे। उस सब में वह कहाँ था, कहाँ चला गया, कोई बता नहीं सका, बल्कि एक ख़तरनाक ख़ामोशी फैलती चली गयी। निश्चय ही उसी जलजले में कहीं वह भी शामिल

हो चुका था, लेकिन अब दिखाई नहीं दे रहा था।

उनमें से अब सिर्फ़ चौथा बचा था। उसके पैरों के नीचे की ज़मीन खिसक चुकी थी और आसमान ऐन सिर पर खड़ा कहर ढा रहा था। वह निपट अकेला और निरीह रह गया था। उसने हिम्मत कर ज़मीन को पकड़ने का उपक्रम किया। लेकिन मुँह के बल गिरा। तभी शोर का एक ज़ोरदार झोंका आया। वह पत्ते की तरह उड़ चला और उड़ते-उड़ते सड़क पर चल रहे एक जुलूस के बीचोबीच गिर पड़ा। हाथी, घोड़े, ऊँट, जीप, मोटर-साइकिलों, ट्रक-ठेलों, कारों, तलवारों, इश्तहारों और अख़बारों की भारी भीड़ थी। उनके पास किसिम-किसिम की टोपियाँ, घोषणाएँ, शानदार संगीन नारे और धारदार रंगीन बैनर थे। वे सब आपस में इतना शोरगुल मचा रहे थे कि किसी को किसी की भी बात पल्ले नहीं पड़ रही थी। दरअसल, वे ऐसा ही चाह भी रहे थे। इस शोर में वह अपना डर भूल गया, बल्कि उसे ग़ज़ब सी ताक़त मिली। वह हाथ उठाकर ज़ोर-ज़ोर से चिल्लाने लगा, इतना, ऐसे और इस कदर कि सभी उसे ध्यान से देखने लगे। ज्यों-ज्यों उसने इस सच्चाई को समझा, त्यों-त्यों उसकी आवाज़ बुलन्द और नित-नये उन्माद से भरती चली गयी। लोगों ने उसे कन्धों पर बिठा लिया। जल्द ही वह सिरों पर बैठने लगा और एक दिन उसने ऐसी छलाँग लगाई कि वह सीधे हिमालय पर जा बैठा। वहाँ इतना घना कोहरा और आतंक भरी ठंड थी कि उसे देखना मुश्किल हो गया। वह फिर ज़मीन पर कभी-कभार देखा गया। जब भी देखा गया तो प्लेन या बुलेट ट्रेन चलाते देखा गया। उसका पता होते हुए भी, फिर उसका पता नहीं चल सका।

अब वहाँ कोई नहीं था। समय के बबंडर में बौखलाई पृथ्वी बेतहाशा अपनी धुरी के बाहर घूम रही थी। लोग-बाग एक जगह से दूसरी जगह तेज़ी से भाग रहे थे और फिर उसी जगह पहुँचते जो अब तक बिल्कुल बदल चुकी होती और एक घटिया हालत में परिवर्तित हो चुकी होती। वे इसे विकास-यात्रा समझकर दूने जोश और चौगुनी थकान से फिर दौड़ने लगते। धर्म-स्थलों पर बिना रुके घण्टे लगातार बज रहे थे। हर दंगे के पहले पूजा-इबादतें होतीं और उनके थमने के बाद फिर वही मंगल-गान। सड़क से लेकर संसद तक देश-प्रेम के गीत ऊँचे कर्कश चीत्कारों में बज रहे थे जिनके

बीच-बीच में फैशन-परेड की धमक, चालू लुच्चही गाने और लूट-मार के क़िस्से अनिवार्य रूप से गुँथे हुए थे। दफ़्तरों में कुर्सियाँ दौड़ रही थीं। कर्मचारी बेदम पड़े थे। स्कूलों में कैलेण्डर फड़फड़ा रहे थे। विद्यार्थी ग़ायब थे। घरों में रात और दिन तह किये जाकर बदबूदार लिहाफों में रखे जा रहे थे। बूढ़ों के घुलने के कारण आकार छोटे होते जा रहे थे कि उनकी औकात रद्दी की ढेरी से भी कम और हलकी हो गयी थी। प्रेम-पत्र पीले पड़ने के बाद पुराने सन्दूकों में बन्द किये जा चुके थे। पुराने लोग जा चुके थे। नये लोग आ रहे थे। फ़र्क़ कहीं कोई नहीं था। सिर्फ़ उस खाली जगह में दुनिया का हर जलील सन्नाटा बह रहा था। सृष्टि की अनन्त फुसफुसाहटों और उनमें से रह-रहकर निकलते करुण क्रन्दन के अलावा कहीं कुछ नहीं था। धरती शान्त हो चुकी थी। तूफ़ान वापस जा चुके थे।

तपते भूखण्डों की परिक्रमा करती हुई एक चींटी ने एक बार फिर दायें-बायें देखा और अपनी तल्लीनता में चलना शुरू किया। पृथ्वी इतनी बड़ी-विशाल कि जो एक बार नज़र से ओझल हुआ तो फिर उसका पता ना चले। लेकिन इतनी छोटी भी कि घूम-फिरकर एक बार मिलने वाले मिल ही जाते हैं।

उस भव्य पार्टी में अचानक वे चारों मिल गये। पहले-पहल तो वे एक-दूसरे को पहचान ही ना सके। वे सब इतने बदल गये थे कि उन्हें पुरानी सूरतें ही याद नहीं रह पायी थीं। उनमें से एक अन्धा हो चुका था। उनमें से एक बहरा हो गया था। उनमें से एक गूँगा और एक अपाहिज। उन्हें पद, पैसा, प्रतिष्ठा, प्रभुत्व सब कुछ हासिल हो चुका था। सब सम्पन्न और सन्तुष्ट थे। उनके प्रौढ़ चेहरे दर्प से दमक रहे थे। बातों के सिलसिले और सिगरेट के धुएँ के छल्ले साथ-साथ ऊपर ही ऊपर उड़े चले जा रहे थे। इस परम आनन्द में उन्हें पुराने बीते दिन याद आये और वे बार-बार बहुत बार हँसे और हँसते रहे। वे अब रह-रहकर पछताते भी जा रहे थे कि उनने बिला वज़ह एक वक़्त फिज़ूल बर्बाद किया। दरअसल जो वे आज हैं, उन्हें बहुत पहले हो जाना चाहिए था। वह कमबख़्त गया-गुजरा ज़माना वापस नहीं आता, यह बात दिल को टीसती थी। वक़्त की बर्बादी का अफ़सोस कई बार और कई तरह से हुआ। एक अनावश्यक बेचैनी उन्हें फिर

भी परेशान कर रही थी जिससे वे दूसरों और अपनी भी निगाह से बचना चाह रहे थे और बेशक़ीमती नगों से जड़ी अँगूठियों वाले खाली हाथ फिर खाली हो गये गिलासों को बेवज़ह थपथपाने लगते गोया कि़ खुद को और दुनिया को दिलासा दे रहे हों।

वे लगातार बातें कर रहे थे, अक्सर अज़ब, अनर्गल, अप्रासंगिक। वे बातों का सिलसिला तोड़ना नहीं चाह रहे थे क्योंकि टूटने के मोड़ पर एक ऐसी ख़ामोशी खड़ी थी जिससे मुख़ातिब होना उनकी ही चीर-फाड़ कर उन्हें तोड़-फोड़ सकता था। वे इस विपत्ति के आसार भाँप रहे थे। वे बचना चाह रहे थे लेकिन हालात उनके हाथ से निकलते जा रहे थे और अचानक संगीत का ऐसा शोर हुआ कि उनके बीच कुछ देर के लिए ख़ामोशी पसर गयी। तब उन्होंने एक-दूसरे को गहरी नज़र से भरपूर देखा। खाली गिलासों में उनके पुराने चेहरे तैर रहे थे जिनको टपकते आँसू मटमैला करते हुए भी धुँधला नहीं कर पा रहे थे। तभी वेटर ने उनमें लेमन डाला और जिन से लबालब भर दिया। वे देख सके कि उफनती सतह पर हलके झाग के बीच वही जवान लड़के हँस रहे हैं जिनमें से कोई कविता पढ़ रहा है, कोई पेंटिंग बना रहा है, कोई गा रहा है और चौथा नृत्य-मुद्रा में है। अज़ब साँसत में वे स्तब्ध बैठे थे। एक पल के लिए दिल की धड़कन ग़ायब हुई जो फिर नहीं लौटी, हालाँकि सीनों में धड़-धड़ की बाकायदा आवाज़ें आ रही थीं लेकिन वे धड़कनें नहीं थीं, रोज़मर्रा की बेकाम कवायदें थीं। इस अज़ाब के बीच वे उठे और फिर एक बार भीड़ में खो गये कि दोबारा उनका पता नहीं चला।

अब क्या दोबारा लिखने की ज़रूरत है कि तपते भूखण्डों की परिक्रमा करती हुई एक चींटी ने एक बार फिर...!!! वाहियात।

रिश्ते

प्लेटफ़ॉर्म पर पैर रखते ही ज़मीन ने उसे पकड़ लिया। लगा, कुछ पुराना, कहीं खोया हुआ दोबारा मिला हो। यूँ वह ठीक ठीक जानता है कि यह उसका वतन नहीं। यहाँ वह कुछ साल रहा है। वह भी नौकरी के सिलसिले में। पहली बार जब वह इस शहर में आया था, वह था, पूनम थी और चार अदद सूटकेस थे जिनमें नयी-नयी शादी के बाद उसकी गृहस्थी भरी हुई थी। यहीं उसका पहला घर बना। यहीं उसकी बेटी पैदा हुई और फिर बेटा। यहीं एक नया संसार बसा। इतनी जल्दी कि उसका पहला क्षण, पहला दिन याद करते दिलोदिमाग़ में सब गड्डमड्ड हो जाता है। सिलसिलेवार कुछ याद ही नहीं आता। एक पुरानी कहानी की तरह टुकड़े-टुकड़े बातें आँखों के आगे घूम जाती हैं और दूसरी घटनाओं के रंग-रूप में घुलमिल जातीं। याद सिर्फ़ कुछ नेह-नाते रह जाते और दिल उन्हीं ख़यालों में देर तक डूबा रहता।

आखिर वह क्या बात है जो इतने सालों के बाद इस शहर में क़दम रखते ही एक सिहरन ने उसे घेर लिया जो पाँवों से सरसराकर छाती तक पहुँच रही है। ऐसा नहीं कि इस शहर में वह पहले कभी नहीं आया हो। बहुत पहले वह कई बार आया और गया। कभी अकेला, कभी पूनम के साथ, कभी किसी तरह। लेकिन इस बार, इतने सालों बाद कुछ अलग ही लग रहा है। इस बार क्या है!!!!

ढेर सारी झूलती यादों के बीच वह एक मकान आज भी स्थिर खड़ा है। हाईवे से दाहिने तरफ़ मुड़ती छोटी सड़क से तीसरा मकान, लाल पत्थरों की दीवारों वाला जिसके दुमंज़िले की छत पर काली रोशनाई से लिखा था—'प्रेम निवास 1964'। पुराने टाइप के उस मकान में

आगे-पीछे काफ़ी खाली जमीन पड़ी हुई थी जिसमें कभी तरतीब से बागीचा लगाया गया होगा लेकिन अब ठीक देखभाल ना हो पाने के कारण दयनीय नज़र आता था। ऊपर की मंज़िल भी उतनी सुनसान और बेजार थी। नीचे भी चहल-पहल कम ही थी। कभी-कभार एकाध नौकर, कबाड़ी या ऐसे ही कुछ के अलावा सिर्फ़ एक काला डरावना कुत्ता हमेशा इधर-उधर भौंकता, भागता दिखाई दे जाता। पहली नज़र में देखने में मकान भुतहा-सा लगता।

ठीक उसके सामने बनी एक नवनिर्मित बहुमंज़िली इमारत के दूसरे तल का फ़्लैट उसे किराये पर मिला था। शहर से दूर, नयी बसाहट और बैंक के कैशियर अवस्थी की पहचान के कारण किराया कम और बर्दाश्त करने लायक था। उसे फ़्लैट इसलिए भी पसन्द आया था क्योंकि वह अब तक भीड़-भाड़ वाले इलाकों में रहते हुए बुरी तरह ऊब चुका था और पूनम के साथ नये जीवन की शुरुआत वह ऐसी जगह से करना चाहता था जिस संसार में उसके और पूनम के अलावा कोई दूसरा ना हो। यह जगह इस तरह और इसलिए मुफीद और माफिक थी। उसे आसपास से कोई मतलब नहीं था। सुबह दस बजे बैंक के लिए निकलता और शाम पाँच बजते-बजते उसका स्कूटर फ़्लैट के नीचे घुरघुराने लगता।

सुबह देर से उठते-उठते जैसे तैसे चाय नाश्ता तैयार करने और मनोज का लंच बाक्स बनाने में पूनम का समय कैसे हवा की तरह उड़ जाता, उसे ही पता नहीं चल पाता। लेकिन उसके बाद मनोज के साथ आने वाली शाम इतनी देर से आती कि वह परेशान हो जाती। वे टी.वी. के शुरुआती दिन थे। गिनेचुने और घिसेपिटे कार्यक्रम देखते-देखते वह बेहाल हो गयी थी। कोई बात करने वाला नहीं था। पड़ोस के दो फ़्लैटों में हमेशा ताले पड़े रहते। मानो खरीदकर मालिक उन्हें भूल चुके हैं। चौथे फ़्लैट में एक गलफुल्ला आदमी अकेले रहता है। या तो ज़ोर-ज़ोर से गाने की आवाज़ देर तक पीछे बाथरूम की तरफ़ से आती या दोस्तों के साथ दोपहर से ही महफिलबाजी शुरू हो जाती। पूनम नाक में पल्लू ठूँसे निःशब्द बेडरूम में घुसी रहती। उसे शक था कि ज़रूर वहाँ जुआ होता है और शराब पी जाती है। ऐसे ही हाल ऊपर और नीचे की मंज़िलों के थे। थोड़े बहुत फ़र्क़ के साथ कि रहवासी अपने में ही मस्त रहते और दूसरों से कोई वास्ता

नहीं रखना चाहते। उनके परिवारों की महिलाओं से मेलजोल बढ़ाने में उसे हिचक होती। हमेशा भ्रम में रहती। कैसी होंगी, क्या कहेंगी, क्या-क्या पूछेंगी, कैसे उनके साथ निबाह होगा? बात करूँ कि ना करूँ कि क्या करूँ? वगैरह-वगैरह ढेर सारी उलझन और उनसे ज़्यादा सवाल जो लगातार उसे दुविधा में डाले रखते। मनोज उसकी हालत समझता। कई बार कह चुका कि समस्या सामने आने पर सोचो, ठीक से सोच लो और फिर जल्दी कोई निर्णय लो। सही हुआ तो ठीक वरना गलत भी हुआ तो यार चलता है। यही ज़िन्दगी है। लेकिन पूनम खूब सोच-विचार के बाद भी ज्यों की त्यों। कोई चारा नहीं था।

दरअसल हमेशा दुविधाओं में ग्रस्त रहना पूनम की आदत और अब स्वभाव बन गया था। वह कभी कोई निर्णय नहीं ले पाती। छोटी से छोटी बात पर उसके भीतर पक्ष-विपक्ष में इतनी सारी आशंकाएँ, सम्भावनाएँ और भ्रम होते कि कुछ भी तय करना उसके लिए मुश्किल हो जाता।

फिर ना जाने कभी कैसे पूनम की मुलाकात उन आंटी से हो गयी जो उस भुतहा मकान में रहती थीं। शायद सब्ज़ी खरीदते हुए किसी ठेले पर या कामवाली बाई को ढूँढ़ने के चक्कर में। याद नहीं आता। लेकिन पहली बार मिले तो दोनों ने एकदम एक-दूसरे को पसन्द कर लिया। पूनम को उनमें एक सहृदय और मिलनसार महिला दिखी जिसमें उसकी उस माँ की छवि थी जो बरसों पहले पूनम से बिछुड़ चुकी थीं और आंटी को अपनी बेटी मुस्कुराती नज़र आयी। पूनम रोज़ की दोपहर की अपनी बोरियत से आज़िज आ गयी थी और आंटी के पास भी रोज़ ढेर सारी खाली दोपहरें थीं जो किसी की अविराम बातों से भरे जाने को आतुर थीं। आंटी के साथ रहकर और पास होकर पूनम अपनी दुविधाओं से उबर जाती क्योंकि आंटी उसे आसानी से बता देती कि किस मौक़े पर क्या करना उचित रहेगा। पूनम को उनके साथ एक राहत मिलती और भरोसे का बल भी। आवश्यकता आविष्कार की जननी होती है और इस बार इस उपक्रम में प्रेम पैदा हुआ। इस प्रसंग में यह मज़ेदार बात हुई। इसमें सोने में सुहागा यह हुआ कि अंकल और मनोज को भी एक-दूसरे की कम्पनी रास आने लगी।

रामबाबू बहुत बातूनी थे। पढ़ने-लिखने में गहरी रुचि होने से

वे इतनी ज़्यादा और दिलचस्प बातें करते कि पूनम श्रद्धालु श्रोता की तरह घंटों उनकी बातें सुनती रहती। पढ़ने का उसे भी शौक था और उस घर में किताबों का अम्बार लगा था। अन्धा क्या माँगे, दो आँखें और पूनम को यहाँ हर ओर आँखें ही आँखें दिख रही थी जहाँ उसको अपनी तमाम मुस्कुराहटें दिख रही थीं। रामबाबू खूब पढ़ते और फिर तन्मय होकर खूब लिखते। अख़बारों और पत्रिकाओं में भेजते। लेकिन कभी कहीं कुछ छपा नहीं। वे अपनी महान रचनाएँ पूनम को सुनाते और अख़बारों को जी भर कर कोसते जिसमें अब पूनम भी पूरी मुस्तैदी से साथ देने लगी थी। आंटी कनखियों से देख-देखकर हँसतीं और चाय बनाने लग जातीं जिसे पीना उन दोनों का शगल था। मनोज को ज़्यादा चाय पीना पसन्द नहीं था लेकिन चाय के साथ परोसे जाने वाले पकौड़े बेहद भाते थे। आंटी को पकवान बनाने-खिलाने और तारीफ़ सुनने का बड़ा शौक था। मनोज इस हुनर में माहिर था और तब खास तौर पर जब ऐसी प्रशंसा के तुरन्त प्रतिफल में उम्दा पकवानों की प्लेटें सजी मिलें। यदि पुरुष के दिल का रास्ता उसके पेट से है तो स्त्री के कानों से ही उसके दिल तक आसानी से पहुँचा जा सकता है। लिहाज़ा तारीफ़ से गुदगुदाती आंटी दुखती कमर के बावजूद दूने उत्साह से कुछ अलग और अनूठे पकवान बनाने रसोई में जुट जातीं। इसके अलावा एक और बात ने उन चारों को आपस में बाँध लिया। रामबाबू के पास एक पुरानी कार थी जिसे अब बुढ़ापे की दिक्कतों के कारण चलाने में वे परहेज करते जबकि मनोज के पास कार नहीं थी, सिर्फ़ कार का शौक और हसरत थी। इस तरह अन्धे और लँगड़े का साथ हुआ और गाड़ी सरपट निकल भागी। अक्सर शाम को या छुट्टियों के दिन सैर-सपाटे में गुज़रने लगे। कुल मिलाकर जो समीकरण बने, उसमें उम्र के फासलों के बावजूद वे चारों एक-दूसरे के पूरक हो गये। ख़ून के रिश्तों से भी मज़बूत कुछ अनाम रिश्ते बने और देखते ही देखते सालों-साल गुजरते रहे। दोनों परिवारों के बीच कभी पैसा उलझन नहीं बना। शायद दोनों सतर्क थे और सबसे बड़ी बात कि दोनों आत्मनिर्भर थे और लालच से दूर। मनोज की बैंक की अच्छी-खासी नौकरी थी और रामबाबू खाते-पीते घर के पुराने रईस।

इस दौरान पूनम की गोद में बंटी आयी, फिर बबलू। आंटी

ने जो अब आई बन चुकी थीं, माँ की तरह रात-दिन पूनम का ध्यान रखा और उसे कभी माँ की कमी महसूस नहीं होने दी। जब तब पूनम की आँखें भर जातीं और धुन्ध भरी धुँधली तस्वीरों में खोते उभरते माँ के चेहरे की जगह आई की शान्त और ममतामयी आकृति ने ले ली। रामबाबू की तबियत भी अक्सर नरम-गरम होती थी लेकिन हर मौक़े पर उन दोनों ने देखभाल में कभी कोई कसर नहीं छोड़ी। अब हाल यह था कि ऐन दफ़्तर जाने के वक़्त कमीज में बटन टाँकता या मोजों को ढूँढ़ता हुआ मनोज परेशान होता और पूनम वहाँ आई के घुटनों में सरसों का गरम तेल मल रही होती। लेकिन मनोज हँसता हुआ स्कूटर पर सामने से निकल जाता और पूनम बटन टाँकने की बात याद आने पर अरे कहकर भीतर तक चुप रह जाती। शाम तक दोनों इस बात को भूल चुके होते लेकिन बाकी कमीजों में बटन लग चुके होते। ऐसा भी होता कि रविवार को पूनम मनोज का प्रिय कढ़ी-चावल बनाकर उसका इन्तज़ार करती रहती और मनोज रामबाबू को किसी पुराने दोस्त से मिलाने ले जाते और फिर भगवान जाने कैसी क्या खुराफात होती कि दोनों ढलती दोपहर में बीयर पीकर चले आते। मनोज चादर ओढ़कर सो जाता। खाना ठंडा पड़ा रहता। पूनम दूसरे कमरे में जली-भुनी बैठी रहती। उधर आई रामबाबू की क्लास ले रही होतीं और रामबाबू शरारती बच्चे की तरह बार-बार कान पकड़ रहे होते। लेकिन रात होते-होते डिनर-टेबिल पर शिकायतों के गर्म बाज़ार में एक-दूसरे को घसीटते, मज़े लेते और ठहाके लगते रहते जब तक कि घड़ी में सुइया—बारह के अंक में एक-दूसरे से लिपटकर सो ना जायें।

कहने की गरज यह कि दूर दूरस्थ से आये चार अजनबी संयोगवश एक चमेली के मँडवे तले मिले और एक मुकम्मिल परिवार बन गये जिसमें दादा, दादी, माँ, बाप, बेटी, बेटे, नाती-पोते और ना जाने क्या-क्या था! कभी कोई मनमुटाव, अपना-पराया या ऊँच-नीच की बातें दरम्यान नहीं आयीं। और यह भी कि बहुत कुछ देखते समझते हुए भी मनोज और पूनम ने कभी उनसे उनके उन बच्चों के बारे में नहीं पूछा जो विदेशों में रहते, वहीं शादी-ब्याह करते और कभी एक दिन के लिए भी घर नहीं आये। सिर्फ़ उनके रंग-बिरंगे ग्रीटिंग्ज नियमित रूप से नये वर्ष और क्रिसमस पर आते या कभी-कभी लिफ़ाफ़ों में

रखीं दूर देश के अजनबी बच्चों की तस्वीरें जो उन्हें अपने नाती-पोते तो कतई नहीं लगते। फिर भी वे उन्हें देखते, खुश होते और फिर भूल जाते। इसी तरह उन बूढ़ों ने भी उन दोनों के माता-पिता या परिवार के बारे में जानकारी नहीं चाही जो प्रेम विवाह करने और भाग जाने के जुर्म में सज़ा के तौर पर ना कभी उनके घर आये, ना बुलाया और ना कभी सुध-बुध ली।

क्योंकि वे अपने दुखते दिल के ज़ख़्मों के करीब किसी को नहीं लाना चाहते थे इसलिए उन्होंने भी एहतियात बरता कि भूल से भी दूसरे के घावों को कुरेदने की भूल ना हो जाये। उन सबके अच्छे आपसी सम्बन्धों और खुशियों का यह एक गहरा राज था जिसके लिए वे ना बोलकर ही एक-दूसरे के प्रति गहरे कृतज्ञ थे। वे आज में जी रहे थे और बीते कल को अपनी ज़िन्दगी से पोंछ डालना चाहते थे। उनकी नज़र और उम्मीदें भविष्य पर थीं।

क्या भविष्य का कल भी उतना सुहावना हो सकता है जितना उनका आज हर पल था?

आखिरकार वह मनहूस दिन आ ही गया जिसे बहुत बार रोकने-टोकने की बरसों-बरस ना जाने किस किस विध कोशिशें की गयीं लेकिन वह सब आल-ज़ाल तोड़ता दुश्मन की तरह आ धमका। सारे पूजा-पाठ, व्रत-तप, प्रार्थनाएँ, शुभकामनाएँ, दुआएँ और आशीर्वाद मुँह बाये देखते रह गये। तरक्की के जंजाल में फँसाकर मनोज को सुदूर पूर्वोत्तर इलाके में पदस्थ कर दिया गया। यह भी साथ बन्दिश लगा दी कि इनकार करने पर प्रमोशन तो छूट ही जायेगा, नौकरी भी ख़तरे में पड़ जायेगी। लाख हाथ-पैर फटकारने के बाद मायूसी ही हाथ लगी और मन मसोसकर मनोज को उस जगह जाना पड़ा जिसे अब तक उसने कौतूहल से कभी-कभार नक़्शे में देखा था। वे दिन बेहद तकलीफ भरे रहे। दस साल बाद उसी शहर में खड़े मनोज की आँखें अनायास भर आयीं और भीगे धुँधलके में तैरते वे सब दृश्य याद आये कि किस तरह ट्रक में सामान लदा, किस तरह आंटी फूट-फूटकर रोयीं, अंकल आँख बचाकर इधर-उधर ताक रहे थे और हताश कुर्सी में ढह गये। पूनम मुँह में आँचल ठूँसकर सुबक रही थी और आंटी की पीठ पर हाथ फेरकर सान्त्वना भी निःशब्द दे पा रही थी। बच्चे इस

तरह घर छोड़कर गाड़ी में बैठने के लिए तैयार नहीं थे और ट्रकवाला जाने की ज़िद कर रहा था। वह सब गुज़रे एक ज़माना बीत गया और वही सब काल की छाती फाड़कर तीर की तरह उसकी छाती में रह-रहकर आज गड़ रहा है।

लेकिन समय पीछे नहीं लौटता। बाढ़ के पानी की तरह अपने साथ लाये कचरे को चारों तरफ़ छोड़ जाता है जिसके दलदल में यादें बिला जाती हैं और सिर्फ़ धब्बे रह जाते हैं। उस दिन वे सब एक दूसरे के गले लगकर बहुत रोये थे और बार-बार मिलने के वायदे करते हुए इतनी दूर चले आये कि उस बिछड़े दिन से उनकी मुलाक़ात दोबारा नहीं हो सकने की भीतर धुकधुकाती आशंका साकार होने लगी। ऐसा नहीं कि नीयत में खोट आ गयी या आपस का प्यार कम हो गया या दुनियादारी का पलड़ा भारी हो गया। बस वक़्त और हालात धीरे धीरे ऐसे और इस कदर होते चले जाते हैं कि इनसान बहुत कुछ चाहकर भी कुछ नहीं कर पाता और फिर करने को इतना कुछ सामने आता रहता कि वह उन्हीं में उलझकर रह जाता। कभी किसी मोड़ पर पुराने सायों का सामना पड़ जाने पर उसे अचानक याद आता कि कितना और क्या उसके हाथों से छूट चुका है और अब हाथों में वक़्त के निशान भर बाकी हैं जिन्हें उसके आँसू गीला और गाढ़ा कर रहे हैं।

नये-नये घरों में बच्चे बड़े हो रहे थे। जो कल चड्डी पहनकर ऊधम मचाते बेपरवाह घर भर में घूमते थे, वही पैंट की क्रीज सँभालकर, खासे अजनबी की तरह बगल से दबे पाँव निकल जाते। उनकी यादों पर सपने भारी पड़ने लगते। जो जवान थे और रंगरेलियों में मस्त, उनके कन्धे झुककर हर दिन धूप के पहाड़ काटने में मुब्तिला होते और जो बुजुर्ग थे, उनका क्या होता !!

समय छलाँगें लगा रहा था जैसे अपने बीते समय से उसकी होड़ हो। पहले चिट्ठियों का बड़ी तेज़ी से आदान-प्रदान हुआ। ऐसा कि एक चिट्ठी का जबाब देने के पहले दूसरी चिट्ठी आ जाती जिसमें पहली का जवाब शामिल होता। टेलीफ़ोन मुश्किल से लगते पर फिर भी ख़ैर-ख़बर तो मिल ही जाती। धीरे-धीरे अन्तराल बढ़ने लगा। अक्सर अंकल का टेलीफ़ोन ना तो लगता और ना ही उठता। मोबाइल चलन में आया लेकिन उन्होंने नहीं लिया। उसे इस्तेमाल करना उनके

लिए एक आफत था और हमेशा का उनका मददगार मनोज वहाँ नहीं था। फिर चिट्ठियाँ रुक-रुककर आयीं और जल्द नदारद हुईं। दरम्यान एक लम्बा सन्नाटा खिचता चला गया जिसके एक छोर पर कोई नहीं था और दूसरे छोर पर भी कोई नहीं रहा।

शहर कितना बदल गया है! यह जमीन ही मनोज को पहचान रही है। बाकी तो रंग-बिरंगी हवाएँ और चकाचौंध भरी रौशनी है जिसमे अपनेपन और आत्मीयता की कतई कोई गन्ध नहीं है। पहली बार इस क्षण शहर अजनबी लगा। चाय की दुकान से उठकर टैक्सी स्टैण्ड की ओर मुड़ते उसने सोचा कि पहले कहाँ जाना चाहिए। सिगरेट निकालने के लिए कोट की जेब में हाथ डाला और फिर वही ई-मेल मैसेज टकराया जो उसने परसों अपने लैपटॉप से डाउनलोड किया था और जो यहाँ आने का सबब बना। उसने शायद चौथी बार और फिर गौर से पढ़ा। बैंक के कैशियर अवस्थी ने भेजा था।

'आदरणीय महोदय, बड़ी मुश्किल से आपका ई-मेल पता प्राप्त कर पाया हूँ। आपने तो यहाँ से जाने के बाद कोई खोज-ख़बर ही नहीं ली। अपने प्रबन्धक जे.एन. मूर्ति सा. कल सड़क दुर्घटना में गुज़र गये। बड़ी दर्दनाक मौत हुई। आप जानते होंगे। लेकिन लिखने का असल मकसद आपको यहाँ के हालात से वाकिफ कराना है। यहाँ बहुत बुरे हालात हैं। रामबाबू नहीं रहे और माता जी सर्व कल्याण वृद्धाश्रम में हैं। मकान बिक गया है। बहुत कुछ गड़बड़ है। आप आ जायें तो विस्तार से बता सकूँगा। थोड़ा लिखा, बहुत समझिये। सादर। आपका—उदयभान अवस्थी।'

इसी मैसेज ने घर में उथल-पुथल मचा दी। पूनम का रो-रोकर बुरा हाल हो गया। क्या करूँ? कैसे करूँ? फिर परेशान हो उठी। लेकिन चलने की तैयारी में सामान बाँध लिया। बड़ी मुश्किल से रोका। बच्चों की देखभाल और पढ़ाई का वास्ता दिया। प्रामिस किया कि पहले मैं जाकर हालचाल लेता हूँ। फिर ख़बर करूँगा। तुम आ जाना। और वह पहली फ्लाइट से दिल्ली और फिर किसी तरह यहाँ पहुँचा।

उसने सोचा कि सबसे पहले उसे अवस्थी से मिलना चाहिए लेकिन ना जाने क्यों मन उस घर जाने के लिए अधीर हो उठा।

हाईवे से दाहिने मुड़ती छोटी सड़क पर तीसरा मकान। वह

सीधे धड़धड़ाता हुआ पहुँच तो गया लेकिन वहाँ मकान नहीं था। लोकेशन ढूँढ़ा। यकायक उसे यकीन नहीं हुआ कि वह उसी मकान के सामने खड़ा है। काया ही पलट गयी। मकान पहचान के बाहर है। ऊपर लिखा 'प्रेम निवास' ग़ायब है और नये ढंग के छज्जों से नीचे तक रंगीन रौशनियों की असंख्य लड़ियाँ लटक रही हैं। इतनी चकाचौंध, गहमा-गहमी और शोरगुल। भीतर तेज़ आर्केस्ट्रा बज रहा है। शायद कोई पार्टी चल रही है। उसे सदमा लगा। बाहर पूछा तो बताया गया कि घप्पू लाल केसरवानी ठेकेदार के बेटे की सगाई का जश्न मनाया जा रहा है। वह उल्टे पाँव वापस लौटा। ना जाने क्यों अपमानित, क्षुब्ध और नाराज़।

अब अवस्थी से मिलना बेहद ज़रूरी है। वह पता ढूँढ़ता भीतर बाज़ार पलोटन गंज पहुँचा। लिखे अनुसार बी.एम. सर्राफ़ की दुकान के सामने वाली गली में तीसरा मकान अवस्थी का है।

अवस्थी टी.वी. देख रहा था। फौरन कमीज पहनकर बाहर निकला। मनोज को चाय पीने की बिल्कुल इच्छा नहीं थी। वह जल्द से जल्द मामला जानना चाह रहा था। चाय पिलाते अवस्थी ने बताया कि अभी एक साल पहले रामबाबू शान्त हो गये। विदेशों से फिर भी कोई नहीं आया। ठीक-ठिकाने के पते ही नहीं थे। रामबाबू ने मकान बाबत पहले कोई एग्रीमेण्ट केसरवानी से किया था। बस उसी की आड़ लेकर उसने मकान पर क़ब्जा कर लिया। कुछ खानदानी रिश्तेदार आये। ठेकेदार ने उन्हें भी कुछ दे-दवाकर रवाना कर दिया। कई रिश्तेदार बहुत सारा सामान लेकर रफूचक्कर हो गये।

'और आयी?'

'वही तो। वही तो बता रहा हूँ कि मैं पिछली पन्द्रह तारीख को बैंक का एक नोटिस सर्व कराने के सिलसिले में सर्व कल्याण वृद्धाश्रम गया तो वहाँ अकस्मात् मेरी नज़र एक बूढ़ी पर पड़ी। बरामदे के कोरे फ़र्श पर लोटती करुण क्रन्दन कर रही थी। बार-बार अपने बच्चों को पुकारती बबली...बबलू जैसा कुछ विलापती थी। मैनेजर ने बताया कि प्रेमवती नाम है। बुढ़िया सनक गयी है। अक्सर ऐसा करती है। लौटते में मैंने ऐसे ही जिज्ञासा में पास जाकर देखा। फटे कपड़ों में जीर्ण-शीर्ण बूढ़ी औरत। बुरा लगा कि तभी मुझे भान हुआ कि अरे ये तो मनोज साब वाली माता जी हैं। फिर मैनेजर ने डिटेल्स

बताये। अरे साब आपको मैंने कहाँ-कहाँ नहीं ढूँढ़ा। कई पत्र भेजे। जैसे तैसे मिश्रा जी से ई-मेल करवाया। साहब, बहुत बुरी हालत है। देखी नहीं जाती...'

आगे मनोज से सुना नहीं गया। वह उठा और सीधे टैक्सी में बैठ गया। अवस्थी पुकारता ही रहा। टैक्सी में वह फूट-फूटकर रो रहा है। बहुत देर बाद टैक्सी वाले ने घबराकर पूछा कि कहाँ छोड़ दूँ तो उसे कुछ होश आया। एक होटल के अहाते में सामान पटककर उसने मोबाइल लगाया। उस तरफ़ पूनम की डरी हुई आवाज़ को उसने बदहवासी में सारा हाल बताया।

पूनम एक क्षण चुप रही और फिर एक शान्त और दृढ़ आवाज़ उसने सुनी, किन्हीं भी दुविधाओं से मुक्त, सीधी और साफ़! जो उसने पहले कभी नहीं सुनी थी।

'वहीं रुको। मैं फौरन आ रही हूँ। बच्चों का इन्तज़ाम हो जायेगा। मुझे कुछ ऐसा ही डर था। आई को लेकर ही वापस आऊँगी। तुम वहीं रुकना।'

नेकलेस

श्रीमती अरुणा पाल समझदार महिला हैं। न केवल अक्ल में बल्कि शक्ल में और उसके भरपूर रखरखाव में भी। वे हर बात पर गम्भीरतापूर्वक विचार करतीं। नतीजतन, उसे अपने छोटे से शोभित मुख से जोड़कर उतनी ही विलक्षण हँसी को मेकअप के साथ एडजस्ट करती हुई बड़ा मीठा बोलतीं। उनको यह कमाल हासिल है कि नृशंसता और क्रूरता की भयावह घटनाओं पर भी वह बिना उत्तेजित हुए मधुरता से बतिया लेतीं और चहुँओर वाहवाही की शंख-ध्वनियों के कोलाहल मध्य यह अचरज सुना-पढ़ा जाता है कि उन्होंने अपने विचार दृढ़ता से, दुःखपूर्वक, मन्द-मन्द मुस्कराकर प्रस्तुत किये।

श्रीमती पाल कहतीं कि यह सब गहरे अभ्यास और लम्बे अनुभव से आता है जिससे जीवन में यश चौड़ा होता चलता है। यश से सन्तोष की रिमझिम बरसात होती है और सन्तोष से इत्मीनान और सुकून के पोखर भरते हैं जिसकी भनभनाहट और गुनगुनाहट से उत्तेजित जंगल में आखिरी हड्डी आधी चूसकर फेंक कर पसरे शेर की गुदगुदी भरी गुर्राहट में से रह-रह कर क्रमशः परमानन्द और अध्यात्म रह-रहकर पावन स्वर में बाहर उछलते और जीवन धन्य-धन्य हो जाता।

इस निरन्तर धन्यवाद के कारण ही दो बच्चों के बाद भी सुखी और सुगन्धित दिनचर्या व्यतीत करने वाली अरुणा जी अब तक जवानी की दहलीज पर ठिठकी हुई खड़ी दिखाई पड़ती हैं। समय जिसे सभी कोसते हैं, उस कमबख़्त ने उन्हें ऐसा कोई धक्का नहीं मारा कि वे अधेड़ावस्था की कीचड़-खाई में गिरी-पड़ी मिलतीं। बल्कि समय ही अपनी बेनूरी और बेवकूफ़ी पर हज़ारों बरसों से रो रहा है। श्रीमती पाल कहती हैं कि जब उनका विवाह हुआ, वह बहुत खुश थीं। इस बात पर यक़ीन ना करने की कोई ठोस वज़ह भी नहीं थी।

श्री पाल जिनका पूरा नाम किसी को भी नहीं मालूम, आभिजात्य परिवार के नगीने थे। तपाक से हाथ मिलाते और ज़रूरत हो तो देर तक मन्द- मन्द मुस्कुराते। अमेरिका की सरकार से लेकर रावतपुरा सरकार तक और इंडिया की ग़रीबी से लेकर जापान की सम्पन्नता तक बीच में जितनी प्रासंगिक-अप्रासंगिक बातें आती हैं, उतनी पर धाराप्रवाह आत्मविश्वास और आत्म-गौरव से बोल लेते थे, लेकिन यह सब गुण दो कौड़ी के होते यदि उनके व्यक्तित्व में इस बात से चार चाँद ना लगे होते कि वे एक नामी-गिरामी बैंक में उच्च पद पर आसीन ना होते। निश्चय ही रो-धो कर किसी तरह बी.ए. पास करने वाली कुमारी अरुणा पिता, परिवार और पूँजी की भरपूर मदद से एक झटके में बड़े अफ़सर की बीवी बनी तो सोसायटी के हाई सर्किल में गुणवन्ती मैना की नांई चहकने लगीं। इस प्रकार एक ख़ुश-आमदीद ज़िन्दगी की शुरुआत हुई लेकिन हाई सोसायटी में उदार और प्रगतिशील विचारों का झोंका आता रहता है जिससे बचना अक्सर मुश्किल होता है। ज़रा-सी टेढ़ी-तिरछी बात होने पर पुराना और दक़ियानूस होने का ख़तरा क़दम-क़दम पर होता है। यह एक प्रकार की झंझट ही है जो एक दरवाज़ा बन्द करने पर दूसरे दरवाज़े से बिना खटखटाये आ जाती है, बहरहाल श्रीमती अरुणा पाल को ध्यान से सुनिये जिनके पास हजारों-लाखों बातें हैं...

श्रीमती पाल कहती हैं कि शादी के शुरुआती दिनों में बड़े घरों को सुहाती परम्परागत मौज-मस्ती के बीच वे अनायास एक गहरा असमंजस महसूस करने लगती थीं। अख़बारों आदि से प्राप्त धारणाओं और सखी-सहेलियों के मध्य चलती बातों से उनका एक अडिग टाइप का विचार बना था कि पति-पत्नी का रिश्ता समानता की बुनियाद पर और परस्पर विश्वास और सम्मान का सुमधुर सम्बन्ध होता है। इसके लिए उन्हें बैलगाड़ी के दो गोल और समान पहियों वाला उदाहरण बहुत मन-भाता जिसे स्कूल और कॉलेज की वाद-विवाद प्रतियोगिताओं में गले की नसों को भींच-भींच कर अपनी करारी आवाज़ में उन्होंने चीख-चीख कर चौतरफा फैलाया था इस कदर कि आज भी उन इमारतों के खिड़की-दरवाज़े ज़रा-सी आहट पर बुरी तरह खड़-खड़ खड़कते हैं। बाद में भी यह उदाहरण सिद्ध-मंत्र की तरह उनकी जीभ की अग्रनोक पर कुंडली मार कर बैठा रहा।

हालाँकि बैलगाड़ी उन्होंने शायद ही देखी हो लेकिन उसके लिए यहाँ-वहाँ के फ़ोटो आदि ही पर्याप्त थे। मूलतः वे कार ही चलाती रहीं लेकिन कार की मिसाल देना उन्हें पसन्द नहीं आया क्योंकि उसमें चार पहिये होते हैं और स्टेपनी का जबर्दस्त प्रबन्ध होता है। आदर्श दाम्पत्य जीवन के लिए यह कोई माकूल बात नहीं समझी गयी सो भले ही बैलगाड़ी पुरानी, डर्टी और फैशन के तौर पर वाहियात मानी जाती हो लेकिन भारतीय संस्कृति के आदर्शों में वह आज भी सरपट चल रही है। यह बात अलबत्ता ज़रूर है कि सुशिक्षित सुमुखी कान्वेण्टी महिलाएँ उसे 'बेलगॉडी' कहती हैं और इतना सँभलकर कहने के बाद भी हौले से हाथों में भिंचे रूमाल से होठों की लिपस्टिक सँवार लेना नहीं भूलतीं जो ऐसे देहाती शब्दों के उच्चारण से हमेशा बिगड़ जाती है।

श्रीमती पाल बतातीं कि उन्हें रह-रह कर लगता कि इन सब सिद्धान्तों की सार्वजनिक स्वीकृति के बावजूद मर्द-मर्यादित बर्बर समाज में स्त्री की स्थिति पर लगातार मारक प्रहार किये जा रहे हैं। इसमें कोई शक नहीं कि पति कितना ही शरीफ और शालीन हो तथा दाम्पत्य-जीवन में घिघियाकर रहता हो, अन्ततः खोल के भीतर तो वह एक मर्दनुमा जानवर ही है। कांजी-हाउस में लाख बन्द होने पर भी उस पर सख़्त निगरानी रखना सुखमय जीवन का अहम तकाजा है। प्रेम का सागर चाहे जितना लहराये लेकिन फिर भी आशंकाएँ उमड़-घुमड़ कर आती हैं और बिजली की तरह सन्देह चौकड़ी भरता दिखता, ग़ायब होता और फिर दिखता। इस नियति को कौन माई का लाल, नहीं लाली रोक पायी...।

श्रीमती पाल कहती हैं कि बचपन से उनके भीतर असुरक्षा के जो भाव थे, वे शादी के बाद कम नहीं हुए बल्कि गहरे होते चले। उन्हें यह स्वीकार करने में भी हिचक नहीं कि वे उन दिनों कुछ क्या बहुत कुछ ईर्ष्यालु भी हो गयी थीं।

करवा-चौथ के परम पुनीत अवसर पर क्लब में आयोजित धूम-धड़ाका डिस्को पार्टी में उन्होंने पाया कि उनके पति किसी आकर्षक युवा-महिला के साथ नृत्य करने में अधिक और उसे रिझाने में अधिकतम रुचि ले रहे हैं। उनके भीतर ग़ुस्सा दबाव दे देकर भरने लगा। घर वापसी के समय वे उन पर फट पड़ीं। श्री

पाल यूँ तो संजीदा आदमी थे लेकिन कुछ पलों की मादक सोहबत के असर और चार पैग स्कॉच के कॉकटेल ने ऐसा गुल खिलाया कि वे भी आपे से बाहर होने लगे। एक-दूसरे पर आरोपों-प्रत्यारोपों के हमले पूरे समय जारी रहे। बीच-बीच में कार को ऐन वक़्त पर ब्रेक न लगाये जाते तो दोनों लड़ते-झगड़ते अस्पताल में भर्ती पाये जाते। घर लौटकर भी ग़ुस्सा कम नहीं हो पा रहा था। श्री पाल भी तुर्की-ब-तुर्की बोले जा रहे थे जिससे उन्हें रोना भी आ रहा था। लेकिन इस वक़्त रोना लड़ाई में आत्म-समर्पण माना जाता जो उन्हें किसी कदर गवारा नहीं था, इसलिए वे अपनी वाणी की स्वाभाविक कर्कशता को गहरा करतीं लगातार बोलती रहीं। बिना कपड़े बदले श्री पाल चुपचाप करवट बदलकर सो गये और तनिक देर में उनके नियमित खर्राटे शुरू हो गये। यूँ जैसे कुछ हुआ ही न हो। लेकिन श्रीमती पाल पढ़ी-लिखी और जागरूक महिला थीं। उन्हें रात भर नींद नहीं आयी। शिरायें जल रही थीं। वह इस कदर बेवफाई और इस तरह के बर्ताव को बरदाश्त नहीं कर सकती थीं। इस अन्याय और गैर-बराबरी के खिलाफ़ मुँहतोड़ जवाब देने के विभिन्न ड्राफ्ट मन में जोड़ती-घटाती रहीं और विचार करती रहीं।

सुबह उठकर मम्मी को पहला फ़ोन कर अपना अन्तिम निर्णय सुना दिया। यद्यपि दिल में दुःख बहुत था और आवाज़ में आँसुओं की डबडबाहट उसी अनुपात में, लेकिन अन्याय की पुरजोर खिलाफत ज़रूरी समझी गयी।

—'ओफ्फ, सुबह-सुबह क्या फालतू पुराण लेकर बैठ गयी... बेवकूफी की बातें मत करो...अरे सुन...तुझे बताने के लिए मैं कल से उतावली थी...तनिष्क ने हीरों के हार की नयी डिज़ायन पेश की है... आज़ादी की स्वर्ण जयन्ती पर भारतीय नारियों को अनुपम सौगात...'

उस तरफ़ मम्मी थीं।

इस तरफ़ श्रीमती पाल थीं।

—'क्या वही जो अभी हाल में 'फेमिना' में छपा...स्त्री की आज़ादी का नया गोल कीपर...हीरे का पेन्डेंट और लहराता नेकलेस...'

—'अरे, उसे कौन कमबख़्त नेकलेस कहता है, वह गला काटता नहीं, गला सजाता है...और गोल कीपर...?'

—'हाँ गला गोल होता है न, इसलिए गोल कीपर कहा...क्यों,

ऐसे ग़ज़ब के शब्द पकड़ कर लाते हैं कि अच्छे-अच्छे लेखक-विचारक मुँह बाये रह जायें...क्यों...'

—'हाँ री, लेकिन 'फेमिना' में एक ही मॉडल बताया। लेटेस्ट तीन मॉडल आये हैं...नम्बर वन डीलक्स मॉडल...छोटी नक्काशी में पतले घुँघरुओं वाला...नाम है ओजस्विनी...नम्बर दो पर है सुपर डीलक्स...गहरी नक्काशी में कलकत्ता स्टाइल...तेजस्विनी नाम दिया है...और तीसरा है सुपर-डुपर डीलक्स...नाम है वीरांगना...हाय लल्लो... इतना ग़ज़ब है...'

—'सच्ची...कहाँ देखा...कहाँ देखा...मिसेज बतरा के पास?'

—'उँह, उस चुड़ैल की क्या बिसात...सोने का पतरा चढ़ाकर गहने पहनती हैं छछूंदर, लेकिन हीरों की आँख में कौन धूल झोंक सकता है...मैं तो बंगलौर के खास शोरूम में देखकर आयी हूँ...हाय रे...देखो तो आँखें झमाझम हो जाती हैं...मालूम...उसमें मोर की चोंच में खूबसूरती से एक दमकता हीरा अलग से तराश कर लगाया गया है... और फिर छोटे-छोटे जुगनुओं की तरह घेर चमकते हीरों की कतार...'

—'बहुत महँगा होगा...!'

—'तेरे आँसुओं से तो सस्ता ही है...बेकार की बातों में समय बर्बाद मत कर। जा मुँह धो। चाय बना। रात की बात भूल जा। खुद पी और उसे पिला। सड़ी किताबों ने दिमाग़ ख़राब कर रखा है। ज़िन्दगी जिल्द के बाहर होती है। मैं तेरे गले में वही हार देखना चाहती हूँ...? हाँ, मैं बाद में फ़ोन करूँगी। अभी तेरे पापा को भी चाय देना है...बेचारे आवाज़ें लगाते-लगाते अब खाँसने लग गये हैं ...लेकिन सिगरेट नहीं छोड़ेंगे...पुअर चैप...फिर बात करूँगी...बॉय... लल्लो...बॉय...'

और फ़ोन बन्द हो गया।

श्रीमती पाल बताती हैं कि उनके जीवन में सर्वाधिक महत्त्वपूर्ण स्थान उनकी मम्मी का रहा है। वे उनकी आदर्श हैं क्योंकि उनमें सिद्धान्त और व्यवहार का सन्तुलन है। वे गहरे व्यक्तित्व की असरदार महिला थीं। कम बोलतीं। नपा-तुला बोलतीं। कोई नुक्स नहीं रहने देतीं और नुकसान भी नहीं हो पाता। वाहियात बातों और विवादों से हमेशा परहेज रखा। तभी बड़े-पूरे घर को चला सकीं। पापा को

सपोर्ट किया। पापा हमेशा उनकी सलाह लेते और पूरे अनुशासन से उस पर अमल करते। तभी वे ज़िन्दगी भर खुश और सुखी रहे। मम्मी ने सदैव नर-नारी की समानता और स्त्री-स्वातन्त्र्य, सभा-सोसायटी में खुलकर अपनी बात रखी और समाज में प्रतिष्ठा अर्जित की। आज वे नहीं हैं लेकिन लेडीज क्लब में आज भी उनकी तस्वीर पर खादी के सूत की माला चढ़ाई जाती है।

श्रीमती पाल कहती हैं कि उस सुबह मम्मी ने मेरी आँखें खोल दीं। वाकई हम छोटी-छोटी बातों का बतंगड़ बनाकर अपना सुखी दाम्पत्य जीवन बर्बाद कर लेते हैं। रात की बात पर श्रीमती पाल ने अपने पति से खुलकर चर्चा की। पहले तो वह कतराते रहे। लेकिन श्रीमती पाल के मीठे और धीरज भरे आत्मीय व्यवहार ने उन्हें धीरे-धीरे खोल दिया। उन्हें अपने पति की दूसरी महिलाओं के प्रति आकर्षित होने की पुरानी प्रवृत्ति की नयी जानकारी मिली। कुंठित समाज में बच्चों के भली-भाँति पालन-पोषण न हो पाने के कारण ऐसी व्याधियाँ जन्म ले लेती हैं लेकिन जल्द ही वह आश्वस्त हुई कि यह पति की एक हानि रहित आदत है। खुले समाज के दौरान में यह कोई अनहोनी भी नहीं है। इसका दाम्पत्य जीवन पर कोई प्रभाव नहीं पड़ना चाहिए। एक सन्तुलन की ज़रूरत है। वैश्वीकरण और उदारवादिता के वातावरण में विभिन्न संस्कृतियों का घालमेल होगा ही। परम्पराओं को नयी नज़र से देखना होगा। शायद गाँधीजी या किसी ने कहीं न कहीं ऐसा ही कहा है। शादी गुड्डे-गुड़ियों का खेल नहीं बल्कि वयस्क व्यावहारिकता का तकाजा है। जीवन भर के संग-साथ की दौड़ है। एक के साथ दूसरे की टाँग बँधी है, बिल्कुल बैलगाड़ी की तरह। दोनों पहियों में थोड़ी-बहुत ऊँच-नीच होने पर भी गाड़ी मज़े में चल सकती है यदि रास्ते साफ-सुथरे, सपाट और सरपट हों। ज़रूरत है इन रास्तों को साफ़ रखने की, बाधाओं को हटाने की, उलझनों को दूर फेंकने की, विवादों को परे झटकने की। यही आदर्श जीवन है। सुखमय दाम्पत्य जीवन का सूत्र...आदि आदि बहुत से इत्यादि...।

श्रीमती अरुणा पाल बताती हैं कि इतवार की उस बेवकूफ़ी की रात के बाद वह बुधवार की महकती शाम थी जब बाज़ार से लौटकर उन्होंने पहला फ़ोन अम्मी को करना चाहा। पर हाथ रुक

गये। सोचा कि अभी मम्मी के सामने जाकर उन्हें एकदम सरप्राइज दूँगी। श्रीमती पाल के गले में वही हीरों का हार शोभा पा रहा था। तनिष्क का आज़ादी की स्वर्ण-जयन्ती पर भारतीय नारी को अनुपम सौगात...सुपर-डुपर डीलक्स मॉडल...वीरांगना...क्रमांक हज़ार चार सौ अड़तीस...कीमत पाँच लाख चौसठ हज़ार...अन्य टैक्स अलावा।

श्रीमती अरुणा पाल बताती हैं कि...हाय, उनके पास बताने के लिए कितना कुछ है और एक आप हैं जिन्हें फुरसत ही नहीं...।

सौदागर

मुझे उसकी आँखें बेहद पसन्द थी। अधखुली, स्निग्ध और भीगी-भीगी आँखें....। जब-जब वे शरारत और अल्हड़ता में लगातार चमकने-दमकने के बाद, फिर उसी मुकाम पर लौटतीं जहाँ के भीगे-भीगे ठहराव में एक बहकती उदासी के साथ-साथ अब तक सोई, लेकिन अब जाग रही कोई ख़ामोश पुकार कँपकँपा रही होती, तब-तब मैं अनजाने उसकी ओर खिंचता चला जाता। उसे देखना, बार-बार देखना मुझे अच्छा लगता था। मौके ढूँढा करता था। वह जहाँ जाती थी, मैं पहुँच जाता था। जहाँ बैठती थी, किसी न किसी बहाने मैं शामिल हो जाता था। कई बार क्या, हज़ार बार मुझे लगा कि उसकी पसन्दीदा मित्र मंडली के सर्किल में मैं किसी तरह घुस गया हूँ। वहाँ किसी को मेरी ज़रूरत नहीं हैं। मुझे बुलाया भी नहीं गया। इनमें किसी को ऐसा कोई ख़याल सिरे से आया ही नहीं, लेकिन मैं वहाँ हूँ, जहाँ वह है, क्योंकि मेरा अपने पर काबू ही नहीं रह गया था। सड़क पर चलते हुए यदि साथ-साथ चलने का और पीरियड/नोट्स/किताबें जैसी वाहियात बातें करने का कोई गया-गुज़रा बहाना या मौका भी हाथ न आता, तो भी दस क़दम पीछे, उसके पैरों के निशान के आस-पास चलते रहना ही दिल को तसल्ली देता था।

वे कॉलेज के दिन थे और मेरी खुशकिस्मती यह कि वह न केवल बी.ए. फाइनल में पढ़ती थी, बल्कि इसके विषय भी वही थे जो मेरे थे। वह बीच सेशन में कहीं बाहर से आयी थी और लड़कियों के झुण्ड में जब पहली बार देखा था, तो ऐसा कुछ भी नहीं लगा जिसकी ओर खासतौर पर ध्यान जाता। हालाँकि पसन्दगी का एक भाव ज़रूर उभरा था लेकिन मैं पागल नहीं हुआ था। लेकिन चार-पाँच दिन बाद संस्कृत साहित्य की क्लास में भट्टाचार्य सर द्वारा विदूषक के

प्रेम-प्रसंग का सरस-रोचक वर्णन करते समय विद्यार्थियों में बार-बार हँसी के फौव्वारे छूट रहे थे। एकाएक मैंने देखा तो उसे अपनी ओर देखते पाया। वह हँस नहीं रही थी। मैं उसे देखने लगा। जल्द ही न जाने क्यों मुझे लगा कि शायद वह मुझे भी नहीं देख रही है, बल्कि बहुत आगे, बहुत दूर, खुली खिड़की से अनन्त देख रही है। मैं सिर्फ़ उसके देखने की लम्बान में आ गया था और मुझे लगा कि वह मुझे देख रही है एकटक, मासूम और खोयी हुई।

उसका देखना मुझे इतना भाया कि मैं पहली बार किसी की आँखों में तैरती स्निग्धता और भोलेपन के भीगेपन में अपना डूबते जाना कृतज्ञता से महसूस करता रह गया। यह सब कुछ मुश्किल से दो-तीन मिनिटों में घटा होगा। उसने आँखें हटा लीं, लेकिन तब तक मैं बहुत दूर जा चुका था। वह एक अनायास और आकस्मिक बात थी, यह मेरा दिल मानने को तैयार नहीं था। कितने तर्क, उदाहरण और कारण जुटाकर मैंने तथ्यों को रेशा-रेशा साफ़ कर सामने रखना चाहा लेकिन दिल ने उन्हें अनचाही गर्द की तरह परे झटक दिया और एक मीठे आलस के खुमार में मुझे डुबोते हुए, घाट पर से मेरा हाथ आल-जाल लहरों में खींच लिया। अपने तमाम सन्देहों, शंकाओं, आपत्तियों और हीनताओं को दोनों हाथों से दूर-दूर तक फेंकते हुए मैं अब उम्मीदों, आकांक्षाओं, और सपनों के साथ उस अगाध जल राशि में तबियत से डूबने-उतराने लगा जिसमें जीना उसकी इनायत और मरना अपनी शहादत के लगभग दिल ने बिना किसी हीलो-हुज़्ज़त के कुबूल किया।

उस दिन के बाद शायद ही कभी फिर उसने मुझे दोबारा उस अन्दाज़ में देखा, हालाँकि कई बार खिड़की के आर-पार देखा, लेकिन इस बात से दिल को कोई ख़ास फ़र्क़ नहीं पड़ा। यह ज़रूर है कि समझ में न आने वाली इस अजीब सी बात ने दिल में रात-दिन उमड़ते-घुमड़ते जज़्बात को ठेस पहुँचाई। भीतर कहीं कुछ टूटने की खन्न आवाज़ भी कई दफ़े आयी जो जितनी सुनी गयी, उससे ज़्यादा अनसुनी की गयी। इस क़दर उतावलापन और बेक़रारी हावी थी कि कानों की सनसनी से जुबान लड़खड़ाने लगती। इस दौरान दोस्तियाँ टूटीं। दुश्मनियाँ बढ़ीं, घर और बाहर बेक़दरी का शिकार हुआ लेकिन वह इतनी तेज़ आँधियों का दौर था कि तिनके की तरह उड़ते जाने

के अलावा कुछ सूझ भी नहीं रहा था।

एक शाम जब पीला नूर हरी पत्तियों पर रुक-रुक कर जा रहा था, आसमान में काले बादल घुमड़ रहे थे, हवा हलकी और दोस्ताना थी, घर की छत के किनारे नितांत सूनेपन में दिल ने बड़ी भावुकता में मेरा हाथ थाम लिया और घुटनों के बल इसरार किया कि उसकी तमन्ना को बेरुख़ी से ना लिया जाये, कि अब पीछे हटना नामुमकिन है, कि बात वहाँ तक आ पहुँची है जहाँ अब सिर्फ़ यह तय करना बाक़ी रह गया है कि दिल धड़के या ना धड़के, गर धड़के तो फिर आधा-अधूरा क्यों और क्यों नहीं पूरे जोशो-ख़ुलूस के साथ कि सारी दुनिया में एक मिसाल की तरह अपनी हस्ती को बिखेर दे और यदि यह मुमकिन नहीं तो फिर क्यों ना उसे सीने से सदा के लिए ख़ारिज़ कर दिया जाये, फिर उससे कोई उम्मीद ना रखी जाये और वह अपनी मोहब्बत की आग में ख़ाक होकर उस शोख की रहगुजर में ज़र्रा-ज़र्रा हरसूँ विखर जाये ताकि सनद रहे और आने वाली दुनिया में मोहब्बत करने वालों को इबरत हासिल हो।

वाक़ई दिल ज़ार-ज़ार रो रहा था। यूँ भी मौसम में बला की तड़प थी। शहादत और दीवानगी के उस आलम में सारी कायनात रुककर उन लम्हों में सिमट आयी थी। ज़मीन से ऊपर और आसमान के क़रीब, छत के उस शदीद सन्नाटे में आख़िर अकेला बेचारा मैं क्या करता, सिवाय इसके कि मैंने दिल को हाथों-हाथ लिया। उसके आँसू पोंछे और शिक़स्तग़ी के साथ तस्लीम किया कि वह जिस रास्ते पर है, उसके पीछे-पीछे बिला शक, बिला नागा मैं भी हूँ। लेकिन दिमाग से बारहा यह सदा आती रही कि अब अपने दिन पूरे हुए और मेरा घर देख लिया गया है। मतलब यह कि कभी सोचा ना था कि किस्मत यूँ भी फूटना थी, और वह भी अपने ही दिल के हाथों लेकिन इस तरह कि शिकायत भी ना करते बने।

मुसीबत के पिंजरे में अपने को फिंका हुआ जाता देखकर मैंने एक सलाख़ पकड़ लेनी चाही कि दिल को समझाइश दी कि पहले क्यों ना कुछ ऐसा इन्तज़ाम कर लिया जाये ताकि उसके दिल की कैफ़ियत की भी मालूमात हो सके। आख़िर उस दर्दे-दिल में हमारे लिए कितना दर्द है, यह भी तो जान लिया जाना अक्लमन्दी का तकाज़ा है। दिल ने इस तरफ़ गौर किया लेकिन बहुत कम क्योंकि इसमें उलझनें ज़्यादा

थीं और तमाम किस्म की वाहियात बातें क़दम-क़दम पर रोड़े अटका रही थीं। दिल ऐसी किन्हीं दिल तोड़ने वाली कार्रवाइयों में फँसना नहीं चाहता था, सो दिल पत्थर की तरह अड़ गया।

और फिर, मैं दिल की राह में फ़क़ीर की तरह बैठ गया। ज़िन्दगी इस तरह तमाम होने लगी कि हर वक़्त उसका ख़याल, उसका ज़िक्र, उसका नशा और बाकी दुनिया में कुछ नहीं रह गया। वह इश्क था कि बेहद का मैदान जिसका ना कोई ओर, ना कोई छोर और ना कोई और। ऐसी रौशनी चमकी कि सब तरफ़ अँधेरा हो गया। हालाँकि कई शोख़ चंचल हसीन लड़कियों की धूम सारे कॉलेज में थी लेकिन मुझे नहीं जँची। यारों ने इस बात पर जमकर मज़ाक़ उड़ाया, लेकिन जितनी लानतें बरसाईं, कमबख़्त दिल उतना मज़बूत हुआ। एक लिहाज़ से तसल्ली भी मिली कि दुनिया की बुरी निगाहों से वह महफ़ूज़ है और मेरे लिए, सिर्फ़ मेरे लिए उसकी आँखें हज़ार नूर होकर जलती-मचलती हैं। साथ ही यह उम्मीद भी बढ़ती रही कि वह फिर एक बार उसी तरह देखे, हादसा हो कि आसमान में सितारे आपस में फिर टकरा जायें लेकिन वे नालायक उसी तरह अपनी जगहों से चिपके रहे।

जब वह कैंटीन में दोस्तों के बीच चाय पी रही होती तो कप से उठती भाप से उसके होंठ अजीब गोल-गोल हो जाते। चौंक-चौंककर आँखें भी फैलकर गोल हो जातीं और उनमें से उचटती एक अलस लापरवाही बालों को सिहराने लगती। ऐसा मालूम पड़ता कि जैसे उस वक़्त वह वहाँ नहीं है, सारे माहौल से बेख़बर, दूर कहीं और, कुछ और देख रही है जहाँ ये तमाम लोग, कैंटीन, बाहर का बागीचा...कुछ भी गिर्द में नहीं है। ...लेकिन शायद मैं हूँ...या नहीं हूँ...या कि हूँ तो कैसा हूँ...दिल इस कदर धड़धड़ाने लगता कि मैं कुछ सोच ही नहीं पाता। जो बस में था तो यही कि उसे बस देखता रहूँ...सिर्फ़ देखता रहूँ...सो देखता रहता। और मुझे क्या काम होता।

स्टाफ कॉलोनी से जियालॉजी विभाग के तिराहे को आती सीधी सड़क पर आते हुए उसे दूर से नहीं पहचाना जा सकता लेकिन उसके क़दमों की आहट से मेरे पास की ज़मीन इतनी धमक पैदा करती कि पसलियों में कोहराम मच जाता। ना जाने किन ख़यालों में गुम वह आहिस्ता-आहिस्ता चलती कि उसके नितम्ब थिरक-थिरककर एक

अधूरी आवृत्ति को पूरा करने की लय में बार-बार चूक जाते। यहीं पर बबंडर उठते। इस तरह वह मेरे पास से गुज़र जाती और एक तरंग मेरे बदन में छूटती जो मुझे ख़्वाबों में, ख़यालों में, कभी आसमान के बादलों में उछाल फेंकती या हरी दूब के मैदानों में बिखेर देती।

वह सिर्फ़ अच्छी और सुन्दर ही नहीं थी। उसमें कई विशेषताएँ थीं। वह हमेशा क्लास में फ़र्स्ट आती, शायद ही कभी दूसरे नम्बर पर आयी हो। उसके दिमाग़ की तारीफ़ अक्सर की जाती। क्लास में जब कोई सवाल पूछा जाता तो वह इस आत्मविश्वास से मुस्कुराती कि शायद ही कोई जवाब बता सके और अंत में उससे ही पूछा जाता। मैं तो कभी जवाब नहीं दे पाया, अलबत्ता इस बात पर दिल फूलकर कुप्पा हो जाता कि जवाब उसने ही दिया और कितना सही दिया कि अच्छे-अच्छे होशियारों के मुँह लटक गये। यह बात मुझे उसके और क़रीब ले जाती।

वाद-विवाद प्रतियोगिताओं में भी उसके मुक़ाबिले कोई ठहर नहीं पाता। अक्सर वह पक्ष में बोलती और नपे-तुले अन्दाज़ में एक के बाद एक अपने मुद्दों को स्पष्ट करती हुई उस मुकाम पर पहुँचती कि तालियों से हॉल गूँज उठता। उसकी छोटी और आगे से कुछ उठी लाल नाक पर छलक आये पसीने की बूँदों और नन्हे रूमाल को मुट्ठियों में भींचती हुई हाथों की बेचैनी को दिल अपनी आख़िरी मांसपेशियों में महसूस करता और मैं तब तक तालियाँ बजाता रहता जब तक कि पुरोहित सर गुस्से से हाथ नहीं लहराने लगते।

यही नहीं, कत्थक नृत्य, सितार वादन और लता मंगेशकर के दर्द भरे गाने गाने में भी उसका कोई जबाब नहीं था। हालाँकि मुझे इन कलाओं का थोड़ा भी ज्ञान नहीं था लेकिन मेरे हिसाब से वह हर जगह आगे, उसके आगे कोई और नहीं और वह मेरे आगे। एक वृत्त था जिसके केन्द्र में वह और परिधि में चारों ओर मैं या जिसके केन्द्र में मैं और हर तरफ़ वह। प्रायः सोचता कि मैं तो कुछ भी नहीं, ना पढ़ाई-लिखाई में, ना किसी हुनर में, ना कोई गुण। बॉडी भी ऐसी कि देखने में खुद शर्म लगे। सूरत-शक्ल के बारे में खुशफ़हमियाँ थीं मगर लोगों की टिप्पणियों से मन खट्टा हो जाता। तय था कि मैं इस खूबसूरत शहज़ादी के पैरों की धूल बराबर भी नहीं, फिर भी ना जाने कौन सी शै थी जो उसकी ओर खींचे जा रही थी और मैं दिल के

हाथों मज़बूर पतंगे की तरह आग की लपटों में बार-बार जलने को बेकरार रहता और बिस्तर पर करवटें बदलता।

शायद वह इन सब बातों से अनजान थी। मामूली रोज़मर्रा की बातें, नोट्स की अदला-बदली के अलावा शायद ही कभी काम की बात हुई हो। कैन्टीन में दोस्तों के बीच या क्लास-रूम में आते-जाते या किसी फंक्शन में या ऐसे ही कहीं हाय-हलो या कुछ शब्द, कुछ हँसी, कुछ मज़ाक और इसके अलावा कुछ नहीं...कुछ भी नहीं।

बाज़ दफ़ा मैंने चाहा कि अपने प्रेम का इज़हार करूँ। कभी अपने दिल का हाल सुनाऊँ। कभी उसके दिल की पूछूँ और फिर हाथों में हाथ डालकर हम दोनों एक मंज़िल पर हमकदम-हमराह हों लेकिन वह वक़्त ही नहीं आया। जितने मौके मिले, उनसे ज़्यादा हाथ से गये। यूँ तो दिल काफ़ी कूँद-फाँद मचाता था लेकिन ऐन वक़्त पर उसके औसान ढीले पड़ जाते और रात के अन्धे कुएँ में दिल की जगह उसकी पसीजती हथेलियाँ ही मिलतीं। दिल को लताड़ा तो वह इतना रोया कि मुझे भी रोना आ गया। लेकिन फिर अपने भीतर की ताक़त को समेटा। हिम्मत-हौसला इकट्ठा किया। मन्दिरों-दरगाहों में मन्नतें माँगीं। उसकी रहमत को आवाज़ दी। प्रेम के तंत्र की किताबें पढ़ीं। मसान जगाने वालों की ख़िदमत की। वशीकरण मंत्र फूँके। ख़तरनाक दोस्तों से गुप्त मशविरे लिए। ग़रज़ यह कि हरचन्द कोशिशें कीं कि उसका दामन हाथ में आ जाये लेकिन सूत का एक सिरा तक नहीं मिला। हर जतन के अन्त में एक फीकी हँसी, खिसियाई धड़कन और शिक़स्त हौसले के अलावा सिर्फ़ एक ग़मगीन दिल मिला जो मेरे कन्धों के पीछे खड़ा बदस्तूर गिड़गिड़ा रहा था।

लेकिन दिन तो रोते-गिड़गिड़ाते नहीं। वे तो उछालें भरते, छलांगें लगाते, हवा में उड़ते जाते हैं सो उड़ते रहे नर्म दूधिया मैदानों पर से, अशोक के ऊँचे-ऊँचे पेड़ों पर से, कॉलेज की सड़कों, कैंटीन, क्लास-रूम, किताबों-परीक्षाओं के बरस-बरस से, मेरे कन्धों और उसकी भीगी-भीगी आँखों पर से...!

फिर पता चला और मैंने देखा भी। पहले कभी-कभी और फिर अक्सर। एक लम्बा छरहरा साँवला युवक उससे मिलने आता। उसे आता देखकर वह खिल जाती और कमेण्ट्स करती, खिलखिलाती लड़कियों के झुण्ड से बेख़ौफ निकलकर उसकी ओर बढ़ जाती। वे

दोनों चाय पीते, हँसते, चाय पीते। हालाँकि ज़्यादा हँसमुख मिज़ाज का आदमी वह मुझे नहीं लगा। कई बार ग़ौर से देखा। हर बार उसे लगभग अपनी अकड़ में रहने वाला रूखा आदमी पाया। दिल को तो वह कलूटा एक आँख नहीं भाया। वह हमेशा बढ़िया कपड़ों में चाक-चौबन्द रहता और उसके पास से गुज़रते हुए विदेशी इत्र की भीनी गन्ध मुझे और दिल दोनों को बराबरी से दिक़्क़त पेश करती।

निस्सन्देह मेरे तईं यह एक बड़ी घटना थी। अब तक ऐसे किसी हादसे से वास्ता नहीं पड़ा था, सो झटके रह-रहकर लगते। जान की दुश्मन इस परेशानी में कोई मेरे साथ नहीं था। मेरी दुनिया लुट रही थी और किसी को कोई राब्ता नहीं था। सारा कॉलेज उन गोरी-नखरैली लड़कियों के पीछे भागता रहता जो नित नये धमाके करतीं और जिनके झूठे-सच्चे क़िस्से सनसनी फैलाते। एक मेरा अकेला सच, अकेला दिल और अकेला मैं...।

अब जीना-मरना अपने ही साथ था। सोचकर रोज़ ना जाने कितने प्लान बनाता और किसी को निपटाने की जगह वे ख़ुद निपट जाते। हारकर मैंने तौबा की। पढ़ाई की ओर रुख करने का फैसला लिया। किताबें लाया। टाइम-टेबुल बनाया। मेज़ को तरतीब दी लेकिन दिल फिर आड़े आया। मैंने समझाने की बारहा कोशिशें कीं लेकिन वे रोते हुए दिल के किसी काम नहीं आयीं और ना ही दिल की ये हिम्मत हुई कि आगे बढ़कर कोई रास्ता निकाल ले। हम दोनों बराबर नाक़ाबिल, निकम्मे और नालायक सिद्ध हुए।

कॉलेज की अन्तिम परीक्षा के बाद, वह मुझे एक बार और दिखी, स्कूटर पर बैठी हुई। शाम का धुंधलका था। मैंने कहा कि वही आदमी स्कूटर पर है। दिल ने डपटकर कहा कि बाप चला रहा है। अप्रिय बहस में उलझना मैंने ठीक नहीं समझा। दूसरे रास्ते से घर को मुड़ गया, हालाँकि दिल की दरख़्वास्त कुछ और थी। वह अभी भी अँधेरे में उसी छूटी हुई राह को देख रहा था।

बी.ए. के बाद मेरे बाप ने मुझे इस शहर में आगे पढ़ाना मुनासिब नहीं समझा। वे घोर व्यावहारिक और बेहद ज़िद्दी आदमी थे। उन्होंने दुनिया के भीतर घुसकर दुनिया को देखा था, नतीज़तन एक छोटी-सी हैसियत से चलकर वे ऐसे बड़े मुकाम पर पहुँचे जहाँ पद, पैसा,

पॉवर, प्रतिष्ठा और गुरूर पसरा पड़ा था। उन्हें दुनिया के सच और कुदरत के झूठ का ठीक-ठीक पता था। उन्होंने ज़िन्दगी को एक नक़्शे की तरह जिया और कामयाबी फ़तह की। अब मेरी बारी थी। एक नक़्शा उन्होंने मेरे लिए भी तैयार कर रखा था। मेरी हर अगर-मगर को हवा में मक्खी की तरह उड़ाते हुए मेरे क़दमों को बिसात पर रखवा दिया और उनके इशारों पर मैंने चुपचाप चलना शुरू कर दिया।

जिस दिन मेरे दिल्ली जाने का इन्तज़ाम हो रहा था, हमेशा की तरह वे बाहर बरामदे में लम्बी आरामकुर्सी पर अधलेटे किसी अहसानमन्द दोस्त से गपिया रहे थे। ह्विस्की का गिलास टेबुल पर रखा था। उनकी मोटी-मोटी मूँछों में ह्विस्की खुशी से झिलमिला रही थी। मैंने उनके पैर छुए और जाने की आज्ञा माँगी। वे आरामकुर्सी पर से मुश्किल से कुछ आगे सरक सके। उनके आशीर्वाद के लिए मुझे अपना सिर बहुत ही नीचे लाना पड़ा।

'यह मेरा तीसरा बेटा है गनेसीलाल, मैं इसे दिल्ली भेज रहा हूँ, जुगलकिसोर के पास...। हाँ हाँ वही, तुम्हें बताया था ना कि आजकल वह बिग गन है इण्डस्ट्रीज में। हम दोनों और रामसरूप, अरे वही अपना केन्द्रीय मंत्री, एक ही चुंगी स्कूल में पढ़े। हम तीनों स्साले बैकबैन्चर्स थे। रोज़ तड़ी मारते थे। अरे तुम्हें क्या बता रहा...तुम भी तो साथ रहे लेकिन तुम रहे पढ़ाकू, हरदम फर्स्ट क्लास। तुम्हें तो वज़ीफा भी मिलता था और पी.डी. माट्साब हमारी ठुकाई करते थे। क्या दिन थे यार। ...ख़ैर छोड़ो उन बातों को। अपने दोनों बेटे तो बढ़िया जम गये, अब इसकी बारी है। भई, इसे आसीरबाद दो।...'

बगल में दुबके बैठे सज्जन दुबले-पतले थे और इतने जाड़ों में भी केवल एक पुराना स्वेटर पहने थे। चश्में में से उनकी कँपकँपाती आँखों ने मुझे बहुत आदर से देखा। आशीष देते हुए उनकी आवाज़ काँप रही थी जैसे वे बहुत शरमिन्दा हों। पीठ पर उनका हाथ मिनिट भर ही रहा और अचानक फफककर रोने लगे।

तेज़ी से डपटते हुए मेरे बाप ने कहा, '...अरे....अरे....क्या करते हो बेवकूफ़। ...फिर वही...अपसगुन करते हो। लड़का दिल्ली जा रहा है अपनी जिनगी बनाने और तुम अपना रोना ले बैठे। जब लौंडा खादी का झोला टाँगकर समाजवाद की बड़ी अलख जगाने निकला था, तब तो तुम्हें देसभगती सूझ रही थी। अब पुलिस ने पकड़ लिया

तो बुक्का फाड़कर रो रहे हो...अरे मूर्ख औलाद पैदा की तो अंज़ाम भी भोगना पड़ेगा ही। ...करेंगे कुछ ना कुछ...कह तो दिया। लेकिन इस वक़्त तो बाज आओ। चलो जी, पैर छुओ और चलते बनो। हो गया बहुत आसीरबाद। ...और हाँ, पहुँचते ही फ़ोन करना और वहाँ मटरगश्ती का ख़याल दिल से निकाल फेंकना। ...निकम्मे...नालायकों को मैं कूड़े में डालता हूँ...और तुम...जाओ, अब खड़े-खड़े मुँह क्या देख रहा बेवकूफ़...।'

दिल्ली के बारे में क्या कहूँ! यह शहर बहुत बड़ा लुटेरा है। जब वह लूटता है तो शरमाता नहीं और जब लुटता है तो रोता नहीं। एक अज़ब संस्कृति जो किताबों में नहीं पायी जाती। उन्हें फाड़कर फेंकने पर ही उस तक पहुँच सकते हैं और फिर कहीं जाने की ज़रूरत भी नहीं होती क्योंकि दुनिया का तमाम हासिल चाहने वाले को वह सब मिल चुका होता है और जो छूट गया होता है, उसकी कोई औकात नहीं होती। यह वाकई एक अजीब शहर है। लेकिन दिल्ली से भी बड़े और अजीब लगे मुझे जुगल किशोर चाचा जिनकी आलीशान कोठी में मेरे रहने और कैरियर को ठोस अंज़ाम देने का इन्तज़ाम तय किया गया था।

वे बहुत प्यार से बात करते थे। स्टेशन पर उन्होंने मुझे गले लगा लिया लेकिन जल्द ही कोट की कॉलर को रूमाल से साफ़ करने का अन्दाज़ मुझे पसन्द नहीं आया। रास्ते भर मैं कार में सिकुड़ा बैठा रहा और वे मीठा-मीठा हँसते रहे। कभी बुलन्द आवाज़ में बताते कि यह संसद-भवन है जिसमें उनका एक बेटा मालीहेड़ा से सांसद है या कहीं तर्जनी नचाकर दिखाते कि माय डाटर्स पेंट हाउस। फिर अपने तमाम बड़े-बड़े रसूखों के बारे में बताते और वैसे ही हँसते...मीठा मीठा...ना रत्ती से कम और ना तोला से ज़्यादा। इतनी और ऐसी नपी-तुली हँसी मैंने पहली बार देखी और पहली बार घर से बिछुड़ने पर रोना आ गया।

उनकी कोठी मेरे बँगले से काफ़ी बड़ी थी। लगभग 20-22 कमरे और हर कमरा एक ऐशगाह। कोठी के परिसर में हमेशा ढेरों गाड़ियाँ खड़ी रहतीं जिनके बगल में दस्तबरदार सहायक और चौका बावर्दी शोफर जो बार-बार अदब में इतना नीचे झुकते कि धरती रह-रहकर अपने में धँसती जाती। किसिम-किसिम के लोग मिलने के लिए घंटों

इन्तज़ार करते। दस-बारह टेलीफ़ोन जो घड़ी-घड़ी टनटनाते रहते। चाचा देश-विदेश से भरी दुनिया से लम्बी बातें करते तो कभी डरावने अजनबियों से सीक्रेट-रूम में देर रात तक बैठकें करते। उन्हें ग़ुस्सा करते शायद ही कभी देखा। बहुत नागवार गुज़रने पर नाराज़गी में उनका चेहरा थोड़ा कड़ा पड़ जाता पर उसके परिणाम बहुत ख़तरनाक होते। राजनीति और कारोबार में बराबरी से व्यस्त रहने के बाद भी वे ना कभी काम से थकते और ना कभी मुस्कुराने से। मैंने पाया कि उनकी मुस्कुराहट में वज़न होता है। जब-जब वे हँसते, मैं भीतर ही भीतर थोड़ा और नीचे दब जाता। वे सामने वाले को वश में करना अच्छे से जानते थे और तब तक उसे नहीं छोड़ते जब तक कि वह उनके अर्दब में वहाँ खड़ा ना हो जाये जहाँ उनको बाजी जीतने के लिए उसका होना ज़रूरी है।

उन्होंने हँसते हुए मेरा कैरियर सँवारा। मुस्कुराते हुए डाँटा-फटकारा। प्यार से कड़ी हिदायतें-नसीहतें दीं, तिकड़में समझाईं और इस तरह बात की बात में व्यापार-जगत के एक बड़े ओहदे तक पहुँचा दिया। उन्होंने जो कुछ मेरे लिए किया, उसमें गहरी हँसी की चमक की ओट में अहसान की गम्भीर झलक दमक मारती थी जो मुझे अजीब साँसत में डाल देती क्योंकि मैं उन्हें नापसन्द करते-करते, ना जाने कब और कैसे पसन्द करने लगा था जो सिर्फ़ मामूली पसन्दगी नहीं थी, उसमें श्रद्धा-भाव और अनुकरण की अदम्य लालसा भी थी। पहले यह परिवर्तन मेरे लिए भय-सूचक और घबरा देने वाला था लेकिन धीरे-धीरे वह सब गुम होते चले गये और मुझे पता ही नहीं चला बल्कि अक्सर और अनायास मैंने खुद को उनकी नकल करते पाया और फिर मीठा-मीठा हँसना पहले अभ्यास, फिर आदत और अन्ततः स्वभाव बन गया। यह तरीका मेरे अब तक के हिसाब से जेब में रिवॉल्वर रखने से ज़्यादा कारगर और फ़ायदेमन्द हुआ।

इसके अलावा जुगल किशोर चाचा ने मुझे दूसरी नियामतें भी दीं। सोसायटी में अच्छी-खासी पोजीशन, रुतबा, रुपया, गाड़ी, कोठी, ऐश्वर्य और साथ ही अपनी बेटी भी। विवाह के वक़्त वे उसी तरह से हँसते रहे और मैं वज़न से दबता रहा। जल्द ही उनकी हँसी का ज़हर मेरे ख़ून में उतरने लगा जब शादी के पाँचवें माह बाद ही स्विट्ज़रलैण्ड में बेटी हुई जिसे चाचा ने उसी हँसी के साथ मेरी गोद

में डाल दिया। मैं मुँह नीचा किये देखता रहा। ऊपर चाचा हँसते रहे।

उनकी बेटी के साथ ज़िन्दगी क्या एक दिन भी काटना मुश्किल था। वह बला की बदतमीज़, फूहड़ और बददिमाग़ थी। तराजू में उसके साथ चाचा बैठे थे, इसलिए मेरा पलड़ा अधर में लटकता रहा। लेकिन कहीं कोई सन्तुलन होना ही था। इस बार मैं चाचा की तरह हँसा। उन्होंने कभी कहा था कि जो गुड़ से मर जाये, उसे ज़हर देना बेवकूफ़ी है। मैंने उसे ड्रग्ज़ का रास्ता दिखाया और धीरे-धीरे वह मूर्खा उस रस में इतनी सराबोर हो गयी कि उसकी ओर दोबारा देखने की मुझे ज़रूरत ही नहीं पड़ी। मुझे तराजू को हर हाल में अपनी तरफ़ झुकाना आने लगा था। सच्चे सौदे के लिए ऐसे झूठ की ज़रूरत होती है जो सच्चा लगे।

—मिसेज चान्दोरकर—

चपरासी ने चिट सामने रखी।

मैंने तैश में चिट को फाड़ते हुए उसके मुँह पर फेंक दी।

'यू रास्कल, ये कोई टाइम है...?'

चपरासी का चेहरा सकपका गया, फिर दारुण और फिर कड़वा।

'साला यूनियनबाजी करेगा; यहीं गाड़ के रख दूँगा...'

बुदबुदाते हुए मैंने झपाटे से इंटरकॉम उठाया;

"रोज़ी, तुम्हें मालूम...विजिटिंग ऑवर्स क्या हैं...?

उस तरफ़ से रोज़ी की रोज़ की मिनमिनाती आवाज़ थी।

'...मालूम है ना, तीन से चार। फिर ये चिट कैसे मेरे पास आया ...स्पीक...स्पीक...'

'सर, ये लेडी आपसे मिलने के वास्ते काफ़ी रिक्वेस्ट कर रही है...'

मैं इंटरकॉम पर दहाड़ा; 'नो रिक्वेस्ट विक्वेस्ट, अंडरस्टैण्ड। मेरा समय बर्बाद मत करो...बर्न एंड हिल की फ़ाइल लाया तुम? और उस गधे के बच्चे शुक्ला को भेजो। तीन बजे मुझे मुख्य सचिव से मिलना है डियर, समझा करो एंड तुम्हारा बेबी कैसा है, हाऊ स्वीट एक बार फिर उसे प्यार करने आऊँगा, माय बेबी डॉल...'

मैं हँसा...और इंटरकॉम रख दिया।

मेरा कमरा फ्रेंच आर्टिस्ट कम आर्कीटैक्ट ज़्याँ फियांन ने बड़े इत्मीनान से मगर बहुत सलीके से सँवारा-सजाया है। पॉश कमर्शियल

एरिया की बहुआकर्षक इमारत के 28वीं मंज़िल पर स्थित विशालकाय ऑफिस के आयताकार कोने में सुसज्जित इस कमरे की बायीं तरफ़ से दूर बिग-वंडर पार्क की हरी पहाड़ियाँ और झील के चमकते पानी के अलावा आसमान में उड़ती चीलों के सिवाय कुछ नज़र नहीं आता। कमरा काफ़ी बड़ा और ईरानी कालीन पर पसरा है। सफेद क़ीमती रेशम के पर्दे, वैसे ही सोफा के कवर जैसे जूही के फूलों पर चाँदनी बिछी हो। हलकी नीली और सुनहरी बिन्दियों से पेपर मढ़ी दीवारें, निःशब्द ठंडाता एयर-कंडीशनर...सब चुप, ख़ामोश और बाअदब...ऐसा माहौल मुझे सुकून और भरोसा दिलाता है, उस पर चारों ओर फैली इटैलियन खुशबू....काले आबनूस की शानदार मेज़ पर नफ़ासत से रखा पैन-स्टैण्ड और एक चाकू गोपनीय लिफ़ाफ़े फाड़ने के लिए... भारी-भरकम मूविंग चेअर जिस पर लदा मैं दिन भर धड़ाधड़ आदेश ज़ारी करता रहता हूँ और उन्हीं के मुताबिक दुनिया भागती-दौड़ती या दम तोड़ती है।

मैंने टाई की नॉट ठीक की। सामने के प्रोग्रामर को देखा। वित्त मंत्रालय के सचिव और अपर सचिव के साथ लंच 'आलम-पनाह' में एक बजे...तीन बजे साउथ एशियन डेलीगेशन से मुलाकात... मुख्य सचिव के साथ बैठक चार बजे...पाँच बजे नोएडा फैक्ट्री के ऋण-प्रस्तावों पर चर्चा...ऐसा ही कुछ छह बजे...सात बजे...और फिर जंगली बिल्ली सॉरी वाइफ के साथ न्यू ट्रेडीशनल इंडियन फैशन फेयर का उद्घाटन और डिनर...और फिर कब लौटूँगा, किसे होश...किसे ख़बर...मतलब सारे समय वही बदजायका, कुछ नया...डिफरैण्ट कुछ भी नहीं....ऐनी वे...मैंने कॉलर को झटके से साफ़ किया। एक कप कॉफी का आर्डर दिया और सामने पड़ी फ़ाइल पलटने लगा।

मुख्य सचिव के साथ मुलाक़ात लम्बी चली। वे चाचा के दोस्त हैं, इसलिए मुझ पर काफ़ी मेहरबान हैं। बुड्ढे की आँखें धूर्तता से चमकती हैं या लालच से, अब धीरे-धीरे मज़े लेने लगा हूँ। उन्होंने पी.एम. के साथ डेलीगेशन में स्टेट्स जाने का ऑफर दिया। मैंने कह दिया; 'थैंक्यू सर, पर सोचकर बताऊँगा। बट...बार-बार स्टेट्स जाते बोर हो गया हूँ, एक बार फिर जापान और चीन जाना चाहूँगा। दोज ऑर वंडरफुल कण्ट्रीज...हार्ड-वर्किंग, वेरी कैलकुलेटिव एंड बिजनिस लाइक पीपुल...मिलकर मज़ा आ जाता है। पैसा कमाना नहीं, वे पैसा

उगाना जानते हैं और इंडिया...जस्ट रबिश...।'

मुख्य सचिव के चेहरे पर लोभ के साये में ईर्ष्या-मुदित मुस्कान दौड़ी। वे धीरे धीरे-बोले जैसे नपे-तुले शब्दों को ध्यानपूर्वक बाहर निकाल रहे हों; 'तुम वाकई दुनिया को जान गये हो, माय ब्वाय, ब्रेवो...'

दूसरे दिन भी वही व्यस्तता और तीसरे दिन भी...। चौथे दिन तो ग़ज़ब हो गया। कुछ विदेशी डेलीगेट्स को लंच पर घर बुलाना पड़ा। चाचा भी अजीब हैं। कहने लगे, एकदम ट्रेडीशनल लंच दो। देहाती तरीके से पटा-चौकी पर बिठाकर, कढ़ी, गुलगुला वगैरह खाँटी देसी पकवान बनवाओ। बेमतलब की झंझट में सारा दिन चौपट हुआ। लेकिन चाचा भी कमाल के। लंच में कोरियाई, इंडोनेशियाई व्यापारियों के साथ केन्द्र शासन के राज्य मंत्री भी पधारे। पी.एम. के एकदम दाहिने हाथ, एकदम पंडिताऊ आदमी। भव्य देसी भोजन की व्यवस्था, माँड़ने, अगरबत्ती, आरती देखकर एकदम खुश हो गये। पत्नी को लहक-लहककर मधुर आशीर्वाद दिये जिन्हें उसने भी लड़िया-लड़िया कर स्वीकार किया। मंत्री जी ने वैदिक संस्कृति में भोजन और लाल चन्दन के टीके की महत्ता और पवित्रता के बारे में संस्कृत में कई श्लोक कहे। सभी डेलीगेट्स उत्साह और अचरज से सिर हिलाते रहे। इन सब बातों से माहौल बनता है जिसमें से काम की बात निकलती है। चाचा ने इस बार गहरे जल की मछली को बींधा था।

अगले दिन ऑफिस में बहुत व्यस्तता रही। तीन से चार बजे के बीच कई मुलाकातियों को निपटाया। बड़ा बोर काम है। सिरदर्द होने लगा। कोई हें हें कर विज्ञापन माँग रहा था तो कोई सिफ़ारिशी चिट्ठी लिए आ पहुँचा। कोई नोयडा फैक्ट्री के घोटालों का बेसुरा राग अलापते हुए न्याय वगैरह की बात कर रहा था। कोई कुछ तो कोई कुछ...लोग एकदम मक्खियों की तरह भिनभिनाने लगते हैं। सारी दुनिया गलीज़, बेहूदे, चापलूस और स्वार्थी लोगों से भरी पड़ी है। इन तिलों से तेल निकालना कितना कठिन लेकिन मज़ेदार है...!

'सर, एक बाई और मिलना चाहती है...'

चपरासी दरवाज़े से झाँका। वही चपरासी लेकिन इस बार इतना डरा हुआ कि दरवाज़ से सिर्फ़ गर्दन ही निकाल पाया, कछुए की तरह।

'कौन बाई...?' तरेरकर पूछा।

'बड़ी देर से बैठी है...तीन-चार दिन से...।'

'नो बाई-शाई, कह दो कल आना, आज नो टाइम...'

मैंने घड़ी में देखा। चार तो कब के बज चुके थे।

तभी दरवाज़ा पूरा खुला। साड़ी की झलक दिखी। मेरा सिर भन्ना गया, '...हाउ डेयर शी...!!'

'माफ कीजिए सर, बेअदबी हुई सर, पर...'

वह एक सम्भ्रान्त महिला थी। यद्यपि उसके कपड़े सादे थे लेकिन पहनने का सलीका प्रभावित करता था। उसके हाथ में कुछ काग़ज़ थे। हलकी स्लेटी साड़ी, काला ब्लाउज, चेहरा गोल गेहुँआ और बेदाग, माथे पर लाल बिन्दी...

मंत्री जी की बात एकाएक याद आ गयी। माल पर लाल बिन्दी सौभाग्य और पवित्रता का सूचक है। इस पवित्रता से निपटने का वक़्त आया, अपने सौभाग्य पर मज़ा आया लेकिन दिमाग में खदबद मची। क्या कहीं देखा है इसे...अब सिर पर आकर खडी हो गयी तो फटकारना क्या उचित होगा? लगती तो ठीक-ठाक है, लुकी-छिपी ज्यादा है...मास्टरनी टाइप...

'...आपको मालूम, मेरे पास बिल्कुल टाइम नहीं है...'

'सर...सर, सिर्फ़ एक मिनिट, मुझे एक ज़रूरी निवेदन करना है...'

देखा है कहीं...न जाने कहाँ...औरतों की साली दुनिया में कमी रही क्या...!

'फिर सर, एक रिफरेंस है जिसके कारण मैंने सोचा कि...आपसे मिल सकती हूँ...'

'व्हाट रिफरेंस...?'

मेरी आँखें कपाल पर चढ़ गयीं। फिर साली कोई सिफ़ारिशी चिट्ठी...कोई ब्लैक-मेल का लफड़ा तो नहीं...अभी मज़ा चखाता हूँ ...पर इसकी आँखें कितनी अच्छी हैं...।

'मैं माया हूँ, माया पटवर्धन सर, आपके साथ पढ़ी हूँ, याद आया सर कॉलेज में, आपने भी इतिहास, संस्कृत...'

'अरे रे रे, माया...ओ माई गॉर्ड...'

मैं कुर्सी से खड़े होते-होते बैठा रह गया।

टेबिल पर पड़ी पेन्सिल उठा ली। इस तरह उस झटके से खुद को सँभाला।

'अरे बैठो यानि बैठिये, आप माया...कल्पना ही नहीं कर सकता

था कि कभी इस तरह मुलाक़ात होगी...!'

माया...ग़ज़ब...कमाल है...दुनिया साली पल भर में कहाँ से कहाँ पहुँच जाती है।

वह बैठ गयी और उसी तरह मुस्कुरायी जैसे मुस्कुराया करती थी। ओफ...मैं इतना नर्वस हो गया कि ठीक से बैठा भी नहीं जा रहा था। समझ में नहीं आ रहा था कि क्या करें, क्या न करें...।

सामने फैली काले आबनूस की विशाल टेबिल और भारी भरकम कमरे के विस्तार ने धीरे-धीरे मुझे सँभाला। मैंने हँसकर अपने कमरे की खिड़कियों पर फरफराते सफेद रेशमी पर्दों को देखा। सामने पड़े चाकू को उठाकर बेवजह बायीं हथेली पर मारते हुए उसे गौर से देखा और फिर तिरछे देखते हुए पूछा; 'ओ यस, यहाँ कैसे, तो मामला क्या है?'

उसने हाथों के काग़ज़ों को सँभाल कर कुछ कहने की शुरुआत की।

'लेकिन इस चिट पर तो मिसेज चान्दोरकर लिखा है...'

'जी...'

'आप पटवर्धन से चान्दोरकर कब हो गयीं...आई मीन, मिसेज हो गयीं...'

मेरे मुँह से बेसाख्ता निकला।

'जी, एम.ए. होते-होते चान्दोरकर जी से मेरी शादी हो गयी और....'

'हाँ ठीक। शादी हो गयी। अच्छा। तो आगे बताइये..."

'सर...यह बताना है कि..."

'वन मिनिट प्लीज...'

मैंने इंटरकॉम उठाकर कहा; 'रोज़ी, मेरे अगले सारे अपाइंटमेंट्स कैंसिल कर दो...हाँ हाँ, उसे भी कैंसिल कर दो...समझती नहीं...एंड फार सम टाइम नो काल्स, नो बिजनेस प्लीज...'

'डियर'...कहते-कहते रुका। इंटरकॉम रख दिया।

'अब तुम्हारे लिए इतना तो करना ही पड़ेगा...।'

मैंने गला साफ़ दिया। वह असमंजस और विनम्रता से मुझे देख रही थी...मगर अभी भी उसने मुझे प्यार से नहीं देखा...उस दिन जैसा, ऐनी हाऊ।

'...मेरा मतबल यह कि...अभी पाँच बजे मेरा अर्जेंट अपाइंमेंट था होम मिनिस्टर के साथ...बहुत ज़रूरी...लेकिन तुम आयीं...कैंसिल कर दिया...।'

उसने कृतज्ञ मुस्कान से सिर झुका लिया। ऐसे चेहरे देखना मुझे पसन्द है। मैं अपनी कुर्सी पर थोड़ा पसर गया। उसने फिर काग़ज़ सँभाले और कहा, '...सर बात यह कि...'

'वन मिनिट प्लीज...मे आई स्मोक...'

मैंने हँसते हुए कहा; '...आजकल स्मोकिंग ज्यादा हो रही है, विल यू नॉट माइंड प्लीज...वैसे धुआँ तुम्हें कैसा लगता है...?'

उसने जवाब में क्या कहा, समझ में नहीं आया लेकिन इतना जान गया कि वह हड़बड़ा चुकी थी और मैं भी हमेशा की तरह एकदम स्थिर नहीं हो पा रहा था। मैंने हाथ के इशारे से उसे बोलते रहने को कहा।

उसने पहलू बदला और काग़ज़ों के पन्ने पलटाये।

'...एंड मैं चाहूँगा, एक प्याला कॉफी तुम्हें पिलाई जाये, माई ऑनर, हैं न...'

मैं अपनी बदहवासी पर काबू कर रहा था और एक नया गुरूर मेरे सिर चढ़ रहा था। मैंने घंटी बजा दी।

'...यस प्लीज, केरी ऑन...'

वह बोलती रही। मैं उसे देखता रहा। कई बार अजीब घबराहट में उसके शब्द फिसल जाते। हलके से उसकी देह भी काँपती। मैं देखता रहा। वही तो है। बड़ी हो गयी है। गाल कुछ ज़्यादा फूल गये हैं क्या ? पहले तो इतने नहीं थे। पहले सलवार-कमीज पहनती थी तो एकदम कमसिन कमनीय लगती थी। बात-बात में खिलखिलाती थी। नाक कैसे सिकोड़ती थी, छोटी-सीं लाल नाक। नाक तो वही है, मगर लाल नहीं, कुछ बड़ी सी लगती है। नाक में लोंग भी है। क्या पहले थी?

'अरे, क्या पहिले तुम्हारी नाक छिदी थी...मेरे ख़याल से तो नहीं...'

वह एकदम सकपका गयी। एक काग़ज़ नीचे टपक गया।

'...जी नहीं, जी...शादी के बाद इनलॉज का आग्रह था...'

'ऐनी वे, आयम सॉरी...बताते रहिए...'

अजब हूँ मैं। बोल भी दिया। गरिमा रखना चाहिए। आफ्टर

ऑल...कॉलेज का वह छोकरा नहीं रहा मैं...।

यद्यपि ध्यान से नहीं सुना, लेकिन क्या सुनना। समझ गया कि बात वही घिसी-पिटी पुरानी। ऐसे क़िस्से हज़ारों सुन चुका था, रोज़ सुनता हूँ। रुटीन। मि. चान्दोरकर नोएडा फैक्ट्री में असिस्टेंट इंजीनियर हैं। स्टोर में घपला हुआ। अब निलंबित हैं। इनक्वायरी चल रही है। सम्भवतः नौकरी से हाथ धोना पड़ेगा। अब धर्म-पत्नी आयी है बताने कि इनके पति को जानबूझकर फँसाया गया है। वे तो एकदम भोले इनसान हैं और बदमाश मैनेजमेंट इनके पीछे पड़ा है...डिस्गस्टिंग...।

मैंने उसे गौर से देखा और हँसा।

'कॉफी पीजिए, ठंडी हो जायेगी...'

कहते हुए मैंने काली चौड़ी ऐश-ट्रे में अधजली सिगरेट ठोंस-ठोंसकर बुझाई।

ठीक है। साले पहले चोरी-चकारी करते हैं, पकड़े जाते हैं तो रोते फिरते हैं। कितने का मामला है, शायद चार-पाँच लाख का। मेरी नज़र उसके गले में पड़े मंगलसूत्र पर पड़ी। खास नहीं है। कितने तोले का होगा, हाँ याद आया, यहीं तो एक तिल भी था, क्या अब भी है?

उसने अपनी बात लगभग ख़त्म कर ली थी और अब अपने पक्ष समर्थन में फालतू के मुद्दे उठा रही थी, जैसे वाद-विवाद प्रतियोगिता में कभी लेकिन मुझे बेतुके लग रहे थे। मेरा मन कहीं और भटक रहा था।

'अच्छा...अच्छा...ये वही चान्दोरकर महाशय हैं जिनके स्कूटर पर पीछे बैठकर तुम...?'

'जी नहीं...'

उसने भारी मन से गर्दन झुका ली, 'उनकी एक स्कूटर दुर्घटना में मृत्यु...'

'ओह, आयम सॉरी।'

न जाने क्यों मुझे अजब तसल्ली हुई। होंठो पर आयी मुस्कुराहट को मैंने कुतर-कुतर कर चबा लिया। तो यह दूसरा कौन...? मगर चुप रहा।

'...मैं देखूँगा...फ़ाइल देखूँगा...तुम आयी तो निश्चय ही...हाँ और अपने ग्रुप के लोगों का क्या हाल रहा...अरे वही राजू दीक्षित, रमन चड्ढा...'

उसने हैरानी से देखा और नकार में सिर हिला दिया।

मैं पुराने दोस्तों की याद करता रहा, शायद बिला वज़ह...पर नहीं। वह सिर्फ़ हाँ-हूँ करती रही। कॉलेज के दिनों की स्मृतियों का जिक्र बार-बार आया और वह बार-बार चौंकी। मैं अपनी रौ में बोले जा रहा था, '...अब तो इतनी व्यस्तता बढ़ गयी है कि कौन कहाँ गया, क्या हुआ पता नहीं। एकाध बार कोई आया भी तो, मज़ा नहीं आया...लेकिन तुम आयी तो अच्छा लगा, ...अरे हाँ, तुम्हें न्यू इयर की पिकनिक याद है, वाटर फाल पर गये थे।'

वह ठीक से समझ नहीं पा रही थी। उसकी निगाहों में असमंजस बढ़ रहा था।

'...उस दिन तुम कितनी अच्छी सब्जी लायी थीं। तुमने खुद पकाई थी, हैं ना, बहुत खाया था उस दिन। याद आया...?'

मेरे चेहरे पर एक मुस्कुराहट उभर रही थी। रहस्य भरी मुस्कुराहट। चाचा कुर्सी के हत्थे पर बैठे थे और मैं सँभल चुका था।

उसने गौर से देखा और गर्दन झुका ली। साँस की बढ़ती रफ्तार का असर उसके बदन पर साफ़ दिख रहा था।

'...यूँ तो खाना सैकड़ों जगह खाया। एक से एक लज़ीज़। दुनिया का ऐसा कोई बड़ा रेस्त्रां नहीं रहा। लेकिन तुम्हारी उस दिन की मीठे आलू की सब्जी...भई वंडरफुल...आज भी सोचता हूँ कि वैसा खाना दोबारा फिर ना मिलेगा...'

उसका चेहरा क्षण भर सख़्त हुआ। फिर कुर्सी पर सँभलकर बैठ गयी। एक शालीन मुस्कुराहट टेबिल पर बिछ गयी।

'...तो कभी आइये...घर...यदि...'

'व्हाई नॉट, व्हाई नॉट माया, ऐसा मौक़ा कैसे छोड़ूँगा...पर प्लीज़ यह तक़ल्लुफ़ छोड़ो। मेरा मतलब यह नहीं था...आज तुम्हें देखा तो जाने क्या-क्या याद आया...।'

'नहीं सर, मैं आपको लंच पर इनवाइंट करना चाहती हूँ।'

मेरी हँसी चौड़ी होती चली गयी।

'पर अभी कुछ दिन नहीं, फिर तुम्हें तैयारियाँ भी करनी होंगी...'

मैंने भेद भरी दृष्टि उस पर डाली, 'बेहतर है कि...'

'...शनिवार को आ जाइये'

उसकी आवाज़ साफ़ और बेबाक थी। ऐसी कभी सुनी नहीं थी...

'...नो शनिवार, बट सोमवार पॉजीटिवली...'

उसने अपना पता लिखकर दिया और काफ़ी झुकते हुए नमस्कार किया। आई लाइक इट। जाते हुए उसे देख रहा था। चाल में वो बात नहीं रही। नीचे मोटी हो गयी है।

'...साले चान्दोरकर...और वो भी दो दो...क्या किस्मत रही!'

नेताजी सुभाष नगर में उसका मकान ढूँढ़ते हुए काली मर्सीडीज़ क़तार से बने मकानों में से एक पर रुक गयी। खिड़की से झाँका, यही पता है, शायद।

मैंने दूर जाकर कार लॉक की और पैदल उस तरफ़ बढ़ चला। गर्मी नहीं थी। लेकिन उमस थी जो ज़्यादा परेशान कर रही थी। एकदम ठेठ मध्यवर्गीय मोहल्ले जैसी कॉलोनी। हर तरफ़ गन्दगी की भरमार। सड़क पर चलना भी मुश्किल। नाक पर रूमाल रख लिया। विदेशी गॉगल्स अच्छे होते हैं, इतने बड़े कि बाकी चेहरा भी लगभग ढक गया।

कॉलबेल बजाते हुए इस-उस तरफ़ देखा। धूप तीखी हो रही थी। तीसरे नम्बर मकान की छत पर एक बुढ़िया कपड़े फटकारती हुई गौर से इसी तरफ़ देख रही थी। नीचे बरामदे में मूढ़े पर बैठा एक उजाड़ बूढ़ा मुश्किल से अख़बार पढ़ पा रहा था।

दरवाज़ा खुला और उसने हँसकर अभिवादन किया। तरंगित हो उठा। आज वह कुछ अलग रंग में थी। खिले बासन्ती रंग की साड़ी और लाल चटक स्लीवलेस ब्लाउज।

"कैसी हो?"

मैंने दबंगी से अधिकारपूर्वक कहा और हँसता हुआ भीतर आ गया।

'अच्छी हूँ...इधर बैठिये...।'

'हाँ आँ, थोड़ा तुम्हारा घर देखूँ। बड़ा आर्टिस्टिक नेचर था तुम्हारा...और वाकई घर भी बड़े करीने से सजाया है। एक मिडिल क्लास होम लाइक हैवन...'

मेरी आँखों में एक पल को उजालों से भरा अपना काला मनहूस बेडरूम घूम गया और ओझल हो गया।

'...ठीक कहा न, अच्छा ये तुम्हारे दत्तात्रेय भगवान...राइट... कितना पहचानता हूँ मैं...आई नो इंडियन कल्चर वैल...ये ताजमहल...

यहाँ भी...बढ़िया...ये किसकी फोटो...मम्मी-पापा की...वेरी गुड...'

एक पूरा चक्कर लगाते हुए सोफे पर बैठ गया। बहुत ही मामूली ड्राइंग-रूम। सादी लकड़ी के सोफे पर नये कवर चढ़ाये थे जो बरसों अलमारी में रखे रहे होंगे। अजीब सी गन्ध निकलती, जिसे रसोई से पकने की सोंधी गन्ध भरपूर दबा रही थी। दूर दीवार पर एक फ़ोटो थी जिस पर सूत की माला डाली गयी थी। देखना तो था...लेकिन अब वहाँ तक कौन जाये?

सोफे के सामने पड़े मोढ़े पर आकर वह बैठ गयी और चोटी को गोद में हिलाते हुए उसने कहा...चपलता से लेकिन कैसी झीनी-अनमनी; '...सर, खाना तो लगभग तैयार है। आज मैंने आपकी वाली आलू की सब्जी बनाई है, पर न जाने आपको कैसी लगे...'

'...ओह नो मायली...काफ़ी दिनों बाद...चेंज तो रहेगा, और मुझे उम्मीद है कि आलू भी अच्छे बने होंगे, मेरे मनमाफिक...क्यों...।'

कहता मैं हँसा। चाचा की यही बातें मुझे अच्छी लगतीं। एक तो हमेशा हँसते रहिए। सबका जवाब मिल जायेगा, लेकिन दुनिया में हँसी का कोई जवाब नहीं है, सिवा इसके कि दूसरा भी हँस ही दे, चाहे बेबसी में या बेवकूफ़ी में ही। दूसरा, वह कभी मेरा साथ नहीं छोड़ते। इस वक़्त भी वे बगल वाले कमरे से झाँक रहे हैं जो शायद उसका बेडरूम था।

'...सर, आप तो...मतलब आपकी हैबिट...यानि ज़रूरी होता होगा न...कुछ ड्रिंक वगैरह...लेना चाहेंगे?...'

कहने को तो यह एक वाक्य मात्र था लेकिन उसने बड़ी मुश्किल से शुरू कर भीतर की एक दृढ़ता के साथ समाप्त कर दिया और अब वह एकटक मुझे देख रही थी।

'...नेवर माइंड, इफ ओनली यू परमिट मी...'

अलमारी की तरफ़ जाती हुई उसकी ओर अपनी तर्जनी हिलाते हुए टोका, 'लेकिन एक्सक्यूज़ मी डियर, थोड़ा ब्रांड के बारे में जानना चाहूँगा...।'

'शायद अरिस्टोक्रेट व्हिस्की है...।'

उसने लेबल पढ़ते हुए कहा।

'अरिस्टोक्रेट...शिट...कॉलेज के दिनों में कभी-कभी पी लेता था, जब ग़म बहुत सताता था, फिर दिल्ली में फिजा ही बदल गयी...ऐनी

वे...यही ले लूँगा, आखिर पुरानी यादें भी तो आज ताज़ा करनी हैं... ।'

ऐसा क्या कहा मैंने कि उसकी हलकी मुस्कान छलककर रुआँसी हो गयी! ऐनी वे... ।

गिलास में झरती शराब मन को थपेड़ों से निकाल कर किनारे ला रही थीं। यकायक मैं पूछ बैठा, '...बाई द वे, मिस्टर चान्दोरकर कहाँ पर हैं?'

'...वे मथुरा गये हैं... ।'

मैं 'अरे' कहकर हँसा।

उसने मेरा चेहरा गौर से देखा और अपेक्षाकृत कुछ सख्ती से कहा जिसमें नाराज़गी और नागवारी दोनों शामिल थीं; '...नहीं ऐसी कोई बात नहीं...जैसा तुम सोच रहे हो, मामा की बीमारी की वज़ह से अकस्मात् जाना पड़ा...'

आगे उसकी बोली में रुलाई घुलने लगी जो मुझे ठीक नहीं लगा। मुझे सिगरेट पीने की इच्छा होने लगी। मैंने उसकी ओर नहीं देखा। विषय बदल दिया।

'कितने बच्चे हैं तुम्हारे...'

'...दो नहीं तीन, स्कूल गये हैं।'

'बेटी है?'

'एक'

'आज मुलाक़ात न सही, फिर कभी। तुम्हारी बेटी को प्यार करते मुझे बड़ी खुशी होती...'

अब तक मैं एक पेग ले चुका था।

वह चुप बैठी। कुछ ज़्यादा ही चुप। मैंने महसूस किया कि वह किसी कशमकश में उलझती, झिझकती, घबराती और बार-बार किसी खम्भे के सहारे तन कर खड़ी हो जाती। उसकी यह दृढ़ता मुझे पसन्द नहीं आ रही थी।

दूसरा पेग खत्म करते करते मैंने कह दिया; 'माया, तुम्हें मेरे बारे में कैसे पता चला कि मैं यहाँ...इस पद...पहले कभी कोई जानकारी ली... ।'

'अरे आपके बारे में कौन नहीं जानता। अक्सर तुम्हारी तस्वीर अख़बारों में छपती, कभी विदेश आते-जाते। कभी-कभी उद्घाटन करते...'

अब वह सँभल रही थी...शायद... ।

'और मिलने का अब सोचा... ।'

'जी।'

वह फिर चुप रह गयी।

'कोई बात नहीं माया, ऐसा होता है...'

मैंने इत्मीनान से टाँगें हिलाते हुए कहा, '...लेकिन तुमने यह कैसे मान लिया कि मैं तुम्हारी मदद करूँगा...?'

'बचपन से, कॉलेज के दिनों से आप मेरे प्रति सदाशय रहे, मुझे हमेशा हमदर्दी से देखा, उन दिनों की दोस्ती...मुझे लगा...'

'वाह! बचपन की दोस्ती...हमदर्दी...भई वाह...क्या तुम्हें कभी पता नहीं चला कि मैं तुम्हें कितना प्यार करता था...'

'जी...!!'

'हाँ प्यार, शायद तुम्हें पता नहीं...शायद तुमने जानने की ज़रूरत ही नहीं समझी...शायद न समझने का बहाना भी...'

'......'

'...लेकिन आज...जो तुमने कल किया, वही मैं आज करूँ तो ...न जानने की ज़रूरत...न समझने का बहाना...तो...?'

उसका चेहरे का रंग बुझती हुई रोशनी की तरह जल-बुझ रहा था। होठों के पास जमा हो गयी राख को मुश्किल से वह तोड़ पायी। उसने एकाएक मेरा हाथ पकड़ लिया।

'...नको, प्रशान्त ऐसा कुछ मत सोचो...भगवान के लिए...उस वक्त मैं कुछ नहीं जान पायी थी...मैंने तुम्हें उस तरह से कभी देखा भी नहीं था... ।'

'मैंने कहा न, वही न जानने की ज़रूरत...और तुम्हें ज़रूरत भी क्यों होती, उस वक़्त दुनिया तुम्हारे क़दमों में थी और आँखें आसमान में...पैरों तले कब कहाँ कौन कुचला गया, तुम्हें जानने की ज़रूरत भी क्यों कर हो...?'

हाथ कब का छूट चुका था। वह दूसरी तरफ़ देख रही थी; '...नहीं, ऐसा कुछ नहीं...वे दिन कुछ और थे, तब इतना सब कुछ कौन कहाँ कोई समझ पाता था...लेकिन आज मैं मान लेती हूँ कि वह मेरी भूल थी...क्या वाकई मेरी भूल...अब सोचती...हाँ वाकई मेरी भूल...तुम मुझे माफ कर दो प्रशान्त... ।'

'माफ करने वाला मैं कौन? तुम्हारा कौन? स्कूटर पर बिठाकर

तो वह ले गया था...चान्दोरकर...फिर क्या हुआ उसका...अगर नहीं रहा तो यह दूसरा चान्दोरकर कहाँ से आ गया? कौन हैं यह...?'

मूढ़े पर बैठी वह पत्थर हो गयी थी। सिर्फ़ जब-तब उसके शरीर की सिहरन उसके इस दुनिया में होने का आभास दे रही थी।

'...जवाब नहीं दिया तुमने...शायद इसकी ज़रूरत नहीं...हम सिर्फ़ ऐसे लावारिस बैंक खाते हैं जिनसे जब जिसे ज़रूरत पड़े, रकम निकाल ले।'

'...उनसे मेरे विवाह के छह माह बाद ही एक दुर्घटना में उनकी मृत्यु हो गयी...'

दीवार देखते हुए उसने कहा।

'सॉरी, मुझे ऐसा कुछ नहीं जानना...'

'नहीं, मैं जानती हूँ कि तुम क्या जानना चाहते हो और मुझे बताने में कोई गिल्टी नहीं...ये मेरे दूसरे पति हैं...'

मुझे तीसरा पेग बनाने की ज़रूरत पड़ गयी।

'...जब मैं विधवा हुई पेट से थी। मेरी दुनिया अँधेरी हो गयी ...माँ-बाप दोनों मर चुके थे...और मेरे सामने मेरे दुर्भाग्य के अलावा कुछ न था...दुःख से जलते दिन और आत्महत्या भरी रातें...तब तुम भी नहीं थे प्रशान्त...'

'...क्या कहा, मैं...'

मेरा पेग छलक गया।

'हाँ, न कोई, न कोई। यह शिकायत नहीं है, हो भी नहीं सकती।'

सुनकर मैं हकबका गया। कुछ बोल न सका, हालाँकि मेरे भीतर बहुत सी आवाज़ें और आक्षेप हमलावर हो रहे थे। ...क्या यह मुझ पर छींटाकशी है, या मेरे आरोपों और आक्रमण का पलटवार....या कोई अनूठा तरीका? मेरा सारा बदन फनफना उठा। आखिर यह औरत मुझे ही झुकाकर शर्मिन्दा करना चाहती है? मैं कुछ कहने को व्यग्र हुआ; '...नहीं, कुछ मत कहो, अब कहने-सुनने का कोई अर्थ नहीं, लेकिन एक बात है जो अपनी जगह पर है...'

उसके चेहरे पर एक अजब दृढ़ता। एक निर्लिप्तता में जैसे वह सारी दुनिया को सम्बोधित कर रही थी; '...और तब ये, चान्दोरकर के छोटे भाई सामने आये। कहा, वहिणी मत रो। मैं साथ हूँ। मैं तुमसे ब्याह करूँगा...कितना रोयी थी उस दिन कह नहीं सकती। कितनी

भयभीत और आशंकाओं और उलझनों से भरी घड़ियाँ थीं जब मेरे गले में दूसरा मंगलसूत्र डाला गया। लेकिन इन्होंने मेरा मान रखा...न कभी उपहास, न लांछन, न अहसान। अपने बच्चों और भाई की बच्ची में कभी कोई फ़र्क नहीं किया। मेरी ख़ातिर इतनी दूर नौकरी ढूँढ़ी। एक देवता आदमी...कितना विशाल हृदय...मैं तो इनके पैरों की धूल के बराबर भी नहीं...'

'चलिए, डूबती किश्ती को तूफ़ान से किनारे तक कोई तो लाया। घाटे का सौदा नहीं रहा मि. चान्दोरकर के लिए...हमीं रहे जो सिर्फ़ रेत खँगालते रहे.... ।' कहना चाह रहा था लेकिन कह ना सका। मन गहरी कड़वाहट में घुल रहा था। शराब के चार पेग पीने के बाद भी मैं मुँह के बल अँधेरे में एक बूँद के लिए छटपटा रहा था। पहली बार मुझे अपने होने का कोई मतलब नहीं लगा।

वह रोये जा रही थी।

'...अब मैं जाऊँ?'

छाती में घुमड़ती बेचैनी से मुझे सांस लेना दुश्वार हो रहा था।

'मत जाओ प्रशान्त, तुम्हारे पैर पड़ती हूँ...हर तरह से माफी माँगती हूँ...तुम मुझसे नाराज़ हो तो मेरा अपमान करो, थूको मुझ पर...लेकिन सिर्फ़ इन्हें बचा लो...इनका मुझ पर इतना बड़ा अहसान है कि मैं उसकी ख़ातिर अपनी जान भी दे सकती हूँ, फिर बाकी क्या है? ...मेरी मदद करो...'

वह बुरी तरह रो रही थी। मैंने ठोढ़ी पकड़कर उसका चेहरा ऊपर उठाया। आँसुओं से भरा था। छोटी-सी नाक लाल हो गयी थी। हथेलियों में रूमाल भिंचा हुआ था। ...आँखें अधखुली, स्निग्ध और भीगी हुई, बिल्कुल वैसी ही जैसी मैंने उन्हें पहली बार देखा था... लेकिन इस बार कोई और बात भी थी जो पहले ना थी। उस बात से मेरे भीतर की दुनिया का बुनियादी हिस्सा भरभराकर ढह गया। यकीनन ये वो आँखें नहीं थीं जो मेरे सूने मन में आज भी अक्सर टिमटिमाती थीं। इन आँखों में अब तक अदेखा ऐसा नूर है जिसे अपनी आँखों में समेटने की मेरी ताब नहीं थी। इसका सौदा नहीं हो सकता। दुनिया की तमाम तराजुएँ टूट चुकी हैं।

मैं उठा। दरवाज़े पर चाचा अड़े खड़े थे।

मैं उन्हें धकियाता बाहर चला गया।

प्रशिक्षण

महीप पतली सँकरी गली से निकलकर पारस टॉकीज जाने वाली रोड पर मुड़ा, तब धूप में इतनी तेज़ी थी कि उसके सिर के बालों से पीछे की तरफ़ बहता तालाब का पानी ग़ायब हो रहा था और माथे पर सड़क का हलका पसीना उभर आया था। वह समय के बारे में सशंकित हुआ और तेज़ी से आगे बढ़ा। सिर्फ़ बीस क़दम चलने पर ही बायीं ओर वह चबूतरा आ गया जिसकी बिखरती सिमेंट पर रखे पत्थर के दासे एक-दूसरे से दूर हो रहे हैं। उनके बीच की दरारों में बीड़ी के अधजले टुकड़े फँसे हैं। वह उछलकर चबूतरे पर पहुँचा और सामने खुले ज़ीने की सीढ़ियाँ धड़ाधड़ चढ़ गया। छोटे बरामदे को एक झटके में पार कर बड़े हालनुमा कमरे में तेज़ी से घुसते ही वह चिल्लाया–

'बाई ईईईई...रोटी बन गयी का, साढ़े नौ बज रहे हैं।'

यकायक उसकी आवाज़ कम होती गयी और फिर एकदम ग़ायब। वे उसे देख रहे थे। कमरे में दरवाज़े से थोड़ी ओट कर नंगे फ़र्श पर उकड़ूँ बैठे भैयाजी की आँखें गोल चश्मे में से उसे तरेर रही थीं। वह सहमा और सिटपिटा गया।

हमेशा की तरह वे कुछ सुधार रहे थे। इस बार उनके हाथ में एक काला चितकबरा सिगरेट लाइटर था जिसके एक सौ छत्तीस पुर्जे सामने फ़र्श पर असहाय पड़े थे। उन्होंने बारी-बारी से लाइटर और महीप को देखा। ऐसा उन्होंने कई बार किया। फिर बेहद तीखी आवाज़ में चिल्लाये–

'बाई...ईईईईईई...'

आर-पार हो गयी। महीप को सारा घर घूमता नज़र आया। पसीजी हुई हथेलियों को सूखे सिर पर रगड़ते इतना ही कह पाया;

'आ रही, आ रही होंगी बाई। सवेरे से ही लग जाती हैं खाना बनाने में। गीता, गंगा, गायत्री सब को जल्दी सुबह स्कूल...'

'चौप्प...'

अब तक भैयाजी हाथ झटककर खड़े हो चुके थे। उन्होंने नपे-तुले अन्दाज़ में चार डग भरे। ठीक हाल के बीचोबीच आकर चारों तरफ़ का आदतन मुआयना किया और फिर एक बार ज़ोर से चिल्लाये–

'बाई...ईईईईईईईईईई...'

चीख नहीं धमाका था जिसका विस्फोट हाल की दीवारों को तहस-नहस करता छप्पर हिला गया। महीप अपनी ग़लती पर मन ही मन सिर धुन रहा था। लेकिन कांड हो चुका था। सामने की खुली छत से हड़बड़ाती बाई के तेज़ क़दमों की सरसराहट और साथ हलकान आवाज़ आयी–

'हओ, आ रहे, आ रहे, अब का बतायें...'

बाई भीतर आ गयीं। वे आँचल से रसोई के सकरे हाथ पोंछ रही थीं। कहीं नहीं देखा और भैयाजी ने नाटकीय अन्दाज़ में पीछे झुककर लुंजपुंज लाइटर उठाया, फ़र्श पर दनाक् से पटक दिया। लाइटर ज़ोर से उछला और उसके दो-तीन टुकड़े तेज़ी से भागे। ना जाने कहाँ-कहाँ चले गये। महीप की आगे हिम्मत नहीं बची। वहीं का वहीं बैठ गया।

बाई के चेहरे पर डर और दीनता का भाव उभर आया। उनका सूखा मुँह कुछ नीचे खिंच गया और दाँत लम्बे होकर झाँकने लगे मानो जीभ को रोक रहे हों। हकलाते हुए वे बोलीं; 'काय कर रहे, का बात हो गयी...'

'तुम चुप्प रहो, तुम हमेशा ऐसा ही करती हो। ये कोई आज की आदत नईं है। बरसों पुरानी है। हमारी तो जैसे-तैसे गुजर गयी। अब बच्चों की ज़िन्दगी तो ना बिगाड़ो। क्यों नईं बन पाया खाना...'

क्रोध के आवेग से भैयाजी का शरीर काँप रहा था। आवाज़ कर्कश होती जा रही थी।

'...का करती रहीं? इतना भी नहीं हो पाता। सन्तान को दो टैम भोजन देने की दुश्वारी हो गयी...क्यों नईं बना खाना? अब हम खाना भी बनाकर खिलाएँ...!'

बाई दीन गाय सी खड़ी थीं। सवेरे-सवेरे इस पाप का कारण

खुद को मानकर महीप की आँखों में आँसू आ गये।

भैयाजी की आँखें अभी तक अंगारे बरसा रही थीं। वे बड़बड़ाते हुए पीछे की ओर घूमे। थरथराते हाथों से जेब टटोलकर बीड़ी का कट्टा निकाला। एक बीड़ी खींची। जलाने के लिए लाइटर ढूँढ़ने लगे। दूर पड़े उसके एक-दो टुकड़े दिखे। बीड़ी के दो टुकड़े कर कोने में फेंक दिये। बाई को फिर तरेरकर देखा। फिर वहाँ घूरकर देखा जहाँ लाइटर पटका था। तेज़ी से बढ़े और धम्म् धम्म् करते ज़ीने से उतर गये।

एक ठंडी निस्तब्धता कमरे में तैर गयी। महीप ने अब उठने की हिम्मत की। टेबिल पर कुछ कापियाँ खोजकर बस्ते में जमाने लगा। मन बेहद विक्षुब्ध था। बाई घुटने पर कुहनी टिकाए जमीन पर अचल-अबल बैठी थीं। एकदम उनका सामना कर पाने का ना हौसला हो रहा था और ना मन, लेकिन चुपचाप आँख बचाकर बाहर निकलना अपराध सा लग रहा था। वह अबस उनके पास पहुँचा। उसकी भूख मर चुकी थी। उसकी जगह माँ का दुःख गहराने लगा था। उन्हें हाथ लगाने बढ़ा हाथ अपने आप पीछे रह गया।

'बाई, रहने दो। मैं कॉलेज जा रहा हूँ।'

धीरे से सिर घुमाकर बाई ने देखा; आहत स्वर भीगा सा।

'काय भैया, तुम हमसे नईं कह सकते थे! अब ये नाटक नौटंकी अच्छी लगी? हम तो मर भी जायें तो भी किसी के फूटे मुँह से बोल ना निकलेगा कि हाँ बाई, तुम बच्चन के लिए कितना कुछ ना करती रहीं। हमरी ज़िन्दगी...'

महीप ने उतावली में बीच में टोका; 'हमने कुच्छ नईं कहा बाई। भैयाजी खुद ही चिल्लाने लगे तो बताओ हम....'

बाई अपनी रौ में बोले चली जा रही थीं। उनकी दुखती रग पर हाथ रख दिया गया था।

'...हमारी तो ऐसे ही निकल गयी। कुछ उनके लच्छन देखे, कुछ तुम सन्तान के देख रहे हैं। हमरे जीवन में ना मान रहा ना सनेह...'

महीप खीझा; 'हमारी भी तो सुनो बाई, हमने कछू नहीं कहा था...' लेकिन बाई...

'...अपमान ही अपमान है। पूरा जीवन नष्ट हो गया तुम लोगन के लालन-पालन में। नतीजा का मिला, जे कि एक तरफ़ वे सामने से गुर्रायें और दूसरी तरफ़ अपने ही पूत पीछे से काट खायें...'

महीप ऊपर से नीचे तक झनझना गया; '...हमने नई कहा, नई कहा...'

बाई की बड़बड़ाहट बन्द ना होती देख वह भनभनाता हुआ बाहर निकल आया। दहलीज पर अकस्मात् लगे उपटे से और गुस्से के आधिक्य से आँखों में आँसू उतर आये। ज़ीना उतरते हुए उसने सुना, बाई कहे जा रही थीं; '...अब महीप, खाना तो खाये जाओ बेटा, रोटी बनी रखी हैं, अभी दाल बघार देंगे, रुक जाओ भैया। ना खाओ तो का करें राम। ये हमारी सन्तानें नहीं हैं, अपने ही पेट से निकले सत्रु हैं सत्रु...'

महीप ने साइकिल उठाई और बब्बू ताँगेवाले की गली से निकलकर निचली सड़क पर उतर आया। मोड़ पर सन्तुलन बिगड़ते-बिगड़ते बचा लेकिन तालाब जाती बुढ़िया की पूजादानी छुल ही गयी। वह आगे जाना छोड़, अब गालियाँ बक रही थी। महीप का चेहरा कड़ा पड़ गया।

...जिस जिस को जितनी गालियाँ बकना है, बक ले...

बाजू से गुजरते सुदीप के किसी उत्साही मित्र ने ज़ोर से कहा; 'नमस्ते, भाई साब...'

और अपना अनमोल चेहरा उज्ज्वल दन्तपंक्ति के साथ प्रस्तुत किया। महीप ने पलटकर देखा। इतनी विनम्रता उसे भली नहीं लगी। उसे घूरकर देखा। होंठों में ही बुदबुदाया जो कुछ भी हो सकता था लेकिन नमस्ते का जवाब तो नहीं ही था। आगे बढ़ चला। सुदीप के उस दोस्त ने आँखें चमकाकर अपने साथी से कहा; 'देखा, सुदीप के बड़े भैया का मुँह फूला है। ज़रूर उनके बाप ने सबकी जमके सुटाई की होगी। बेजा गुस्सैल है भैन्चो। आज तो सुदीप भी ठुके होंगे...'

'हाँ, हाँ, चलो। सुदीप को देखने चलें।'

सबने समर्थन किया, उनके हाथ नया तमाशा लग गया था।

बाड़े के बड़े से आँगन को पार करता महीप सीधा दायें हाथ की सँकरी गली में घुसा।

यह सूबेदारबाड़ा है। शहर की पुरानी बस्तियों में से एक जहाँ बहुत बड़े और जर्जर मकान में कितने छोटे-मोटे किरायेदार लम्बे-चौड़े परिवारों सहित रहते हैं, एक बार में पता लगाना मुश्किल काम है।

इसी के बगल से सटी हुई गली काफ़ी सँकरी और लगभग सर्पाकार है जो तीन-चार मकानों को छूती हुई बाड़े की दूसरी ओर निकल जाती है और बाहर तरफ़ एक मामूली बाज़ारी सड़क से जुड़ जाती है। गली का पहला मकान प़रेश का है जिसमें दायें तरफ़ ही एक क़तार में तीन कमरे हैं जिनमें से पहले कमरे में कोई अज्ञात किरायेदार रहता है जिसके बारे में कोई कुछ नहीं बताता। प्रायः दरवाज़ा बन्द रहता और भीतर से किसी औरत की चूड़ियों की हलकी-हलकी आवाज़ आती या हफ्तों ताला लगा रहता। दूसरा कमरा हमेशा बन्द रहता और इसके बारे में एक रहस्यमय उलझन भरी चुप्पी मिलती। तीसरा कमरा परेश की बैठक है जिसके बगल में एक ऐसी दबी-घुसी हुई बन्द जगह थी जिसको नहाने-धोने-कपड़े बदलने-शृंगार करने-दीगर सामान रखने और नाना प्रकार के कामों के लिए इस्तेमाल में लिया जाता। इस जगह से उतरती दो सीढ़ियाँ हैं जो दो खुले क़दम बाद उन तीन सीढ़ियों को देखतीं जहाँ परेश के रसोईघर का दरवाज़ा खुलता है कुछ इस तरह कि सीढ़ियों पर खड़े होकर भीतर बैठा आदमी ठीक-ठीक दिख जाता है, जैसे अभी महीप ने वहाँ से देखा तो परेश खाना खाता हुआ दिख गया। वह प्रेम के गर्व-भाव से बोला; 'आओ, आओ महीप, ठीक समय पर आये...'

लेकिन कहते-कहते उसकी आवाज़ हलके से लटपटाई और जल्दी ही सँभाल ली गयी। रसोई के बाहर चप्पलें उतारता हुआ महीप भीतर आने लगा।

'आई ने आज आँवले की बढ़िया चटनी बनाई है और कद्दू का साग...'

वह तेज़ी से खाता जा रहा था। खाना ख़त्म करने की जल्दी दिख रही थी।

'...आई, महीप को खाना खिलाओ।'

ज़ोर की सुड़्प की आवाज़ के साथ उसने कटोरी खाली कर दी और उठने का उपक्रम करता हुआ बोला; 'खाना खाओगे या खाकर आये हो?'

महीप के भीतर कुछ छन्न से टूटा। लेकिन परेश के चेहरे पर वही आत्मीयता थी जिसमें गुँथी सतर्कता घट-बढ़ रही थी। कुछ बातें मन के भीतर धकेलकर महीप इत्मीनान से दरवाज़े के पास एक चौकी

पर बैठ गया। उसे आँवले की चटनी बेतहाशा याद आयी जो उसने पिछले महीने इसी जगह खायी थी।

'अरे वो चटनी...'

रसोईघर का ठंडा अँधियारा उसे अच्छा लग रहा था। वह कुछ पसर कर बैठ गया।

'...क्या कुछ खाओगे?'

यकायक उसे महसूस हुआ कि बायें तरफ़ के अँधियारे से कोई बहुत तीखे ढंग से उसे देख भी रहा है। उसने लगभग चौंककर देखा। आई उसी तरह देख रही थीं। उसकी नमस्ते के जवाब में वे कटोरदान में सामान जमाने-निकालने में फिर से व्यस्त रहीं।

'तेरे को सन्ध्या, कुछ काम कायदे से नहीं आता। बाबा को खाना भेजना है और रोटियाँ ना जाने कहाँ रख दीं। कम पड़ गयीं तो वे ज़मीन-आसमान एक कर देंगे, मालूम है ना...'

हमेशा की तरह सन्ध्या हड़बड़ी में रसोई घर में डिब्बे उठाती-रखती बेचैन थी। परेश ने क्षणांश में आई का ठंडापन और महीप के चेहरे का उतरता रंग भाँप लिया। बात सँभाली; 'अच्छा सुनो, तुम खाना खाकर आये हो तो कम से कम ये एक बूंद चटनी चखकर देख लो...एँ...'

आई अब उदासीन भाव से पालक की भाजी छाँट रही थीं। महीप का मन कड़वा हो उठा। वह बैठा न रह सका। तेज़ी से उठा।

'मैं खाकर आया हूँ। धन्यवाद। आप आराम से खाइये। तब तक जतिन को लेकर आता हूँ...'

बाहर निकल आया। साइकिल पर पैडिल मारते हुए उसे परेश सुनाई दिया; '...ठीक है तो चटनी शाम को या कल खा लेना, आई याद करेंगी...।'

उसने कुछ सुनने की ज़रूरत महसूस नहीं की। कुछ आई ने भी कहा। वह भी नहीं। उसके गले में थूक का गोला अटका हुआ था। उसने भरपूर थूका। साइकिल कई बार असन्तुलित हुई पर इस बार वह तेज़ी से पैडिल मारता हुआ कई गलियों के चक्कर काटकर तालाब के सामने वाली रोड पर आ पहुँचा। घाट के आगे बिजली के तीसरे खम्भे से लगा हुआ भव्य तिमंज़िला मकान जतिन का है जिसके मेन गेट पर दिन में बोगन-बेलिया के लाल-नारंगी फूल चमकते हैं और शाम से ही खम्भे से बिछलती तेज़ रौशनी।

नगारखाने से साइकिल टिकाकर वह भीतर घुसा। सामने का कमरा चौड़ाई के मुक़ाबिले काफ़ी लम्बा है जिसको बीच में एक मोटा नीला पर्दा टाँगकर दो भागों में बाँट दिया है। पिछले भीतरी हिस्से में पर्दे से अलमारियाँ सटाकर इस कदर सख़्त आड़ कर दी है कि उसके भीतर प्रवेश से निषेध करती है और स्वतः स्टोर रूम बन गया है। सामने वाले हिस्से में एक बड़ा तख़्त रखा है जिस पर बिछी मोटी चादर स्याही और बीड़ी के निशानों से गन्दी हो चुकी है और एक लम्बे अरसे तक ऐसे ही रहने की उम्मीद है। तख़्त पर मुंशी जी की पेटीनुमा टेबिल है जिसके दायीं तरफ़ कटोरी जैसे बने खाँचे में स्याही भरी रहती है। ठीक उसके सामने एक बड़ी बेंच मुवक्किलों के लिए पड़ी है। बगल के कमरे में ठसाठस किताबें, काग़ज़ात और फ़ाइलें भरी पड़ी हैं जिसके ऐन बीच में मोटी गादीदार कुर्सी पर जतिन के पिता जी बैठते हैं। वे शहर के बड़े वकील हैं। अपने दफ़्तर में वे जब भी बैठते हैं, वातावरण कचहरी जैसा गम्भीर और डरावना होता है, रौशनी भी बहुत करना पड़ती है वरना वहाँ दिन में भी अँधेरा और मनहूसियत रहती है। मुंशी जी के तख़्त के बगल से थोड़ा हटकर एक दरवाज़ा घर-भीतर खुलता है जहाँ खुला बरामदा है और आगे आँगन, फिर बगीचा और एक क़तार में कुछ टूटे-फूटे जर्जर कमरे। बरामदे से लगी रसोई है जहाँ अधिकतर अम्माँ ही दिखती हैं। वह बरामदा ही घर की मुख्य बैठक है जहाँ कई सोफ़े, कुर्सियाँ और टेबिलें रखी हैं और दीवारों पर तस्वीरें जिनमें देवी-देवताओं के अलावा कश्मीर की वादियाँ और पारिवारिक चित्र हैं।

भीतर घुसते ही महीप को कई लोगों की भारी-भरकम बातचीत और हलकी हँसी की आवाज़ें सुनाई दीं। इनमें वकील साब की उपस्थिति प्रमुख थी जो चेहरे को तीखा-तिरछा और जीवन्त बनाते हुए कोई क़िस्सा सुना रहे थे जिसे बीच में सुनने के अलावा इस कारण भी समझना मुश्किल था क्योंकि वे आदतन अंग्रेज़ी ज़्यादा बोल रहे थे। महीप ने देखा कि बीच की गोल टेबिल पर समाप्तप्राय मिठाई की प्लेटें, चिप्स, केले के छिलके और समोसा-कचौड़ी की टुकड़ैल पड़ी है। एक छोटा बच्चा आधा लड्डू मुँह में और बाकी हाथ में सँभालने की कोशिश कर रहा था। उसके पेट की तरह उसकी आँखें

भी फटी पड़ रही थीं। महीप के भीतर के खालीपन में हवा की एक लपट उठी और मुँह के थूक के साथ भीतर फिसल गयी।

वकील साब ने उसे देखा और कहा; 'गुड, मिस्टर महीप हैं। मामाजी, ये जतिन का दोस्त है। पढ़ने में रुचि रखता है।...'

आखिरी वाक्य उन्होंने अंग्रेज़ी में कहा। एकाध को छोड़कर लगभग सबने उसे देखा। ज़्यादा बुज़ुर्ग ने कुछ गौर से देखा। बाकियों ने उड़ती नज़र से, बस्स। वह नमस्ते कर एक कोने में बैठ गया। उसकी आँखें अम्माँ को ढूँढ़ रही थीं जो यकीनी तौर पर रसोई में होंगी और सब लोगों के बीच में से उस तरफ़ जाने में उसे संकोच हो रहा था। सामने आँगन में जतिन के बड़े भाई किन्ही दो अपरिचित लड़कों से घुल-मिल कर बातें कर रहे थे। उन्होंने उसे एक बार देखा, फिर नहीं देखा। दीदी भी नहीं थी। जतिन भी ग़ायब। पूरा घर वही था लेकिन इस कदर और इतना अजनबी लग रहा था कि उसकी वहाँ से भागने की इच्छा प्रबल होने लगी।

हमेशा की तरह वकील साब ही अधिकतर बोल रहे थे। और हमेशा की तरह अंग्रेज़ी में ही। लेकिन बीच-बीच में वे 'क्या समझे' हिन्दी में कहना नहीं भूलते। बातचीत में ज़्यादा बुज़ुर्ग ज़्यादातर चुप और अधेड़ हो रहे दोनों सज्जन अंग्रेज़ी के एक-दो शब्दों से अपनी बात शुरू करते और जल्दी ही हिन्दी में उतर जाते जिसका आखिरी शब्द फिर अंग्रेज़ी का ही होता।

छोटा बच्चा महीप को लगातार देख रहा था। उसे अटपटा लग रहा था जैसे वह उसे भाँप रहा हो। बच्चा बार-बार मुट्ठी में लड्डू भींचकर छुपा रहा था। वह बच्चे से आँख नहीं मिला पा रहा था। तभी वकील साब ने उसकी तरह एकाएक मुड़कर पूछा और अंग्रेजी में; 'क्यों मिस्टर, कुछ चिप्स वगैरह खाओगे?'

एकदम अंग्रेज़ी वह समझ नहीं पाया लेकिन फौरी तौर पर वह कह गया; 'नहीं, मैं खाकर आया।'

जवाब सुनकर वकील साब फिर बताने लगे...शिकागो की धर्मसभा में विवेकानन्द जी का भाषण क्या चल रहा था, आकाश से अमृत बरस रहा था। उन्होंने कहा कि भारत की भूख अध्यात्म की है। यहाँ कभी पेट को महत्त्व नहीं दिया गया। तभी एक अंग्रेज़ उठकर...

महीप का मन हुआ कि बस अब उसे यहाँ से उठकर चल देना

चाहिए। बड़ी भूल की। बाई ने रोका था तो रुक जाना चाहिए था। लेकिन और भी कुछ याद आकर अवसाद में डूबने लगा कि उसने देखा, आँगन के परली छोर से जतिन चला आ रहा है। बहुत दिनों बाद नहाया हुआ। सैण्डो बनियान और पट्टेदार चड्डी पहने, बालों का पानी पोंछता और भुनभुनाता हुआ। ऐसा कभी देखा नहीं था, इसलिए देखना मज़ेदार लगा। खाली पेट उसे हँसी आ गयी और खाँसी भी। वही नहीं जतिन को सभी देख रहे थे। दूसरों का तमाशा बनाने वाला आज खुद तमाशा बना था। इस बार हँसी के साथ दया भी। वह फिर खाँसने लगा। जतिन ने उसे तिलमिलाकर देखा और तेज़ी से रसोई में घुस गया। महीप समझ गया। उसने बोलना चाहा, उठना चाहा किन्तु बीच में से उठने की हिम्मत नहीं पड़ी। थोड़ी देर बाद रसोई से जतिन का सिर निकला, फिर हाथ। इशारे से उसने भीतर बुलाया। अब वह उठा और सोफे पर पसरे लोगों के पैर सावधानी से बचाता हुआ रसोई में पहुँचा लेकिन दरवाज़े पर ही ठिठक गया। सामने पटे पर एक अधेड़ महिला और एक गोरी नखरैली लड़की बैठी थी। थोड़े तिरछे पर थाली रखी दिखी और उसमें बार-बार जाते जतिन के हाथ। अम्माँ नहीं दिख रही थीं जो दिख जातीं तो उसे आश्वस्ति होती। जतिन ने मुँह टेढ़ा कर सुपरिचित चपलता से कहा; 'अरे आओ, क्या लेंडू से खड़े हो गये...खाना खा लो...'

लड़की फफाक् से हँस पड़ी। वह उसे ऐसे ही देख रही थी जैसा उसे जतिन ने निरूपित कर दिया था। महीप के कानों की लवें अपमान से जलने लगीं।

'यार, तुम्हें ऐसे मनाना पड़ता है जैसे राजा अपनी नयी दुलैया को मनाता है, आऊँ...आऊँ...पुच्च...पुच्च...'

विचित्र-सी आवाज़ निकालता हुआ जतिन चबर-चबर हँसने लगा। लड़की मुँह खोलकर देर तक हँसती रही। अधेड़ महिला ने भी उसे हँसते हुए अचरज से देखा। महीप समझ गया कि जतिन का वही पुराना खेल है। वह लड़की को हँसाने के अभियान में जुटा था और इस चक्कर में देर तक ऐसी ही ऊल-जलूल बातें करने में माहिर था जब तक कि तीर निशाने पर लगते रहें। महीप को अपना यह इस्तेमाल खल गया और खासकर, लड़की का बार-बार हँसना जो उस तरह तो कतई नहीं था जैसा वह अपने एकान्त में अक्सर सोचता

था कि कोई उसके लिए और सिर्फ़ उसके साथ हँसे।

आहत स्वर में उसने धीमे से कहा। रट वही थी; 'नहीं खाना। खाकर आया हूँ।'

जतिन का रिकॉर्ड बदस्तूर चालू था; 'देखो यार, अपन फिरी फ्रेंक आदमी। फारमेलिटी में विश्वास नहीं करते। भूख लगी हो तो आओ, प्रेम से बैठो। जो कुछ रूखा-सूखा सुदामा के घर बना है सो प्राप्त करो। अरे भैया, प्रेम में जान लो, जहान लो, ईमान लो, सगरा हिन्दोस्तान ले लो। सब आपके सिरीचरनों में न्यौछावर। और ना खाना हो तो जै राम जी की। जैसी मरजी। अपना काम दूसरा है क्योंके बड़े बुजुर्ग कह गये हैं के...'

लड़की पेट पकड़कर हँसे जा रही थी। जतिन आलू की साग को पूड़ी में लपेटकर भकाभक खाये जा रहा था और बीच-बीच में खीर का कटोरा गुड़-गुड़ कर पीता जा रहा था, साथ ही उसी गति से मुँह भी चल रहा था; 'अब शरमायें क्यों? आपय बताओ पद्मा जी, कोई ससुराल में बैठे हैं क्या....'

लड़की की हीं हीं जारी थी, साथ ही महीप की प्रतिक्रिया जानने की कोशिश में थोड़ा मुँह बिसूरकर तिरछी नज़र से उसे देखती तो कभी फिल्मी हीरोइन की तरह गोल-गोल आँखें कर अचरज करती। हर हाल में उसके तीर पर दोनों लड़के थे और खुद शिकार होने का उसका अन्दाज़ माशूकाना था जो इस समय महीप को फूहड़ लग रहा था।

'चुप कर। हर वक़्त हँसी-ठिठोली अच्छी नहीं लगती। ...तुम बेटा महीप दो पूड़ी...और क्या कहते हैं, खीर खा लो।'

यह अम्माँ की आवाज़ थी। वे ओट में चूल्हे की भभकती आग के सामने बैठी थीं। महीप को देख नहीं पा रही थी। लेकिन उसके गिरे हुए स्वर को पहचान लिया। वे महीप को ठीक से जानती थीं, उसकी गरीबी को, बेबसी को, स्थितियों को, स्वभाव और स्वाभिमान को। उनके मन में उसके लिए एक अलग सा मातृत्व भाव और कोमलता थी। यह कहना कठिन नहीं होगा कि वे अपने बेटों से ज़्यादा भरोसा और ध्यान महीप का रखती थीं। महीप भी उन हर छोटे-बड़े काम में हाथ बँटाकर उनकी बहुत मदद करने की कोशिश करता जिनके लिए वे रात-दिन परेशान रहतीं और निकम्मे बेटे एक ना सुनते। बाप की दौलत ने सबको लापरवाह और आरामतलब बना

रखा था। इसके अलावा अम्माँ को महीप में शायद अपने सबसे छोटे भाई की छवि झलक दे जाती जो दूर किसी गाँव में मामूली मास्टरी करता हुआ भारी-भरकम गृहस्थी का बोझ ढोता दिनोंदिन कंडे की तरह सूखता जा रहा है। संजीदा इतना कि मुँह से एक शब्द नहीं कहता और स्वाभिमानी इतना कि कभी हाथ नहीं पसारे। यहाँ तक कि बहिन से मिलने से यथा-प्रयास बचता जो उसके और बच्चों के लिए वकील साब की नज़र बचाकर और छिटपुट जुगाड़ कर ढेर सारा सामान सँजोये रखतीं। वैसा ही साँवला और सूखा सा। महीप दिखता तो उन्हें भाई दिख जाता। वे ठंडी साँस लेकर देर तक चुप हो जातीं। शायद इसलिए वे हमेशा उसके लिए कुछ ना कुछ करके, भाई के प्रति ना कुछ कर पाने की कमी को जैसे-तैसे पूरा करना चाहतीं। आज भी उनका मन उसे सामने बिठाकर पूड़ी खिलाने का था लेकिन उस समय चूल्हे की व्यस्तता और मेहमान बनकर बरसों बाद आयी बड़ी बहिन के लिहाज के कारण अपना चाहा-सोचा कुछ नहीं कर पायीं।

महीप उस आग्रह को अनसुना नहीं कर सकता था लेकिन उस चुहलबाजी से और उसमें से उफनते अपमान से वह क्षुब्ध हो चुका था। बगैर कुछ बोले वह चुपचाप बाहर निकल आया और मुंशी जी के तख्त पर बैठ तो गया लेकिन पल-पल कुलबुलाती भूख चैन नहीं लेने दे रही थी, उस पर सुबह से ही घर का झगड़ा, फिर परेश की आई की तीखी नज़रें और अब जतिन की हरकतें उसे चिड़चिड़ा बना रही थीं। भूख और अपमान की टक्करों के बीच पिसते हुए उसे अपना घर बेसाख्ता याद आने लगा। लेकिन घर में क्या मिल सकेगा? मन में कई अक्स उभरे। क्या घर में खाना होगा? क्या बाई ने वाकई बनाया होगा? कल रात तो बरनी झाड़कर सूखा भात बनाते उसने बाई को देखा था, हो सकता है कि आज उनके पास कुछ भी ना हो? वे कह तो रही थीं कि रोटी बनी है, सच था या झूठ? सुबह बाई को जो देर हुई तो वे शायद ताई से आटा माँगने गयी होंगी और आटा देने या ना देने के पहले ताई की व्यंग्य भरी भाषा में अपनी बेइज़्ज़ती का बखान सुन रही होंगी! आँखों के सामने बाई का विषादग्रस्त चेहरा घूम गया। माँ का अब यही स्थायी चेहरा उसे याद रहता है। यह भी तो हो सकता है कि भैयाजी और उनका

झगड़ा काफ़ी बढ़ गया हो। भैयाजी को और कोई काम भी नहीं है। तो बाई मार खाकर हाल के एक कोने में पड़ी रो रही होंगी। यह दृश्य तो बरदाश्त के बाहर होगा और वह कुछ कर भी ना सकेगा। बाई कितना कुछ सहती है। रात-दिन दोनों समय घर भर के लिए खाने का जुगाड़, बच्चों के कपड़े-लत्ते, फीस जुटाने में मन को मारती, तन को गलाती, हैरान, परेशान, भयभीत। कैसे-कैसे जतन! छोटे से छोटा काम ! घर में हर दाने के आने के साथ उनका दुःख दूना हो जाता। भैयाजी ने ज़िन्दगी भर कुछ नहीं किया। ना कुछ पढ़ा-लिखा, ना कोई हुनर कमाया। अमीर बाप की मूड़ पर बैठकर गुलछर्रे उड़ाते रहे। भाइयों से बँटवारे में मकान का एक छोटा हिस्सा, कुछ बर्तन-भांड़े और बड़ी गृहस्थी मिली तो पैरों तले की धरती खिसक गयी और गुस्सा आसमान पर चढ़ गया। स्वभाव ऐसा पाया कि कहीं से दो पैसे कमाकर लायेंगे भी, तो रुपया दोस्तों में फूँक देंगे। बाई उधारी चुकाने के लिए मारी-मारी फिरती। नीचे दो किरायेदार हैं तो वे भी महीने में कितनी बार किराया देंगे। ज़रूरतें तो रोज़ की हैं। सम्पन्न मायके के आगे वे हाथ पसारना नहीं चाहती। पास-पड़ोस और रिश्तेदारों से क्या, कितना और कब तक सहारा? तिल-तिल करती बाई सूखती जा रही हैं। हाड़-हाड़ निकल आये हैं। साँस चल रही है तो सिर्फ़ एक उम्मीद पर कि उनके तीनों लड़के बड़े होकर, पढ़-लिखकर बाई को कन्धों पर उठालेंगे जैसा मझला अक्सर कहता है। यह तस्वीर बदलेगी और किसी दिन वे निसफिकर होकर चैन की एक नींद सोयेंगी, फिर भगवान उठाये, ना उठाये, उन्हें कोई शिकवा-शिकायत ना होगा!

'प्रभु, क्या सो गये महाराज? चंडूखाना समझ लिया है, मालक, शरीफों का घर है। पुलिस बुलवाओगे क्या? बाप सकल प्राण निकाल लेंगे!...'

सामने सजा-धजा जतिन खड़ा था। अपनी इस बेख्याली पर वह शर्मिन्दा होता उठा और आश्वस्त हुआ। गोरी नखरैली लड़की आस-पास नहीं थी। लेकिन यह आश्वस्ति मन को भायी कम, खली ज़्यादा।

जतिन उचककर साइकिल के डंडे पर बैठ गया। उसे साइकिल चलाना नहीं आती। उसके दोस्त ही उसे यूनीवर्सिटी लाने-ले जाने का काम करते और महीप लगभग हमेशा। महीप को उससे दोस्ती से

ज़्यादा कुछ लगाव था जो वह महसूस तो करता था पर समझ नहीं पाता था। दोनों के परिवारों के स्तरों में भिन्नता तो थी ही लेकिन उससे भी बड़ी और खास बात यह थी कि जतिन और उसके स्वभाव, आदतें, शौक, इच्छाएँ, सपने और ज़िन्दगी के प्रति नज़रिया, सभी कुछ एक-दूसरे से अलग या कहिए, लगभग प्रतिकूल थे। एक पूरब तो दूसरा पश्चिम। ये दोस्ती कैसे निभती, लोग आश्चर्य करते। बस, इन दोनों को कभी कोई अचरज नहीं हुआ।

जतिन अजब मस्तमौला किस्म का लड़का है। एकदम नॉन-सीरियस। ना चिन्ता, ना फिकर, ना कोई परवाह। हर समय हँसी-मज़ाक़, चुहलबाजी। यारों का जमावड़ा और उनकी घटिया पॉलिटिक्स में मुब्तिला। हमेशा लड़कियों के चक्कर और उसी में वक़्त गँवाना उसे खूब भाता है। इसी बात से महीप को सख़्त चिढ़ है।

आदत के मुताबिक जतिन डंडे पर बैठा चहक रहा था। महीप ने सड़क पर नज़र स्थिर करते हुए पूछा; 'फिर कोई नया नाटक चल रहा है....'

'कहाँ?'

जतिन ने चौंककर कहा और गौर से महीप को देखने लगा। महीप सीधे सड़क देखे जा रहा था। काँइयाँपन से जतिन हँसा; 'अरे कहाँ गुरू, अपन इन झंझटों से बरी। पिछले सोमवार को ही तो तुम्हारे सामने कसम खाई थी। इतनी जल्दी सब भूल गये...'

'मुझे सब मालूम है...'

महीप की आवाज़ में रूखापन था और साफ़ था।

'...तुम्हारे ये चोंचले मैं खूब जानता हूँ। जब आप मुझे बतायेंगे, तब तक क़िस्सा ख़त्म हुए छह महीने हो ही जायेंगे। शुरू से तो मुझे कभी कुछ बताया नहीं जाता...'

जतिन भाँप गया कि महीप कुछ ऐंठा हुआ है, तभी तो आप-आप कर रहा है और हत्थे नहीं चढ़ रहा है। इसे काबू में रखना ज़रूरी है वरना घर में उसका बना-बनाया खेल बिगड़ने में टाइम नहीं लगेगा। पूरा घर इस सत्यवादी की बातों पर आँख मूँदकर भरोसा करता है और फिर उसकी लानत-मलामत शुरू...।

'मालक, पान खा लो...'

'मुझे नहीं खाना।'

उसकी इस हरकत से महीप उखड़ गया।

'राजा, नाराज़ ना हो। बनारसी की दुकान है। आगे ऐसा पान मिलता है जैसे कुत्ते का कान खा रहे हों।...'

महीप ने चुपचाप साइकिल रोक ली। जतिन उछलकर गया। महीप का एक मन हुआ कि कह दे कि नहीं, पहले समोसा खाना है। बहुत तेज़ भूख लगी है। लेकिन इस प्रसंग में ऐसा कुछ कहना दोस्ती की ज़मीन से नीचे गिरना होगा। उसने कसकर दाँत दबाये और जीभ को मुँह के भीतर ही ठेल दिया, तब तक जतिन लपककर पान ले आया। एक महीप को दिया। दूसरा खुद खाया और फौरन डंडे पर सवार हो गया। मुँह में पान रखते ही महीप के जबड़े खुलकर चलने लगे। पान का गाढ़ा रस गुटकते ही आँतें तेज़ी से कुलबुलाने लगीं। दो पल में पान जाने कहाँ बिला गया। जीभ की नोक अब दाँतों के कोने-कोने में घुस-घुस कर कोई टुकड़ा, कोई पत्ती, कोई दाना टटोल रही थी।

'खा गये पान...!'

जतिन ने गर्दन मोड़ी और आँखें मटकाईं।

'...तुम्हें, भई ना आया सलीका। जैसे बकरी पत्ती खा गयी हो। अरे साले, पान रईसों के नवाबी अन्दाज़ से खाया जाता है। धीरे से दायें या बा़यें गाल के लिफ़ाफ़े में दबा लो और आहिस्ता आहिस्ता रस चूसते रहो जैसे...जैसे इश्क लड़ा रहे हो किसी नाजुक हसीना से...अह् हा...'

'जी हाँ, मुझे पान खाना नहीं आता। मैं गँवार हूँ। आप नवाब हैं। आप इश्क लड़ाइये और बकवास बन्द कीजिए, वरना मैं वापस लौट जाऊँगा...'

महीप भनभना उठा था। मन हो रहा था, वापस घर भाग जाये। वहाँ कुछ ना मिले पर तखत पर सिर तक चादर लपेटकर सुकून से रो तो लेगा। ना जाने क्यों वह ज़ोर से रो लेना चाह रहा था लेकिन कहीं कोई गुंजाइश नहीं थी। वहाँ भी बाई उसे यूँ लेटे नहीं रहने देंगी। डर और चिन्ता से आशंकित सौ सवाल करेंगी और अन्त में खुद रोने लग पड़ेंगी। यह और भी कठिन होगा।

'मूड ख़राब है। यार मुझे पता नहीं था...क्या घर में फिर कोई बात...'

जिन बातों से महीप बचना चाह रहा था, बार-बार वही बातें... उसका क्षोभ बढ़ रहा था। सिर तड़कने लगा। गला रुँध रहा था। जवाब देने का मन नहीं हुआ।

सामने कचहरी के घाट की चढ़ाई आ गयी। दोनों उतरकर चलने लगे। साइकिल घसीटते महीप का एक कदम लड़खड़ाया तो जतिन ने एक बार उसे देखा और जबरन साइकिल लेकर घाटी चढ़ाता गहरे सोच में डूब गया।

आगे-पीछे कई लड़के अलग-अलग और झुण्डों में चले जा रहे थे। तेज़ होती धूप में भी हँसी के कहकहे और गाली-गलौज के शोर उठते लेकिन इन दोनों के बीच ठंडी निस्तब्धता चल रही थी। चढ़ाई चढ़ते महीप को लगा कि जैसे वह अपनी छाती पर पाँव रखता नीचे और नीचे गिरा जा रहा है।

पीछे से अर्राता हुआ लड़कों का एक झुण्ड आया।

'कहो जतिन भाई, कैसे हो?'

'क्या बात है, आज तो एकदम चुप्पईचाप...'

'अरे जतिन हो जाय कुछ ज़ोरदार...'

'अबे नीलम चोपड़ा की वोई ठुमक ठुमक बतियाँ सुनाओ...'

'हाँ यार हाँ, हो जाये...'

ये सभी लड़के रोज़ के जाने-पहचाने हैं। इनमें अनजाने भी शामिल हैं। लेकिन कोई फ़र्क़ नहीं पड़ता। जतिन को सभी जानते हैं। जतिन की क़िस्सागोई, नकलों और चुटकुलों में उन्हें अतीव आनन्द आता है जो द्विअर्थी संवाद और ढकी-छुपी अश्लीलता से सराबोर होते हैं। जत्था देखकर जतिन के भीतर का रस भी सड़क पर टपकने लगा। उसने एक-आध बार ना-नुकर की और फिर महीप को साइकिल थमाकर भीड़ के संग बह चला। अब वह पलोटन गंज की मिस रामकली सोनी और वाराणसी से पधारे नवनियुक्त प्राध्यापक पीयूष पुरोहित के नये-नये रोमांस के पवित्र प्रेम-संवाद बुन्देलखंडी मिश्रित संस्कृत में अभिनय सहित सुना रहा था। सड़क पर ठहाके टूटकर बरस रहे थे। महीप पीछे कहीं छूट गया।

पूरी घाटी चढ़कर जतिन को होश आया, महीप कहाँ है? कोई कुछ ठीक से ना बता पाया। वह अपराधी भाव से निचली ओर ढूँढ़ती निगाहें फेंकने लगा और सूखी हँसी हँसते बोला; 'तो भाइयो, जय

हिन्द। आप लोग चलो। मैं महीप के साथ आता हूँ...'

'क्या आता-जाता हूँ, अबे देख, वो प्रमिला मैडम की मोटर आर्टस फैकल्टी की तरफ़ जा रही है, पम पम पम, हारन पुकारे। सालो, जल्दी चलो, चुड़ैल लेट होने पर क्लास में घुसने ना देगी...'

किसी ने कहा था और सबके साथ धकियाया जाता जतिन चलता चला गया। महीप जब घाटी ऊपर तिराहे पर आया तब तक सूरज काफ़ी तेज़ चमकने लगा था। कुछ दूर बरगद की घनी छाँह के पास कैंटीन थी। वहाँ से गुज़रते उसकी साइकिल एक पल रुकी। गर्म कचौड़ियों की गन्ध के झोंके आ रहे थे। फिर खाली जेब से पेट को रौंदते वह वहाँ पहुँचा जहाँ कामर्स विभाग के बाहर पानी के घड़े रखे हैं। वह एक साथ कई गिलास पानी पी गया। पेट डबडबा आया। तरावट लगी। और क्लास में घुस गया। सैनी सर भारतीय मिश्रित अर्थ-व्यवस्था के बारे में तफ्सील से बता रहे थे। उसने कॉपी खोली और आँकड़ों में गोते खाने लगा।

लगातार पाँच पीरियड चले। तीन बजे के करीब एक खाली पीरियड मिल जाता है जब सभी दोस्त लोग मिलकर कैंटीन में जमा होकर, गुल-गपाड़ा मचाते हुए जिसकी जेब में जो होता है, जोड़-जाड़कर, बार-बार तेल में उबाले कचौड़ी-समोसा आदि-आदि पेट की खंदक में डालते रहते हैं। इस तरह से नयी ऊर्जा खींचकर नयी पीढ़ी छुट्टी होने तक पढ़ाई कर अपने उस भविष्य को सँवारने में जुट जाती है जिसके बारे में उन्हें छोड़, सारी दुनिया को अच्छे से पता है।

लेकिन आज यह खाली पीरियड भी नहीं मिला। सेठी सर ने पूँजीवाद के फायदे गिनाने में दूसरा पीरियड भी हड़प लिया। दरअसल उन्हें साले की शादी में शिकोहाबाद जाना था और अब वे एक सप्ताह बाद ही आयेंगे। उन्हें कोर्स पूरा करना था।

महीप के पेट का संकलित पानी दो बार पचकर निकल चुका था और अब तेज़ी से गुड़गुड़ा रहा था जिसमें औद्योगिक क्रान्ति के बाद अमरीका का वैभव-विकास एक ही जगह गोल-गोल चक्कर लगाता चकरा रहा था। सेठी सर की प्रदीप्त प्रसन्नता महीप के भीतर आर्तनाद कर रही थी। उसे कुछ सूझ नहीं रहा था। भूख से उपजी तेज़ जलन कानों से टकरा रहे शब्दों को छार-छार जला रही थी। बीच-बीच में बाई का ख़याल आ जाता। उसे अब अपने पर ग़ुस्सा आ रहा था।

नाहक अपना माथा गरम किया और बाई को दुःख दिया। उस बेचारी का क्या कुसूर था। उसे यह बचपना छोड़ना चाहिए। छोड़ना ही होगा। वह घर में सबसे बड़ा है। अपनी जिम्मेदारी समझना चाहिए। भावनाओं पर कठोर अंकुश लगाना होगा। दुःख सहना होगा। अपना मन तोड़ना पड़े, चाहे जो करना पड़े, लेकिन बाई, भाई और बहिनों को सहारा देना होगा। देखना, ये दिन भी बदलेंगे...सेठी सर कह रहे थे कि इसी रास्ते देश के दिन बदलेंगे। ...वाकई...?

क्लास ख़त्म हुई। साढ़े चार बज रहे थे। मटमैले घड़े से लेकर उसने देर तक हाथ-मुँह धोया। ढेर सारा पानी पिया। भूख कुछ दबी पर उसकी लपटें अभी भी जीभ तक उछाल मार रही थीं। लेकिन अभी-अभी किये गये संकल्पों ने उसे जैसे कोई शक्ति दी हो, वह सधे कदमों से चलता हुआ आर्ट्स ब्लॉक की ओर मुड़ गया।

यहाँ-वहाँ काफ़ी देर जतिन, परेश, विजय वगैरह को ढूँढ़ते रहने पर भी कोई नहीं मिला। वह निरर्थक इस इमारत से उस इमारत के बरामदों में घूमता रहा। आखिर कहाँ गये सब लोग! एक-दो से पूछा भी पर कुछ पता नहीं चला। एक हलकी सी उम्मीद के सहारे वह लायब्रेरी गया, हालाँकि उसे मालूम था कि शायद ही कोई मिले। शाम तक सभी पढ़ने से तौबा कर लेते हैं।

भीतर सैनी सर ने देख लिया, जैसे वे उसी की ही प्रतीक्षा कर रहे हों। उन्हें वर्ल्ड इकॉनामिक फोरम में पर्चा पेश करने के लिए पहले दिल्ली और वाया फ्रेंकफर्ट, यू.एस.ए. जाना था। उसकी तैयारी के लिए उन्हें एक ऐसे सहायक की ज़रूरत थी जिसमें अक्ल हो या ना हो, कोई फ़र्क़ नहीं पड़ता, वो सिर्फ़ उनके बताये आँकड़ों को सिलसिलेवार नोट करता रहे। सैनी सर उसे मेहनती छात्र मानते थे, इसलिए उनकी बाँछें खिल गयीं। उसे काम की महत्ता बतलाई। एक लम्बी डकार लेकर सॉरी बोले और काम पर जोत दिया।

महीप जैसे अवश पकड़ लिया गया हो। वह मना भी नहीं कर सकता था। सैनी सर ने हमेशा उसकी मदद की और आगे भी उन्हीं का सहारा था। चश्मे के काँच को भेदती उनकी भेद लेती निगाहें महीप पर देर तक ठहरी रहीं और उसने चुपचाप सिर झुका लिया।

सैनी सर भारत में गरीबी और भुखमरी के रोचक तथ्य एकत्र कराते जा रहे थे और लगातार विस्मय और दुःख प्रगट करते हुए

पश्चिमी मुल्कों से पिछड़ते जाने के कारण भी बरामद कर रहे थे जिनमें देश के लोगों की काहिली, उद्यम की कमी, सन्तोष का देसी संस्कार, घोर घटिया राजनीतिक प्रवृत्तियाँ, सिविक सेंस का अभाव, गरीबी के प्रति मोह आदि प्रमुख थे। उसने सोचा, इन सभी कारणों में बाई और उसकी गरीबी फिट क्यों नहीं हो रही। लेकिन सैनी सर के प्रभा-मंडल के आगे, अपने अल्प ज्ञान का भारी दबाव खुद पर महसूस करते हुए वह यंत्रवत् कलम चलाता रहा। इस दौरान उसे लगा कि उसे इन किताबों को खा जाना चाहिए।

भारी-भरकम किताबों की ओट से चूहे की तरह सैनी सर उसके कानों में फुसफुसा रहे थे कि किस तरह और क्यों सोशलिज़्म हमारे समाज की सर्वोच्च प्रगति का पथ प्रशस्त नहीं कर पा रहा है। अब इधर नयी सोच आकार ले रही है कि जब तक सोशलिज़्म भारतीय वर्ण-व्यवस्था के आन्तरिक और उच्चतर मन्तव्य को आत्मसात् नहीं करता, वह यहाँ के लोगों के मिज़ाज के माफिक नहीं हो सकेगा परिणामस्वरूप, उसका इस देश की जड़ों में समाना और पल्लवित होना सम्भव नहीं है क्योंकि पश्चिम जैसा खुला उद्यमशील और महत्वाकांक्षी समाज इस अभागे एशिया में है ही नहीं, भारत की बात क्या कही जाये।

तभी लायब्रेरी की सभी बत्तियाँ जल गयीं, मानो सैनी सर की बात से चहुँओर प्रकाश हो गया हो। काम ख़त्म होते-होते, काग़ज़ों को सँभालते हुए सैनी सर ने अंग्रेज़ी में पूछा कि क्या वह एक कप गर्मागर्म चाय उनके साथ लेना चाहेगा। महीप के मुँह खोलने के पहले ही वे बोलते रहे कि यहाँ कैंटीन की चाय एकदम वाहियात होती है। उनका घर दूर है। महीप के पास स्कूटर भी नहीं है। उसे वापसी में दिक्कत होगी। वैसे भी 'सपर' का टाइम हो चुका है। अंग्रेज़ लोग इस वक़्त खाना खाते हैं। बेहतर है कि वह भी घर जाये और अंग्रेजों की तरह इस समय भोजन करना सीखे जो उसे आगे विदेश-भ्रमण के दौरान बहुत काम आयेगा। फिर उन्होंने उसका कन्धा थपथपाते हुए उसे धन्यवाद दिया और रूमाल से चश्मे का काँच साफ़ करते हुए चुंधी-चुंधी आँखों से थोड़ा हँसने लगे। उन आँखों में धन्यवाद नहीं था। धन्यवाद वे दे चुके थे। फिर क्या था? महीप समझ नहीं पाया, लेकिन वह हँसी उसे बहुत दिनों तक अपनी गरीबी की तरह भीतर कहीं चुभती रही।

जब वह बाहर निकला, आठ बज रहे थे। रात शाम की केंचुल छोड़ रही थी। विश्वविद्यालय की इमारतें बिल्लियों की तरह घुन्नेपन से चुपचाप देख रही थीं। कहीं-कहीं घास में सरसराहट होती। सड़क पर खम्भों की पीली रौशनी के साये में ढेर सारे कीड़े-मकोड़े तड़प रहे थे। इस मनहूसियत के बीच उसने सिर घुमाकर देखा, पहाड़ियों के नीचे शहर का उजाला चिलक रहा था। रात के आँचल में आसमान के सितारे ज़मीन की रौनक में अपने अक्स टाँक रहे थे। दूर किसी ने जैसे राग यमन छेड़ दिया हो और हवाओं ने नये अन्दाज़ से हर तरफ़ देखा हो। महीप ना जाने किस स्फूर्ति और आवेग से भर उठा। भूख अभी भी भारी थी लेकिन पैडिल पर पड़ते उसे पैरों के नीचे बार-बार दब कर रह जाती थी!

तीन बत्ती से बड़े बाज़ार को फिर चढ़ाई शुरू होती। दोनों तरफ़ क़दम-क़दम पर होटलें कि हर जगह रुकने का मन होता पर महीप मन मज़बूत किये साइकिल खींचता जा रहा था।

'महीप, महीप...ठहरना ज़रा...महीप...'

वह चौंका। कोई उसे बदहवास पुकारे जा रहा था। ओंकार था। तेज़ी से उसकी ओर लपकता हुआ। उसके हाथ में थैला था और चेहरे पर दयनीयता।

'तुम भले मिल गये। मोहल्ले में ढूँढ़ा तो कोई नहीं मिला। ना जाने कहाँ सब मर गये। मैं सोच रहा था कि तुम तो मिल ही जाओगे...भैया...'

महीप के पूछने पर वह थोड़ा बेचैन हुआ और इधर-उधर देखता हुआ बोला कि बड़े भैया को खाना लेकर बस-स्टैण्ड जाना है। आज ग्वालियर ड्यूटी पर हैं।

'तो क्या पैदल जाओगे? साइकिल कहाँ गयी?'

'यार, वोई पुराना लफड़ा। आज लौटते में फिर पंक्चर हो गयी। सुबह ही पंक्चर सुधरवाया था...'

ओंकार के स्वर में ग्लानि बढ़ती जा रही थी।

'...अब शाम को पंक्चर के फिर पैसे माँगता तो भाभी मुँह बिचकाती कि बहाने से पैसे ऐंठता है और माँ दस जली-कटी बातें सुनाती सो अलग। ये कोई नईं सोचता कि टायर बदले दो साल से

ऊपर हो गये। ...यार चलो बस-स्टैण्ड तक। तेरी कसम, जल्दी लौट आयेंगे। ये गये, ये आये।...'

ओंकार के स्वर में गीला अनुग्रह था। महीप हिचकिचाया। ज्यों-ज्यों घर पास आ रहा था, भूख पर से काबू छूट रहा था। ओंकार उसे एकटक देख रहा था।

'चलो यार...मेरे दोस्त...टैम पर ना पहुँचा तो बड़ी मुसीबत होगी... ।'

महीप की आँखों के सामने बड़े भैया का मुच्छड़ चेहरा घूम गया। बहुत ज़ालिम जात के थे। बिना सुने-समझे कभी भी, कहीं भी हाथ उठा देते थे। ओंकार को बुरी तरह पीटते ना जाने कितनी बार देखा जा चुका था। ओंकार की गिड़गिड़ाहट से उसका मन पसीज उठा। वह उसका तब का दोस्त था जब उन्होंने होश भी नहीं सँभाला था। वह ओंकार के घर के हालात और वहाँ उसकी स्थिति को तफसील से जानता था। उन दोनों के दुःख लगभग एक से हैं। गरीबी, अभाव और आतंक में जीने के अलावा उनके गिर्द कुछ भी तो नहीं था, फिर भी किसी अनाम और अनजानी उम्मीद की डोर से बँधे वे चल रहे थे। उसे अपने आज के संकल्प याद आये और उसने साइकिल मोड़ दी।

पीछे कैरियर पर खाने का डिब्बा छाती से लगाए ओंकार उसे बड़ी नदी के जंगलों के बेरों की याद दिला रहा था। मीठे, रस भरे, गुदगुदे बेर। जहाँ ढेर भर बेर खाने वे जाते थे और घंटों नहाकर लौट आते थे। डिब्बे से ताज़े खाने की गर्म और सोंधी गन्ध महीप को विचलित कर रही थी। वह पैडिल पर पैडिल मारकर किसी तरह मन और शरीर का सन्तुलन बना रहा था।

वे पहले पहुँच गये। ग्वालियर बस अभी नहीं आयी थी। तालाब तरफ़ की पट्टी पर बैठ गये। दोनों ऊब रहे थे लेकिन एक-दूसरे से छिपा रहे थे, अपने अपने कारणों से और यही कारण उन्हें भीतर ही भीतर एक-दूसरे से जोड़ रहे थे। शायद इसीलिए, इस असमंजस और बेचैनी के आलम में वे क्षण-क्षण मुरझाते पलों को ज़िन्दा रखने के लिए एक-दूसरे से नितान्त असम्बम्द्ध और बेतुकी बातें कर रहे थे, मसलन, तालाब कितना गहरा है, परीक्षा का टाइम-टेबिल कब आयेगा, दिवाली कब पड़ेगी, कामता के घर मामा आये हैं, आदि आदि।

बहुत सावधानी से ओंकार ने डिब्बा सँभाल रखा था जैसे चोर का खजाना हो। कोई भी बस आने पर उसका साँवला पतला चेहरा चौकन्ना हो जाता, बाकी समय आँखें सामने दुकानों की झिलमिलाती रौशनी पर उचटती सी घूमती रहतीं। हमेशा की तरह चेहरे की थकान और बदहाली, उस तक आते प्रकाश की प्रतिच्छाया में काली और गाढ़ी होती जा रही थी। भीतर चल रही कशमकश में एक हलकी उम्मीद कौंध मारती और जल्द ही इस अँधेरे में डूब जाती। कल ही फीस चुकाने की बात उसे व्यग्र कर देती। मालूम नहीं भैया पैसे देंगे या...नहीं देंगे...।

महीप जान-बूझकर नहीं बल्कि अपने आप उसकी मनचीती बातें करने की कोशिश कर रहा था। या तो उसके प्रति अपने मन की करुणा के कारण या शायद अपनी भूख को भुलाने के लिए। ओंकार थोड़ा बहुत उत्साहित होता और फिर धीरे-धीरे राख की तरह बुझने लगता। यकायक महीप ने पूछा; '...जतिन, परेश दोपहर से गायब हैं। तुम्हें मिले...?'

'अरे यार, उन लोगों की बात दूसरी है, बड़े आदमी हैं, पैसे वाले हैं...वे चाहें तो दिन-रात ग़ायब रहें...'

ओंकार का स्वर बुझा हुआ था, कुछ तिक्त और फिर आवाज़ तेज़ होती चली गयी जैसे दिल के गुबार को फूटने का मौक़ा मिल गया हो।

'...ना कोई जिम्मेदारी, ना कोई झंझटें, घर में सब आगे-पीछे घूमते। उन्हें क्या कमी। भैन्चो, कहीं मस्ती मार रहे होंगे। परेश को भी जतिन का साथ ज़्यादा अच्छा लगता है क्योंकि जतिन बड़े वकील के बेटे हैं, हाई स्टैण्डर्ड है, खाने-पीने को इफरात है...जतिन को इसलिए परेश का साथ जमता है क्योंकि ज्योति के साथ इश्क फरमाने के लिए खाली दोपहर परेश के ही घर मिलती है। इसलिए ही विजय से याराना है क्योंकि उसका घर अचला के लिए फिटफाट है, ऐसे ही गनपत से दोस्ती...हमारे पास क्या? हम तो कोई काम के नहीं...'

'नई भाई, ये बात नहीं है। तुम ग़लत समझ रहे हो। जतिन के ये नाटक तो चलते ही रहते हैं। वो क्या सुधरेंगे लेकिन क्या कभी वो अपन से टेढ़े जाता है...दोस्त है यार...'

'सो तो है। लेकिन उसके नाटक सन्देह पैदा करते हैं...जो इनसान

मोहब्बत में दगाबाजी कर सकता है और वह भी बहुत आराम से, वो दोस्तों को क्या छोड़ेगा? ...जिनके पास पैसा होता है, वे ना इनसानियत समझते हैं और ना दिल के ज़ज्बात। पैसा बड़ी कुत्ती चीज़ है बाबू, हर रिश्ते का हाथ मरोड़ देता है...अभी तुमने दुनिया देखी नहीं है महीप...'

उसकी बात से महीप को धक्का लगा। उसे पहली बार अपने रिश्ते डगमगाते नज़र आये। वह विरोध में कुछ वज़नदार बात कहना चाह रहा था कि ग्वालियर बस आ गयी।

लपककर ओंकार गया। वह ड्राइवर सीट की खिड़की के पास खड़ा हो उचक-उचक कर भिखारी की तरह देख रहा था। महीप दूर था। उसने कुछ सुना भी नहीं। सिर्फ़ देखता रहा लेकिन वह दृश्य उसे अन्दर तक विचलित कर गया।

वापस लौटते ओंकार का चेहरा छोटा और राख भरा था। महीप समझ गया लेकिन बोला कुछ नहीं। अब कुछ था भी नहीं। उसके तर्क इस आँच में ही गल गये थे। अपनी इस निरुपायता, अकेले हो जाने के भय और बेबसी से उसके संकल्प के कवच दरकने लगे थे। भूख अब प्रभावी होकर दिमाग़ तक पर आघात कर रही थी। रात के दस बज रहे थे और वे दोनों युद्धभूमि में खेत रहे सैनिकों की तरह श्मशान के सन्नाटे में लौट रहे थे।

तालाब के साथ लगी सड़क पर मन्थर गति से चलते महीप के नथनों में चोई की चिरपरिचित गन्ध भरती चली गयी। दूर किसी नाव की अस्पष्ट आकृति छलकी और ठंडे पानी से गनगनाती हवा उसे सिहरा गयी। इस तरह उसे अपना सिहरना भला लगा, जैसे भीतर की उनींदी आकांक्षाएँ फिर एक बार जाग उठी हों। साइकिल तेज़ चलने लगी। एकाएक उसकी खूब नहाने की इच्छा होने लगी।

'यार खूब जमकर नहाओ...नहाते ही जाओ तो कितना मज़ा आता है, है ना...'

'...आँ...हाँ...'

ओंकार चौंककर बोला; ...लेकिन तुम तो आजकल तालाब आते ही नहीं...।'

'नईं, कल पक्का। कल सुबह सात बजे तुम्हारे घर आ जाऊँगा। फिर चलेंगे।'

महीप के इरादे दृढ़ हो रहे थे। ओंकार मुस्कुराया और बोला; 'ठीक ठीक, रोको। घर आ गया।'

और साइकिल से उतर गया। महीप ने चिल्लाकर कहा; 'कल आठ बजे। भूलना मत।'

ओंकार गली के भीतर गुम हो चुका था।

सीढ़ियों से उपर तक अँधेरा ही अँधेरा था। हाल में जल रहे पीले बल्व का झुरझुरापन नीचे पसरी नींद को हौले-हौले सहला रहा था। दरी पर सोये हुओं को अन्दाजे से ही पहचाना जा सकता था वरना तबाही के बाद किन्ही बेतरतीब लाशों के ढेर की तरह वे सब पड़े थे। ग़नीमत थी कि हलकी-हलकी उठती आवाज़ों में उनकी आत्माओं की भिनभिनाहट से ख़ामोशी टूट रही थी। पैर बचाते हुए महीप बगल के कमरे में पहुँचा जहाँ सुदीप जाग रहा था। बेहद बड़ी-बड़ी और गहरी काली आँखों वाला। उससे डेढ़ साल छोटा। भाई भी और दोस्त भी। उसने किताब की पृष्ठ-संख्या पर कागज़ फँसाते हुए उसे देखा–

'अरे, बहुत देर कर दी...'

'बाई सो गयीं...?'

'अभी-अभी तक तो कितनी बार पूछ चुकीं...शायद अब सो गयी हों।'

'ऐसा ही हो...'

कहते-कहते महीप तखत पर निढाल गिर पड़ा।

'दिन भर कुछ खाया...बाई ने...'

'पूछो मत, बहुत कुछ।'

महीप ने करवट बदल ली। सुदीप पास खिसक आया और बताने लगा, 'सुबह घर में केवल चार-पाँच रोटियाँ ही बन पायी थीं। आगे आटा ही नहीं था। बाई पीछे ताई से माँगने गयी थी कि भैयाजी ने बावेला मचा दिया। फिर दिन भर घर में कुछ नहीं पका। ना किसी ने कुछ खाया। बाई कोने में पड़ी रहीं। भैयाजी को सब मालूम था। फिर वे निकले तो शाम को ही लौटे। जाने कहाँ से पैसे लाये थे। बाई को देकर बोले कि पूड़ी बना लो। मैं अपनी जान दे सकता हूँ, बच्चों को भूखा नहीं मार सकता। फिर वे दोनों देर तक बैठे रोते रहे। तभी ये जतिन, परेश भाईसाब लोग आ गये। आज तो इन

लोगों ने इतना खाया कि बाई ने जो आखिरी कुछ पूड़ियाँ तुम्हारे लिए बचाई थीं, वो भी माँगकर खा गये। परेश भाई साब तो बरनी का कुल गुड़ खा गये। कुच्छ नईं बचा। बाई और मैं सोच रहे थे कि तुम आये तो क्या होगा?'

महीप केवल हाँ-हूँ करता रहा। कुछ सोचकर सुदीप भी खामोश हो गया। अपने बिस्तर की सलवटों में अपने घुची-मुची तेलिया तकिये में सिर घुसेड़े महीप को अपनेपन का गहरा सन्तोष मिला पर चैन अभी भी नहीं था। थकान, भूख, नींद और बेचैनी ने उसे चारों तरफ़ से घेर रखा था। तभी माथे पर एक गन्ध भरी हथेली फैल गयी। बाई थीं। वह पहचान गया पर दंश मारते अपराध-बोध और ग्लानि से चुप रहा लेकिन भीतर कृतज्ञता भरे प्रेम से भीग गया। चाहा कि बाई से लिपटकर देर तक रोले लेकिन सायास खुद को रोका और निःशब्द पड़ा रहा। बाई पास बैठी उसे सहलाती रहीं और धीमे-धीमे रोती-फुसफुसाती रहीं जो साफ़-साफ़ नहीं सुनकर भी वह साफ़-साफ़ समझ रहा था। उसे सोया जान बाई थोड़ी देर बाद चली गयीं।

उसने फिर करवट ली और बेचैनी में हाथ-पैर फटकारे।

'तुमने आज कुछ खाया नहीं है, क्यों...'

यह सुदीप था जो उस पर झुका हुआ था। उसने नहीं तो कहना चाहा लेकिन गले में ही घुटकर रह गया। जल्दी ही खँखारकर कहा; 'नहीं जी, बहुत मिला। बहुत खाया।'

और आँख मूँद ली।

'साफ़ झूठ बोलते हो। तुम्हारी छटपटाहट कुछ और बता रही है। ...बाई के सामने ढोंग कर लिया। मेरे साथ नहीं चलेगा...'

महीप ज्यों का त्यों चुप रहा। और कुछ वश में ना था।

'भाई, मैं जानता हूँ और बाई भी कह रही थीं कि जब तक तुम घर में एक रोटी ना खा लो, कितना भी पेट भरा हो, तुम्हारी भूख नहीं मिटती। फिर क्यों जबरन झूठ बोल रहे हो...आज की सब पूड़ियाँ खत्म हो गयीं...लेकिन सुबह की कुछ रोटियाँ बची पड़ी हैं। ले आता हूँ। चुपचाप खा लेना। बाई को अभी पता भी नहीं चलेगा...लाता हूँ...'

कहता सुदीप उठने लगा। तत्क्षण महीप ने उसका हाथ पकड़ लिया; '...रुको। मैं तुमसे झूठ नहीं बोल सकता। आज कुछ ऐसा रहा कि दिन भर खाना नहीं मिला लेकिन उससे भी बड़ी एक चीज़

मिली। अपनी जिजीविषा। जीने का हौसला। अपने होने का अर्थ। मेरा अर्थ मेरे सपनों की जीत में है। यदि मुझे हारना मंजूर नहीं है तो मुझे भूख को जीतना होगा। भूखा पहले भी रहा हूँ पर जब भी रोटी मिली, घुटनों के बल बैठकर खाई। इस तरह मैं बार-बार हारा। जीता नहीं। सपनों को जीतना है तो भूख को हारना होगा। आज मैं दिन भर भूख से लड़ा और सीखा कि भूख से लड़ा जा सकता है। ...इसका मतलब यह नहीं कि मैं ज़िन्दगी भर रोटी नहीं खाऊँगा। भूखा मर जाऊँगा। ...ना...ना...ऐसा भी सनकी नहीं हूँ मैं और ना ही भूख के उबाल से बहक रहा हूँ...ना...भीतर जलती लपटों की आँच में मेरे सपने तपकर निकले हैं। उनकी खातिर आज मुझे लड़ना है लेकिन कल रोटी खाऊँगा तो भूख की छाती पर बैठकर, उसे कुचलकर, अपना गुलाम बनाकर ताकि कभी मैं उससे डरकर कोई ग़लत समझौता नहीं कर सकूँ।...'

'लेकिन यह क्या तरीका है?'

'यह अभ्यास है। सपने सिर्फ़ देखे नहीं जाते, उन तक पहुँचा जाता है, नींद से नहीं बल्कि संघर्ष से। यह उसी संघर्ष का अभ्यास है। हो सकता है कि इस अभ्यास में कभी-कहीं मैं चूक जाऊँ, हो सकता है कि हार जाऊँ लेकिन तब इस हार के लिए मुझे अफसोस होगा, मेरी शर्म नहीं मरेगी और इतनी जगह तो रहेगी ही कि मैं बार-बार कोशिश कर सकूँ। इसलिए आज रोटी नहीं...आज की रात ऐसे ही कट जाने दो, भाई...'

वह देर तक ना जाने क्या-क्या कहता रहा, कब तक कहता रहा और कब सो गया। सिर्फ़ सुदीप की बेहद बड़ी-बड़ी और गहरी काली आँखें जागती रहीं। उन्हें देखकर कोई कह नहीं सकता कि वह जाग रहा है कि सो रहा है।

बिलैडी फूल

रोज़ सुबह छह बजे से वह मक्खन-मलाई सी घुँघराली आवाज़ गलियों में सुनाई पड़ने लगती है। वह दूध-दही-मही लेने का आग्रह किसी अनाम राग में पंचम स्वरों के अजब से आरोह-अवरोहों में लगातार करता जाता, कभी थकता नहीं है। उस सुर-लहरी में ऐसा जबर्दस्त आकर्षण कि सुने बिना रहा भी नहीं जाता है, हालाँकि वह रोज़ एक ही गति और लय से पुकारता है।

उस वक़्त मैं बिस्तर पर आधा सोया, आधा जागा, अपाहिज सा पड़ा, बस अब उठने, तब उठने के मंसूबे बाँधता रहता हूँ। सुबह घूमने का। सुबह की मन को प्रसन्न कर देने वाली ठंडक में लिपटी हलकी हवाएँ, चारों तरफ़ ताज़गी, उत्फुल्लता और स्फूर्ति! लगता है कि किसी नयी दुनिया में क़दम पड़ रहे हैं। महीने में दो-तीन बार घूम भी आता हूँ। लेकिन बाकी सुबहें ऐसी कि उठना मुहाल! दरअसल होता यह है कि देर रात तक नींद का नामो-निशान नहीं और फिर घर की गहमा-गहमी और आपा-धापी और ढेर सारी अनचाही जानी-पहचानी आवाज़ों के मलबे के नीचे मैं दबा जाता हूँ। रह-रहकर सिर्फ़ पाँच मिनिट और सो लेने की मोहलत माँगते-माँगते नामुराद दिन सिर पर चढ़ जाता है और फिर घर-गृहस्थी के इतने सारे काम पहाड़ की तरह अर्राते मूड़ पर टूटने लगते हैं कि इन्हीं किन्हीं बीच मेरा मंसूबा भुर्ता बन कर रह जाता है। ठीक दस बजे दफ़्तर पहुँचना ज़रूरी है, चाहे पृथ्वी इधर से उधर क्यों ना हो जाये। साहब का सख़्त आदेश है, और हमारे दफ़्तर में बाकी कुछ भी हो सकता है, लेकिन साहब के आदेश की अवहेलना...बाप रे बाप, किसी की मजाल है!

यह जो नया साहब आया है, भगवान कसम गज़ब की चीज़ है। अरे, बहुत देखे, साहब लोग ज़्यादा नहीं तो थोड़े बहुत आदमी तो हुआ

करते थे। लेकिन यह तो किसी राक्षस की औलाद। एकदम नकचढ़ा, निर्मम और निष्ठुर। उसे किसी की कोई फ़िक्र नहीं। मातहतों से ऐसे बरतता है जैसे सब उसके बँधुआ मज़दूर और उसके दिये टुकड़ों पर पल रहे हों। अपार घृणा है उसके मन में। साफ़ कहता भी है कि इन सालों की जात ही ऐसी है। परले दर्जे के कामचोर, हरामखोर, मक्कार। जब तक लात नहीं लगाओ, हरकत में नहीं आते। इनके लिए कोई रियायत, मुरब्बत की ज़रूरत नहीं। बस चले तो हाथ में जूता लेकर बैठूँ...हर बार कहते हुए नयी सिगरेट जला लेता है। घंटे भर में चार सिगरेट पी जाता है। एक सिगरेट दस-बारह रुपये से क्या कम होगी! यानी उसके दिन भर धुआँ उड़ाने का जो खर्च है, उसमें तो मेरे बड़के की एक पतलून आ जाये जिसे खरीदने के तीन बरस से लाले पड़े हैं। लेकिन साहब को इन बातों से क्या मतलब। कठिन कलेजे का आदमी है। भीतर ठंडक नहीं, छाती में आग जो लगा रखी है तो धुआँ भी हाथ भर का निकलेगा सो मुँह और नाक से तोप के गोलों की तरह भकाभक छूटता रहता है जिसे सब मन मसोसे देखते और कोसते हैं। केवल दुर्जन सिंह ऐसे दत्त-चित्त होकर देखता है जैसे मन्दिर में अगरबत्ती सुलग रही हो।

ऐसे साहब और ऐसा उनका चपरासी दुर्जन सिंह। निहायत नेक, परिश्रमी और आज्ञाकारी जिसके लिए साहब के मुँह से निकला हर शब्द बादशाही फरमान की तरह होता और जिसकी तामिली किया जाना एक मातहत के लिए हुक्मनामा है जिसमें किसी किस्म की हीलासाजी की गुंजाइश या गफलत की कोई जगह नहीं। इसलिए वह ड्यूटी में अतिरिक्त सतर्क होता, शिकार में घेरे जा रहे पशु की तरह चौकन्ना रहता, ज़रूरत से कुछ ज़्यादा तत्पर और हमेशा लगभग पंजों के बल दौड़ता सा। ऐसे समय उसके चेहरे पर विचित्र सा सूखापन उभर आता और आँखें चौंधियाई सी लगतीं लेकिन पूरा बदन कड़क, जैसे कलफ लगा आदमी हो।

उन दिनों मैं सांई बाबा की कृपा से आशु लिपिक वर्ग-एक पर पदोन्नत होकर बड़े साहब का मुख्य स्टेनो बाबू बन गया था। ये बात तब की है जब भाटिया साहब बड़े साहब होकर आये थे। मिलिट्री कोटा से सरदार जी आई.ए.एस. बने थे। मस्त-मौला स्वभाव के और गरीबों

के कन्धे पर हाथ तक रख देते थे। हर चौथे दिन नियम से चार बार चरण छुये तो सरदार जी खुश और बरसों से अटका काम चार महीनों में हो गया।

'और क्या चाहता है रे...'

कहते हुए सरदार जी हो-हो कर देर तक हँसे। मैं विनीत भाव से उनकी तोंद का उछलना देखता रहा। सरदारनी माँ पार्वती की भाँति बगल में बैठी मुस्कुरा रही थीं। मैं हाथ बाँधे खड़ा था। धन्य हुआ। बरसों की मुराद पूरी हुई। कोई लाख कुछ कहे लेकिन भगवान की दयादृष्टि कभी ना कभी गरीब पर पड़ती है। हमारे यहाँ तो प्रभु ऐसे ही दर्शन देते हैं। उस वक़्त ये नया साहब होता तो क्या प्रमोशन मिल पाता...राम का नाम लो। बनती फ़ाइल में आग लगाके कूड़ा में डाल देता।

मुझे नयी टेबिल मिलने और नये साहब का आगमन लगभग एक ही समय हुआ। अब मेरी बैठक वहाँ बनी, साहब के एयर कंडीशंड चैम्बर के ठीक सामने के बेडौल कमरे में जहाँ उनका स्टाफ बैठता जिसमें गर्मियों में एक जंग खाया कूलर लग जाता जो आवाज़ तो इतनी करता मानो बर्फ़ फैक्ट्री चल रही हो मगर ठंडक इतनी सी कि कमरे में ही कहीं बिला जाती। फिर भी यह एक बड़ी बात थी जो हम सब बैठने वालों को बहुत गर्व और अभिमान देती क्योंकि दफ़्तर के बाकी हिस्सों में छतों पर फन्दों के माफिक कसे-झूलते सिर्फ़ पंखे होते जो बारह महीने एक ही रफ्तार और चीत्कार से चलते, चाहे गर्मी हो या ठंड, काम का दिन हो या छुट्टी। लोग भी अभ्यस्त हो चुके थे। ऊपर छत पर पंखे और नीचे फ़र्श पर कर्मचारी। एक ही दायरे में गोल-गोल घूमते रहते। एक ही चाल से। एक सी ऊब से। एक ही रोना रोते। जैसे कोई टोना मार गया हो।

हमारे कमरे और साहब के चैम्बर के बीच जो गलियारा था, उसमें तो पंखा तक नहीं था। दीमक खाई लकड़ी के लचकते स्टूल पर बैठा, साहब का मुख्य चपरासी दुर्जन सिंह हलके-हलके मुस्कुराता रहता और बिना किसी भेदभाव के हर आते-जाते को विनीत नमस्कार करता। यह उसकी निजी प्रसन्नता थी जिस पर उसे आत्मिक सुख और सन्तोष महसूस होता। फिर भी ना जाने क्यों उसकी यह बात लोगों को खटकती। परेशानी से देखते। तिरस्कार करते। कई दफा

बौखलाकर गालियाँ देने लगते। कारण समझ में नहीं आये। क्या छोटे दर्जे के आदमी की बहुत अधिक भलमनसाहत भी बुरी लग जाती है? ऐसा क्यों? लेकिन दुर्जन सिंह फिर भी ज्यों का त्यों। उसी तरह कहता—'हरि इच्छा' और फिर थोड़ी गर्दन उचकाकर अगले को नमस्कार करने में जुट जाता।

नियम से वह रोज़ वर्दी पहनता। साफ़ धोई हुई और बिना प्रेस की। सिर्फ़ ठंड में कमीज पर एक ऊनी बनियान। वहीं स्टूल पर बैठे-बैठे मुझसे कहता, 'बड़े बाबू, आज है गज़ब की कड़कड़ाती ठंड। पर फसलों के लिए बहुत फायदेमन्द है। पिरभू की किरपा।'

ठीक उस वक़्त मैं जर्जर कोट में से बमुश्किल हाथ निकाल पाता। मिचमिचाई आँखों के नीचे चश्मे के बोझ तले दबी नाक में से निकलता सुर्र-सुर्र पानी उल्टी हथेलियों से पोंछता रहता और नया कोट खरीदने की योजनाओं के कई प्रारूप बनाता और खारिज करता रहता। हर बार एक नया लाल कोट, चौकड़ी धारी वाला, जैसा भाटिया साब कभी-कभी पहनते थे, आँखों में टँगा मिलता जिसमें से मेरे हाथ निकले होते...! हर बार पैसे की कमी रोड़ा बनकर अड़ जाती। इस राह में दुर्जन सिंह भी कम रोड़ा नहीं था। ऐसे हर कठिन अवसर पर कठोर मौसम के बन्धनों और बंदिशों से आज़ाद और बेपरवाह उसका छरहरा बदन आँखों के सामने कूदने लगता। मन कहता, 'देखो एक यह है, ऐसा कोई हट्टा-कट्टा पहलवान नहीं है, दुबला पतला ही समझो। लेकिन पट्ठा ठंड को धता बताता है। और एक तुम हो। लाड़ के लल्ला। सारी ज़िन्दगी छींकते पादते निकली। जरा सी ठंड पड़ी नहीं कि नाक से परनाले छूटने लगते। गर्मी आयी कि पसीने की बदबू से मरे जानवर की तरह गन्धाते हो कि भला आदमी पास बैठने से गुरेज करे। बचपन में खूब गोल-मटोल था मैं। अम्मां सरसों के तेल की कितनी मालिश करती थीं। बरसों पहले वे नहीं रहीं। इसलिए ये हालत हुई। फिर भी यदि मैंने ही थोड़ा सा शरीर पर ध्यान दिया होता तो ये नौबत नहीं आती ना। और करना भी क्या है? कोई पहाड़ तो खोदना नहीं है। सिर्फ़ थोड़ी वर्जिश-कसरत करना है। अरे उठो बड़ी फजर, पीले बादलों के टैम जब बाबूजी उठते थे। लगाओ पाँच मील की बढ़िया दौड़। सौ दंड और चार सौ बिट्ठक डेली। तबियत झकझका जाये। फिर कहाँ की सर्दी और

कहाँ की ठंड। लेकिन जब अपना ही मन मुर्दा हो तो किसे दोष दें! सुबह उठने के नाम पर छाती हुमस जाती। खाँसी अलग उठती। ससुरी नाक पनियाने लगती। छींकों की ऐसी बौछार जैसे भूचाल घर में आ गया हो। अब कुछ होना-जाना नहीं। बस ऐसे ही मरते-खपते ज़िन्दगी कटनी है और जब यमराज आये तो कान-खिंची बकरी की तरह चुपचाप चले जाओ...।

वो यमराज जब आयें, तब आयें, अभी तो सामने के चैम्बर में बैठा महा यमराज ही जान लेने को तुला रहता है। ऐसा खौखियाके दौड़ता है कि काट ही ना खाये। पूरे टैम चीख-पुकार, गाली-गलौज कि तन-मन पत्ते सा थरथर काँपता। दस बजे से ही मेज़ पर मुक्के मारने लगता। बड़े-बूढ़े का कोई लिहाज नहीं। कब किसकी इज्ज़त का भुर्ता बनाकर लत्ते सा गोलमोल खिड़की के बाहर फेंक दे, भगवान भी नहीं जानते। सबेरे से छोटे-बड़े अधिकारी-बाबू लोग बगल में फ़ाइलें दबाकर, लाइन लगाये बाहर खड़े जूता खाने का इन्तज़ार करते। साहब एक के बाद एक को बुलाता। चैम्बर के ए.सी.से ज़्यादा लोगों के दिल धड़-धड धड़धड़ाते। अधिकतम डाँटता, अधिकतर फ़ाइल फेंकता। लेकिन भैया, जब किसी बड़े आदमी या टुच्चे नेताओं के फ़ोन आते तो यही बब्बर शेर भीगी बिल्ली बन जाता। लचक-लचक कर और लाड़ से हँस-हँस बातें करता। म्याऊँ म्याऊँ टाइप। फ़ोन रखते ही ऐंठकर कुर्सी पर लद जाता। एक नयी सिगरेट सुलगाता और फिर धुआँधार गुर्राने लगता।

उसकी एक ख़ास आदत थी। वह हर सोमवार को मीटिंग कर सबको गट्ठा-गट्ठा काम टिका देता। हर काम की समयावधि तय कर देता। फिर कड़ककर कहता कि वह समय का बहुत पाबन्द है। हथेलियाँ रगड़ता हुआ कहता कि एक मिनिट की देरी बर्दाश्त नहीं होगी। फिर चाहे कुछ भी कैसी भी आस्मानी-सुल्तानी हो जाये, हर एक को इस निर्धारित अवधि के भीतर झख मारकर काम पूरा करना होता, वरना बैण्ड-बाजे बज जाते। साहब बहाने सुनने से भरपूर परहेज़ रखता। कामचोर कर्मचारियों की खाल खींचने में विशेष मज़ा आता। उसकी समय की पाबन्दी का यह हाल कि घड़ी में पाँच बजे कि बिला नागा रोज़ साहब दफ़्तर से उठ जाता, कि साढ़े पाँच बजे टेनिस-कोर्ट पहुँचना होता है। परन्तु स्टाफ को समयावधि का इतना

काम दे जाता जिसे पूरा करने में हम लोगों को रोज़ रात के आठ-नौ तो पक्के ही बज जाते। अगली सुबह शेर ठीक दस बजे हथेलियाँ रगड़ता दफ़्तर में हाजिर। और इस समय कल का दिया गया पूरा काम उसके सामने टेबिल पर होना चाहिए। काम में कोई ज़रा सा भी चूका कि साहब ने सुबह का बाकी मांसाहारी नाश्ता वहीं पूरा किया। अभागा नुचा-चिथा, अधमरा फ़र्श पर पड़ा हाय-हाय करता और साहब अच्छी-खासी डकार लेकर उस घंटे की चौथी सिगरेट जला लेता।

इस तरह नरक में रो-रो कर दिन कट रहे थे कि एक दिन वह क़िस्सा हुआ। उस दिन साहब घर जल्दी चले गये। उनके ससुर साहब आये थे। वे एक ज़माने में बहुत बड़े अधिकारी होते थे। रिटायर होने के बाद सरकार ने उन्हें कर्मचारियों में बढ़ती अकर्मण्यता, निष्ठाहीनता, लापरवाही और बेईमानी को रोकने के लिए कड़ी कार्यवाहियों की सिफ़ारिशें करने के लिए कर्मचारी कल्याण की स्थायी कमेटी का अध्यक्ष बना दिया था। वें बहुत कड़क स्वभाव के थे। उनके बारे में बहुप्रकार से कहा जाता है कि वे अपने समय में दफ़्तर में हंटर लेकर बैठते थे। रोज़ दो-चार के चूतड़ फूटते थे लेकिन काम हमेशा सही, टिपटाप, फिटफाट और टैम पर होता था। उनकी पुरानी शेफर्ड गाड़ी की आवाज़ सुनकर लोगों के अंग-अंग जगह-जगह पर पिराने लगते थे। हालाँकि हंटर अब नहीं दिखा उनके पास। अंग्रेज़ गये तो साथ ले गये होंगे लेकिन उनके पोपले से मुँह के बिल में दो-तीन सफेद चमकते दाँतों के बीच साँप सी लपलपाती जीभ किसी हंटर से कम नहीं थी। मुझे उनका अच्छा-ख़ासा अनुभव था। सरकार द्वारा दिया गया स्टाफ उनके पैतृक गाँव में रहता था। उनके भोपाल आने पर डिक्टेशन के लिए मुझे जाना पड़ता था। वे बूढ़े हो चुके थे लेकिन गिद्ध की तरह नोचती उनकी आँखें और बेहद खरखराती कठोर आवाज़ सिगार के अनवरत धुएँ में से साक्षात मौत जैसी दिखाई-सुनाई देती। सारा खाया-पिया एक जगह सिमट जाता और शरीर लुकलुकाने-धुकधुकाने लगता। आपको समझ ही नहीं पड़ती और कभी भी एक ज़ोरदार चाँटा आपको कहीं पर भी पड़ जाता। उन्होंने मेरे दायें कान का नाम हिन्दी और बायें का नाम अंग्रेज़ी रख दिया था। जब तक मैं 'बिसेस' को 'विशेष' नहीं लिख या

पढ़ पाता, वे मेरा दायाँ कान हड़ीली उंगलियों के जम्बुश में दबाये मरोड़ते रहते। यही हाल दूसरे कान का होता जब तक मैं 'शशपेंज' को 'ससपेंस' नहीं कह पाता। वे एक लाइन डिक्टेशन के बाद एक नया सिगार सुलगाते, थूक उचटा-उचटा कर खाँसते और पान पराग खाकर कोई पुराना क़िस्सा सुनाने लगते जिसमें भाँति-भाँति के लोगों की भली-भाँति चमड़ी उधेड़ने या जंगलों में घेरकर जानवर मारने के दिल दहलाने वाले वर्णन होते। हर क़िस्से का अन्त यकीनी तौर पर इस निप्कर्ष पर होता कि 'फिर सालों की अक्ल ठिकाने लग गयी' या ऐसी ही कोई कमीनेपन की बात।

लेकिन दुर्जन सिंह की ज़िन्दगी ऐसी ना थी। चपरासी की नौकरी बड़े मज़े-मज़े की होती है। ज़्यादा झंझटबाजी नहीं। साहब चैम्बर में हों या ना हों, उनके आने से पहले आ गये। साहब आये तो एक लम्बा सैलूट मारा और स्टूल पर डट गये। फ़ाइल लाये। फ़ाइल ले गये। चाय कही तो चाय ले आये। पानी माँगा तो पानी। बाकी टैम पुराने अख़बार से पंखा करो या मक्खी मारो, कौन पूछता है। उधर साहब उठे, इधर आप खिसक लिए। क्या आनन्द है!

गर्मी में गलियारा बेहद गर्म हो जाता। मेरा मन नहीं मानता तो मैं ही कह देता–

'आओ चौधरी, कूलर में बैठ लो। साहब की घंटी तो यहाँ से भी सुनाई देगी।'

तो दुर्जन सिंह सन्त टाइप बातें करने लगता।

'ना जी बड़े बाबू ना, एक दिन के आराम के लोभ से बाकी जिनगी की गत बिगड़ेगी। मन हमेशा आराम चाहेगा और आराम किसमत में नहीं सो जो मिला है, सो उसे ही किसमत कह लो, उसी को आराम समझ लीजो।...'

फिर पिछले दिनों चकराघाट पर पंडित जी से सुनी कोई धार्मिक कथा गद्गद भाव से सुनाने लगता। अध्यात्म की चाशनी के गाढ़े रस में लतपथ उलटबांसी सी कोई बात, भरे गले की भीगी और रहस्यमयी आवाज़ में छप् छप् बहती। वह लगभग फुसफुसाकर बोलता–

'...बड़े बाबू, सच्चा कुछ नहीं। ये जो दिखाई पड़ रहा है ना, दुःख, सुख, किरोध, बैर, लोभ, मोह सब...कुछ नहीं सिरिफ माया है। उसी का धुआँ-धुआँ है चारों ओर। देखो तो दिखता नहीं, लेकिन

ऐसा नहीं बड़े बाबू गौर से देखो, ध्यान लगाकर देखो तो उस पार जोत है, जहाँ हम सबका घर है, आखिरी घर! सो कलयुग में प्रानी का क्या काम...यही कि मन को इस धुन्ध में हाँकते चलो। धरम की एक लेन बना लो और बस चलते जाना है, लेकिन दरअसल जाना कहीं नहीं है। काल को ही छाती पर से गुज़र जाना है। काल के पहिये भी धुआँ-धुआँ हैं। शरीर भी धुआँ ही तो है। अन्त में क्या निकलता है...धुआँ को धुएँ में मिलना है। सो सीधी राह करम की पकड़ लो भाई, सद्गुरु का यह कहना है...'

मेरी समझ में ये अटपटी बातें कम आतीं बल्कि झुँझला ही जाता। कहाँ तो मेरे दुर्भाग्य का ना तो घर में अन्त है और ना ही दफ़्तर में और कहाँ ये दो कौड़ी का चपरासी ज्ञान पर ज्ञान पेले जा रहा है। कौन सी लेन बना लूँ? कहाँ के धुआँ में चला जाऊँ? लेकिन कुछ कह नहीं पाता। कुछ बोलूँ तो रोना पहले आता। असल बात तो ये है कि मेरा मन बड़ा फुसफुसा टाइप का है। घर के हालात सँभाले नहीं सँभलते। सौ छेद की चादर कि एक तरफ़ से सिलूँ तो चार तरफ़ फट जाये। महँगाई की ऐसी मार कि रीढ़ की हड्डी तक गन्ना जाती है। दूसरों का चैन देखकर अपनी फूटी किस्मत पर धाड़ें मारकर रोने का मन होता। आँसू भीतर ठेलने की कोशिश में मुँह अजब तरह से खिंच जाता। कुछ नीचे लटक आता और नाक से पानी निकलने लगता। दुःख कहीं से किसी तरह तो निकलेगा ही। लेकिन यह भी जानता हूँ कि भले ही मेरे पापी मन को दुर्जन सिंह की ज़िन्दगी मज़े की लगती हो, लेकिन भीतर कहीं यह बात कील की तरह गड़ती रहती कि मेरी तुलना में फिर भी उसका जीवन दिन रात के संघर्षों की अनन्त कथा है।

वह बताता—

'बड़े बाबू, रोज़ सुबह चार बजे के पहले उठ जाता हूँ जब आसमान में पीले बादल भी नहीं होते। गाय-भैसों की खली-सानी आदि निपटाकर, फिर दूध दुहकर फेरी का इन्तज़ाम जमाता हूँ। फुर्ती से नहा-धोकर पूजा-पाठ कर लेता हूँ। फिर बच्चों को चाय बनाकर पिलाता हूँ और तब दूध, दही, मठा लेकर साइकिल पर निकल जाता हूँ। आठ-साढ़े आठ तक लौटकर खाना बनाता। उन्हें खिलाता, खुद खाता, टिफिन लगाता, बर्तन माँजता। फिर बच्चों को स्कूल छोड़ता।

लौटते में दो घरों में फटाफट खाना बनाता और दफ़्तर आ जाता कि दस बज गये। तीसरे बच्चे की डिलेवरी में औरत मर गयी। मासूम बच्चों का मुँह देखा और दूसरी शादी का मन नहीं हुआ। पड़ोस में ही बहिन-बहनोई रहते हैं। बच्चों को सँभालने में उन लोगों ने बड़ी मदद करी राम। कभी उनके काम आ सकूँ तो भगवान जीवन सकारथ होय। मैं कहता ना बाबू कि सकल जिनगी माया का धुआँ-धुआँ है। कुछ सूझता नहीं लेकिन आफत आन पड़ी सिर पे तो रोने से का होय। सो बड़े बाबू चित्त थिर करके चलते चलो। पैरों को आगे बढ़ाने से रस्ता अपने आप खुलता जाता है जैसे काल केंचुल छोड़ रहा है। उसके निसान पे पाँव धरते चलो। सब कुछ आगे बढ़ रहा है। चलते चलो नहीं तो तुम पीछे छूट जाओगे। काल आगे ही नहीं पीछे भी है। रुक गये तो उसके ग्रास बन जाओगे। और भागोगे कहाँ और कैसे! चहुँओर धुआँ ही धुआँ...'

जब जैसा बखत मिलता, वह बताता रहता कि शाम को फिर चारा-सानी कर दूध-दही का काम निपटाता। खाना बनाता, खिलाता। चार जगह खाना बनाकर घर लौटता तो पिंडली पिंडली दुखती। नसें भीतर ही भीतर खिंचतीं। ऐसा लगता शरीर को जैसे कोई पूरब और कोई पच्छिम तरफ़ खींच रहा हो। तब मन करता कि कोई साथ-सहारा हो लेकिन खाली कोठरी में बच्चों के हाथ-पैर पटकने के अलावा कोई दूसरी आवाज़ नहीं होती। धीरे-धीरे नींद हावी होती जाती। वह बेसुध सो जाता जैसे घर ना हो, बिना हदों का मैदान...सूना और सुनसान...फिर भी लगता, घर में कोई है...कोई है...जो हम सबको सुला रहा है...जगा रहा है...।

'...बहिन ने कई बार समझाया। बहनोई अब तक समझाता। दूसरे नाते-रिश्तेदार सभी। लेकिन दूसरी शादी का मन नहीं हुआ। मेरी औरत बहुत सीधी थी साहब, एकदम गाय। ना उसने कभी कुछ कहा, ना कभी माँगा। जो दिया, उसी में जतन से घर-गृहस्थी चलाई। बस देर रात घर के काम समेटते, ऐसे बोलती जैसे दिन में सपना देख रही हो, घिघियाई आवाज़ में विनती करती कभी मुझसे और अक्सर अपने भगवान जी से कि बड़े लड़के को इंजानीयर बना देना। लड़की को डागटरनी और तीसरे लड़के को क्या बनाना, इस बारे में उसकी अक्कल जवाब दे जाती। कुछ नहीं सूझता तो

यही बर्राती रहती कि उसे भी अपने सुभीते से कुछ बना देना ताकि घर-गृहस्थी ठीक से चला सके। बस इतना ही ध्यान रखना। लेकिन भूलकर भी चपरासी की जून मत देना। इनकी हालत देखी, रोज़ बैल से जुटे रहते हैं, तब भी पार नहीं लग पाता। दिन भर की थकान के बाद आराम से पैर फैलाता मैं उसकी बातें मज़े-मज़े सुनता और कभी चिड़चिड़ा उठता। जब कभी ज़्यादा पगलाती तो उसे डाँट देता। तब वह बेआवाज़ बोलती रहती जो मुझे ज़्यादा साफ़ सुनाई पड़ता। लेकिन उसके मरने के बाद उसकी इच्छाएँ घर भर में बोलती मिलतीं और फिर मेरे मन में घर कर बैठ जातीं। बस तब से हमेशा बच्चों की पढ़ाई के पीछे पगलाया रहता हूँ। घर का कोई काम ना करे तो चलेगा लेकिन सुबह-शाम टैम से पढ़ने नहीं बैठे तो मुझसे बुरा कोई नहीं। कर्ज भी लेना पड़ा तो ले लूँगा लेकिन उसके मन की साध जो वह अपने साथ लेकर चली गयी, भगवान सुन ले, खाली ना जाने दूँगा। ऊपर कभी मिली और उसने जो पूछा कि राजेस के बापू, क्या किया राजेस का, सरमिला का और अपने पिरदीप का तो...तो क्या जवाब दूँगा...बोलो आप?'

फिर वह कहता कि अब तो ठप्पे से बोल सकता हूँ कि तुमाय राजेस इसी साल इंजानीयर हो गये। सरमिला डागटरी पढ़ रही है। अपने पिरदीप भी लेन में लगे हैं। चिन्ता मत करियो री।'

उसके कष्टों को सुनकर मुझे दुःख होता। उपलब्धियों में सन्तोष मिलता। इस तरह मैं उसकी बातों में हिचकोले खाता। लेकिन ताज़्जुब कि उसके अन्दाज़ में कोई उतार-चढ़ाव नहीं। शब्दों में एक अजब गहन गम्भीर धीरज और कहन में तटस्थ ठहराव जैसे हाल में लौटे किसी मेले-ठेले की जगबीती सुना रहा हो। कहीं दया की भीख नहीं। तरस खाने का आग्रह नहीं। किसी की निन्दा नहीं। अपनी बड़ाई नहीं। सिर्फ़ एक अभंग जो कोई सुना रहा है। खुले आसमान के नीचे, करुणा में भीगा, रौशनी में चमकता और अनन्त आनन्द में डूबता-उतराता। मैं आती-जाती लहरों में बह-बह जाता, फिर भी कहीं कुछ ऐसा भी था जो मेरी छाती में गड़ता-गड़ता कुछ अधिक गड़ जाता। यह मेरी समझ में नहीं आता। इस असमंजस और परेशानी में मेरा अकेला रोना कुछ ज़्यादा बढ़ जाता। इसमें अपने हालात का स्यापा होता। बड़ा लड़का ने जैसे-तैसे बी.काम. पास कर लिया।

कम्प्यूटर भी सीख लिया। घर भर को बड़ी होशियारी से कम्प्यूटर की बातें बताता। लेकिन नौकरी का कहीं कोई जुगाड़ नहीं हो पा रहा था। कई लोगों के हाथ-पाँव जोड़े। साहब से भी गिड़गिड़ाया लेकिन हाथ कुछ ना आया। जब बड़े का यह हाल तो बाकी तीन सन्तानों का क्या होगा, यह चिन्ता मुझे भीतर ही भीतर खाये जाती। बार-बार नाक में पानी भर जाता। आये दिन शाम को हरारत हो जाती और आधे सिर का दर्द जान ले लेता। मैं दुर्जन सिंह से तुलना करना नहीं चाहता लेकिन बार-बार मन उसी तरफ़ लौटता। मन को समझाता भी कि सही है कि दुर्जन सिंह ने ज़िन्दगी भर मेहनत की। बच्चे भी मन लगाकर पढ़े। यह भी ठीक रहा, लेकिन सोचो कि परिस्थितियों ने भी उसका खूब साथ दिया कि नहीं? कैसे? पिछड़े वर्ग का होने से सब बच्चों को शुरू से ही सरकार की तरफ़ से सुविधाएँ मिलीं, ड्रेस मिली। लड़के को मुम्बई के नामवर इंजीनियरिंग कॉलेज में और लड़की को दिल्ली के मेडिकल कॉलेज में दाखिला मिल गया। स्कॉलरशिप मिल गयी। चपरासी के बच्चे थे सो रहन-सहन, जीवन स्तर तो कुछ खास ना था। किसी तरह गुजारा कर लिया और पास होते गये। दुर्जन सिंह दूध-दही के धन्धे से और चार घर खाना बनाकर, अपना पेट काटकर उनको पढ़ाता रहा, आगे बढ़ाता रहा। ठीक है। बड़ी बात है। मैं उसके उद्यम को छोटा नहीं लेखता। उसकी मेहनत रंग लायी। भगवान ने भी सुनी और सरकार ने भी मदद की। लेकिन मेरी भी तो सोचो! मेरा क्या? मेरा कौन सहारा? कौन मददगार? घर में हरदम अभाव। भारी खींचतान मची रहती। सबकी अपनी मांगें, बढ़ती उमर की ज़रूरतें। कैसे पूरा करें। एक कमाने वाला। छह खाने वाले। और सभी के दिमाग़ सातवें आसमान पर। तिस पर महँगाई की रोज़ चौतरफा मार। बाहर चार लोगों के सामने इज़्ज़त रखने के लिए जब तब उधार लिए, और मुसीबतें भोगीं। कहीं कोई हाथ बटाने वाला नहीं। पैर पसारने वाले लाखों। बस कोल्हू में दिन मुझे खीचें जा रहे थे और मैं उनके साथ रोता-झींकता चला जा रहा था, हड़काये पशु की तरह बलि-स्थल की ओर। अब अपनी व्यथा-कथा क्या सुनाऊँ...किसे सुनाऊँ? ऐसी करी विधाता कि कुछ अपने हाथ नहीं। बस पिटते के साथ पिटता गया, कोई तारणहार ना आया...।

जिस दिन दुर्जन सिंह ने बड़े बेटे के पास होने और विप्रो कम्पनी में ऊँची नौकरी की ख़बर सुनाई, उस दिन पेड़ा बाँटते उसका वह बलिष्ठ हाथ थरथरा रहा था जिस पर मढ़े काले रोयों के बीच हरे खुरदुरे में दुर्जन सिंह टँका था। शर्माती संकोची आँखों के ऊपर भाल पर अंकित लाल चन्दन का टीका दिपदिपा रहा था। मैंने भारी मन से पेड़ा खाया। बच्चे को आशीष दिया और नाक पोंछने लगा।

फिर कुछ समय के अन्तराल से उसने अपनी बिटिया के डॉक्टर हो जाने की मिठाई बाँटी। मेरा मन बुक्का मारकर रोने का हुआ लेकिन किसी तरह खुद को सँभाला। नाक से पानी बदस्तूर बहता रहा।

अक्सर वह बड़े ठहरे मन से कहने लगता–

'बड़े बाबू, ऊपर वाले ने बड़ी किरपा करी। खूब निभाया राम। वह भी सुरग में बैठी खुस हो रही होगी। अब उसके पास भी कहने को क्या बचा? ज्यादा खुस हो लेती थी तो नयी दुलहन सरीखी लजाती थी। भीतर भाग भाग जाये। अब भगवान के दुआरे बैठी है। कहाँ भागेगी। मेरा ही इन्तज़ार करती होगी। बड़े बोल से भगवान बचाये लेकिन बाबू मैंने भी खूब कर लिया जिसकी उम्मीद नहीं थी। सोचता था पर डरता भी था। करता चलता था सो मालिक ने सुन ली। अब एक बचे पिरदीप सो वे भी पालीटेकनीक डिप्लोमा में पहुँच गये हैं। बड़े भाई की तरह इंजानीरंग में नहीं जा पाये। क्या है कि कामपिटीसन बढ़ गया है। दुःखी हो रहे थे। मैंने कहा, बेटा मन मत मार। भगवान की जो मर्ज़ी होगी, उसी में बरक्कत भी होगी। बिद्या हर हालत में मदद करती है। इसके उजियारे की छाँह गहकर बढ़ता चल, पढ़ता चल। प्रभु भली करेंगे...।'

फिर भी दुर्जन सिंह की आवाज़ में एक ख़लिश थी, बहुत हलकी लेकिन गैरमामूली जो उसने जल्द ही सायास दबा ली। जैसे एक साँस कलेजे में दम भर को तिकोन हुई और फिर सीधी निकल गयी। किसी को पता नहीं चला। हालाँकि आने वाली अगली साँसों ने इस भारीपन को देर तक महसूस किया। वह मेरे हालचाल पूछने लगा। ऐसा कभी नहीं रहा कि वह मेरे दुःख को जानता नहीं था, लेकिन उस दिन वह खास तौर पर दूसरे का दुःख जानना चाहता था। उसके भीतर फैलती व्याकुलता एक ठौर पर सिमटना चाहती थी। उसने ज़िन्दगी में इतने दुःख देखे थे कि वह उन्हें ज़बान पर आने

के पहिले ही आँखों के भीतर से पहिचान लेता था। उसकी बूढ़ी हो चली नजरें दूर खड़े आदमी को देखने में एकबारगी धोखा खा जायें पर पास बैठे दुःख को बखूबी जान लेती थीं। फिर वह मेरा हमेशा हमदर्द रहा। प्रायः कहता–

'आपको क्या समझाऊँ बड़े बाबू, आप तो पढ़े-लिखे गुनी, अंगरेजी जानने वाले। विधाता ने सब भाँति झोली भरी। आपकी भी नैया पार लगेगी। उसके दर पर देर भले हो, अँधेर किसी विध नहीं। हौसला रखो। सब ठीक होगा।...'

फिर वह एक ऐसी चुप लगा गया जिसमें खुद डूबता हुआ तल में कहीं गुम हो गया।

इधर कुछ दिनों से वह अपने बेटे-बेटियों की बातें नहीं सुनाता। कुछ उद्विग्न सा रहता। कभी एकदम चुप, कभी बोलते-बोलते चुप। एक अजीब सा सन्नाटा। इधर-उधर से पता चला कि बड़ा लड़का किसी मल्टीनेशनल कम्पनी की नौकरी में अमेरिका चला गया है। वहीं किसी मेम के साथ घर-गृहस्थी बसा ली है। साल-छह महीने में अंग्रेजी में रंगबिरंगा ग्रीटिंग कार्ड भर आ जाता है। लड़की ने चंडीगढ़ में एक धनाढ्य सहपाठी से शादी कर ली है। गैरजाति का है। दोनों एक बड़ा-सा नर्सिंग-होम चला रहे हैं। उनकी दुनिया ही बदल गयी है। फिर कुछ लाज शरम और कुछ क्लास फोर कर्मचारी का झंझरा क्वार्टर, शायद इसलिए कभी इधर नहीं आती। लेकिन नियम से हर माह बाप को पैसे भेज देती है। दुर्जन सिंह भी दिमाग़ का टेढ़ा है। बेटी के नाम से कोआपरेटिव बैंक में खाता खोल रखा है। जो पैसा आता, उसी में जमा कर देता। पासबुक पेटी में बन्द कर फिर गाय-बैलों की सानी बनाने में जुट जाता।

मेरा मन कभी छेद के भेद लेने में रस लेता। लेकिन वह कभी उन उड़ गये परिन्दों के बारे में एक शब्द नहीं कहता। जैसे उसने स्लेट पोंछ ली हो। क्या यह सम्भव है? पता नहीं चल पाता। वह बड़ी निस्संगता और तटस्थता से उसी आध्यात्मिक रपटीली भाषा में बोलता–

'बड़े बाबू कहता था ना कि सब धुआँ-धुआँ है। अपना-अपना सच। अपने-अपने सपने। अपनी-अपनी उड़ान। इस धुन्ध में काल किसको कहाँ ले जाये। कौन कब खो जाये। कब उड़ जाये। कहाँ

मुड़ जाये। क्या किसी को पता चला है? अब जिसने जो किया। सो अपने तईं ठीक किया होगा। मैं कौन उँगली उठाने वाला। अनपढ़, मूरख, गँवार। लेकिन दुःख होता है। एक बार पलटकर भी नहीं देखा! एक बार पूछा तो होता! किसने क्या, उन सभी ने जो गये और फिर बरहमेश को चले गये। दुःख तो होता ही है...होता है तो मन को समझा देती है। कौन? अरे वही मूरख। मुझसे भी ज्यादा गँवार। ऊपर बैठी-बैठी कहती है। परेसान ना हो राजेस के बापू, अब जैसे पिरदीप की नौकरी लगे, सब छोड़कर यहीं चले आओ। सरग में तुमाय लिए भी जगह छेंक रखी है मैंने। मन छोटा ना करना। तुमसे जो बना सो तुमने किया। यहाँ सब कह रहे हैं कि कोई कोर-कसर नहीं छोड़ी। अब जिसको जो करना है सो करने दो। तुमने अपनी ड्यूटी पूरी करी सो भगवान के लेखे है। जो आखिरी काम बचा है सो पूरा कर लो। पिरदीप को भी किसी हिल्ले से लगाकर जल्दी इधर चले आना। तुमाय बड़ी चिन्ता लगी रहती है। इसी महीने दो बार बुखार चढ़ा रहा सो अपना भी ध्यान राखो। ...अब जनम की मूरख, ग्यानवती बनके मुझे समझाती है। अरे नौकरी क्या पेड़ पर उपजती हैं कि राजेस के बापू ने झराई सो टप्प से झोली में आ गिरी। कामपिटीसन बढ़ गया है। राजेस, सरमिला के दिन और थे। अब निकल गये। आजकल नौकरी की मारामारी महामारी जैसी फैल रही है। कोई भी वर्ग के हो, अब बिना पैसा और बिना सिफारिस के, मामूली लोगों के बच्चों को कहीं कोई जगह नहीं। जमाना अजब तरह से पलट गया है कि सिर-पैर कुछ समझ में नहीं आ रहा। बच्चे मेहनत से पढ़ते हैं। छोटी उमर में आँखों पर चसमा चढ़ जाता है। दिन-रात एक करने के बाद भी क्या हासिल? आवेदन पर आवेदन करो। काग़ज़ों के ढेर लग रहे लेकिन क्या? भाग ने कपाट बन्द कर रखे हैं। पहले नाम का कलजुग था। असल रूप अब आया है। तो क्या करें? गुरु बाबा कहते हैं कि 'छाँड़िये ना हिम्मत, बिसारिये ना हरि नाम। जाही विध राखै राम ताहि विध रहिये।' वही ना कि धुन्ध में चलते रहो। धुआँ में लट्ठ भाँजते रहो, पिरभु ने चाहा तो किसी दिन भाग की मूड़ पर घल ही जायेगा। लेकिन कब? इतनी देर और अँधेर है कि मन रह-रहकर घबराता है पर बड़े बाबू विपरीत हवा है, पाँव जमाये रखना। प्रभु भली ही करेंगे।...'

क्या खाक करेंगे। पाँव तो उखड़ चुके हैं। इस बाबले को मेरे घर के हालात क्या मालूम। बड़ा बेटा बी.काम. और कम्प्यूटर की डिग्री सिर पर धरे गली-गली के फेरे लगाता रहा लेकिन प्रभु ने गरीब की नहीं सुनी। झख मारकर दो हज़ार रुपया प्रति माह पर टाइपिंग की दुकान में नौकरी करने लगा। सुबह नौ बजे जाता तो फिर पता नहीं कब लौटेगा। दस-ग्यारह बजना रोज़ की बात है। बताता है कि मालिक की सैटिंग कई दफ़्तरों में है। हर घंटे मूड़ पर पुलिन्दे पर पुलिन्दे। ज़ोर से साँस लो तो नटेरकर देखता है। चारों तरफ़ कागज़ ही कागज़! जैसे-जैसे कागज़ इफरात में बढ़ रहे हैं, भूख और गरीबी भी उसी भाव बढ़ रही है, विकास दर बढ़ रही है, महँगाई बढ़ रही है, नरक बढ़ रहा है। कहीं कुछ घट नहीं रहा है। देश आगे बढ़ रहा है। दुकान बढ़ रही है। अठारह-बीस लड़के लगा रखे हैं। टाइपिंग की फैक्टरी खोल रखी है। रात-दिन काम होता है। मैंने उसे बताया कि कारखाना सम्बन्धी श्रम नियमों के प्रावधानों के मुताबिक किसी भी कर्मचारी से आठ घंटे से अधिक काम नहीं लिया जा सकता है जिसमें आधा घंटा खाने की छुट्टी देना कानूनन लाजिमी है। उसने हँसकर मेरी ओर देखा जैसे किसी गावदी को देख रहा हो। उमर ढलते हर पिता को ऐसी जवान मुस्कुराहट में छिपा अपनी कमतरी का अहसास भीतर तक छेद डालता है। मैंने सिर घुमा लिया। फिर भी मेरी ओर सीधे देखता हुआ वह बोलता गया कि किस ज़माने की बात करते हो आप। ये चोंचले वहाँ नहीं चलते। लाइन लगी है। एक हटे तो दस घिघिया रहे हैं। दोस्त का मामा है सो तरस खाकर और अहसान जताकर नौकरी दी है। मैं चुप रह गया। उसका चेहरा देखता रहा। क्या जवाब दे सकता था भला। मेरा सब सोचा-समझा तो मानो पानी में बह गया, अकारथ, अपराध में भीगा, पछतावे में डूबा। समय ने बोलने से भी मोहताज कर दिया। लेकिन मन मुरझा गया। जवानी में क्या हालत हो गयी है इसकी! छोटे से मुँह पर बड़ा सा चश्मा। मुँहासों से भरे चेहरे की सूखी सिकुड़ती खाल पर जितनी ही उदासी और उससे दुगुनी निराशा। मनहूस और घुन्ना होता जा रहा है। हे धरणीधर, कहाँ हो राम...!

लेकिन उससे भी अधिक बुरा लगा दूसरे बेटे को देखकर। पढ़ाई-लिखाई में कभी मन नहीं लगा। दिन भर आवारागर्दी। काम-धन्धे

का कोई ख़याल नहीं और ना ही अपने भविष्य का। उसे इस बात का रत्ती भर मलाल भी नहीं । खटकने वाली ख़ास बात यह थी कि उसकी दिलचस्पी के दायरे कुछ अलग ही थे। कुछ हुनर ना होते हुए भी वह सबको हिकारत की नज़र से देखता और भली बात पर मुँह बिचकाता। कमीनगी के क़िस्से सुनाने में और हरामीपन की बातें करने में उसे विशेष आनन्द आता जो चेहरे पर दबंग निर्लज्जता के साथ खिलकर छलक-छलक पड़ता। उसके लिए सज्जनता बेवकूफी थी। विनम्रता दब्बूपन के अलावा कुछ नहीं। धोखा-धड़ी को होशियारी मानता। छल-कपट को गले लगाता और धौंस-डपट उसके आदर्श मूल्य थे। अपनी या दूसरों की नीचता की बातें गर्व और गौरव से बखानता मन मुदित होता। और यह सब करते हुए वह जाने किस आकाश में झाँक रहा होता। उसकी आँखों के उन भावों को देखकर मैं भीतर ही भीतर दहल जाता। यह लड़का ना जाने किस नरक में जा रहा है और किसी में भी उसे रोकने की हिम्मत नहीं।

बाबा, ऐसे ही रोते-कलपते और आशंकाओं में मरते-जीते दिन गुज़र रहे थे। लेकिन एक बात देखी। दिनोंदिन दुर्जन सिंह चुप और गहरा चुप होता जा रहा था। कारण पूछने का मन बहुत करे, लेकिन हमारी ही दुर्दशा रोज़ चारों तरफ़ से हो रही थी। अब अपनी ढाँकें कि दूसरे की देखें। इसी ऊहापोह में हम चल रहे थे और हमारे ही साथ-साथ बुरा वक़्त भी चल रहा था जैसे कैदियों के पाँवों में कड़ा फँसा दिये जाते हैं। उन्हीं दिनों वह क़िस्सा हुआ जो मैं आपको सुनाने जा रहा था लेकिन आदत से मज़बूर अपने दुःखों का रोना लेकर बैठ गया।

उस दिन हुआ यह कि साहब जल्दी घर चले गये। मैं उनके ही टी.ए. बिल के चक्कर में ऊपर लेखा कक्ष में गया था। लौटा तो क्या देखता हूँ कि साहब तो जा चुके हैं और चैम्बर में फ़ाइलों के ढेर के सामने अकबकाया खड़ा दुर्जन सिंह, कुछ कागज़ एक हाथ में लिए और दूसरे हाथ से सिर खुजा रहा था। मुझे देखते ही मेरी ओर लपका और बोला कि तुम अच्छे आ गये बड़े बाबू। साहब भारी काम बता गये हैं। पेट में उबलती भूख के मारे मैं वैसे ही चिड़चिड़ा हो रहा था। उस पर साहब के आदतन हरामीपन से झुंझला गया—

'क्या...क्या कह गये...?'

'मेरी समझ में कुछ नहीं आयो। आधे से ज्यादा तो अंगरेजी में बोल गये...'

'...फिर भी, कुछ तो कहा होगा...'

'...जई बोल गये कि इन फ़ाइलों के डिकटेसन पूरे कर लियो और साहब कह गये कि जिन काग़ज़ों में जहाँ-जहाँ निसान लगे हैं, बिलैडी फूल वहाँ करपसन कर लो और अपने दसखत करो और ज़रूर से कल दस बजे मुझे दिखाना। और कल साढ़े दस की मीटिंग में ले जाना है...बस, इसके अलावा कुछ माथे नहीं पड़ी...।'

मैं जो पहलेपहल समझ सका कि अब रात नौ बजे तक की फाँसी लग गयी। पेट का पित्ता-पानी हिल गया। फिर दुर्जन सिंह जो काग़ज़ात बता रहा था और जो कैफियत दे रहा था, वह तो बिल्कुल पल्ले नहीं पड़ रही। उन काग़ज़ों में हाल में खरीदे कम्प्यूटरों के खर्च का हिसाब-किताब था। उनमें कई जगह पेंसिल से निशान लगे थे। इनमें किस प्रकार करप्शन किया जा सकता है? साहब का मन्तव्य क्या है? बड़ा घुटा अफसर है। क्या करवाना चाहता है मुझसे? मरवा देगा क्या? करप्शन के केस में फँस गया तो मेरा सर्वनाश हो जायेगा। धरती डोलने लगी। हाथ-पैर ठंडे पड़ गये। बाल-बच्चों का क्या होगा। करूँ तो मरूँ, ना करूँ तो मौत समझो। समयावधि का काम है और साहब का सीधा हुक्म। समझ में कुछ आ नहीं रहा। अगर कल खाली हाथ काग़ज़ लेकर उनके सामने जाऊँगा तो वह राक्षस हाथ घुसेड़कर पूरे प्रान ही निकाल लेगा। अजब साँसत में जान फँसी। भरी ठंड में पसीना आ गया। रुआँसा हो गया। दुर्जन सिंह तो टोपी ठीक करके चुगद की तरह खड़ा बस मुझे ही हेर रहा था। कहीं कोई सहाय ना था। फिर मन में जुगत भिड़ाई कि बाकी सभी फ़ाइलों का डिक्टेशन वर्क पूरा कर लो और तड़के उठकर नौ बजे के करीब साहब के बँगले पर पहुँचकर, हाथ जोड़कर निवेदन कर डालो कि साहब, दुर्जन तो ठीक से समझा नहीं पाया पर साहब की प्रकरण में हिदायतें मिल जायें तो बिल्कुल, अभी एक घंटे में हजूर पूरा कर साहब की टेबिल पर ठीक दस बजे नोट पेश हो जायेगा। साहब की चार गालियाँ खा लूँगा। कोई हरज नहीं। पर नौकरी तो बची रहेगी। इस बात से मन को कुछ ढाढस बँधा। जल्दी-जल्दी फुर्ती से काम निबटाया। फिर भी ग्यारह से ऊपर बज ही गये। खाली दफ़्तर रात में भेस बदल लेता

है और अपने असली रूप में आ जाता है,...डरावना...जैसे भूतों का घर...। जाने कैसा-कैसा लगा और पहली बार लगा कि हमेशा जैसा भीतर लगता रहता था, आज वैसा ही बाहर भी लगा। चौकीदार को चाबी देकर फौरन जान छुड़ाकर घर को भागा।

उस छोटी पहाड़ी पर उन सुन्दर बँगलों की शृंखलाबद्ध क़तारें हैं जो उन खपरैल वाले आम बँगलों की परिभाषा में नहीं आते जिन्हें अंग्रेज छोड़कर चले गये और जिनमें अब बिगड़ी तकदीर के खस्ताहाल लोग रहते हैं। यह एक नयी बस्ती है जो नाज और नफासत से सरकारों ने बड़े सरकारी अफसरों के लिए बनवाई है और रोज़ बेहतर रखरखाव में सैकड़ों मुलाजिमों को सख्ती के साथ लगाया जाता है। वे बँगले एक-दूसरे के बगल में लेकिन एहतियाती दूरी के साथ बनाये गये हैं ताकि इस घर की हवा दूसरे में ना जा सके। वे आड़ी और तिरछी क़तारों में खड़े हैं, और उसी तरह, उन्हीं नज़रों से पास-पड़ोस और आने-जाने वालों को देखा-अनदेखा करते, अपने गुरूर में, अपनी व्यस्तता में और अपनी हिकारत में।

एक अजीब मुर्दनगी इस बस्ती के इस्तमरारी बन्दोबस्त में है जहाँ प्रवेश करने वाले मामूली लोगों के लिए अलिखित बन्दिशें हैं। घरों के चौतरफा सन्नाटा तैनात है। सड़कों पर कोई शोर-गुल नहीं हो सकता। इनसानी हँसी पर सख़्त ऐतराज किया जाता है। बच्चे भी धीमी आवाज़ों में बचपन गुज़ार लेते हैं। ज़ोर से कहे शब्द बरदाश्त नहीं किये ज़ाते। यहाँ अपने आप रीढ़ की हड्डी दो इंच नीचे सरक जाती है। रटे-रटाये अटपटे वाक्य लटपटाकर ज़मीन पर बिखर जाते हैं और जिन्हें अपनी जीभ से साफ़ करना मातहतों के लिए लाज़िमी किया गया है।

अधिकतम वाहन चुपचाप निकलते हैं। हार्न कम ही बजते हैं। जैसे शवयात्रा में शरीक हों। लोग दबे पाँव चलते हैं। उनमें ज़्यादातर नौकर-चाकर, बाबू और वे परेशान हाल अधीनस्थ होते हैं जो अन्यथा तो अधिकारी कहलाये जाने का भ्रम रखते हैं लेकिन नौकरशाही की असली पर्तों में बाबू से ज़्यादा औकात नहीं होती। कुछ सम्भ्रान्त हतभागी बूढ़े पुरानी शाल और पुराने दिनों में सिर घुसाये या चेहरे की निरीहता गुलबन्द में छुपाये बगल से उदास गुज़र जाते हैं। अक्सर

एक-दो या चार तेज़-तर्रार मेमे चुस्त कपड़े और मर्दाने जूते डाँटे, फर्राटेदार अंग्रेज़ी में डपटकर बातें करती हुई तेज़ी से निकल जाती हैं। बाकी होते हैं सुबह की नित्यक्रिया को निपटाने के उपक्रम में छोटे मोटे और अजीब शक्ल सूरत के क़ीमती कुत्ते जो अपने नौकरों को साथ लेकर यहाँ वहाँ सूँघते घूमते हैं। उन्हें देखकर देशी कुत्ते कभी खुशामद भरे याचना भाव से और कभी नितान्त अक्खड़ तबियत से भौंकने लगते। इन हरामी कुत्तों को शरीफ बस्ती से हटाये-भगाये जाने के सौ-सौ जतन किये गये, उन पर तुर्श कानूनी कार्रवाई भी की गयी लेकिन हर बार कुछ ज़्यादा संख्या में वे पाये जाते। बँगलों के कुत्ते उन्हें अधखुली आँखों से लापरवाही से देखते और कभी डरकर सिटपिटाये ज़मीन में गड़कर ढेर सारा मूतने लगते। ऐसे समय बँगले के अदृश्य कोने से आती मेम साब की तीखी फटकार के पहले ही नौकर सजग हो जाते और देशी कुत्तों के साथ इस कदर बेरहमी से पेश आते कि बदज़ात दुम छोड़कर अपने ठिकानों की तरफ़ किकियाते दौड़ लगा देते। उन दुमों को विजय पताका की तरह लहराते हुए नौकर बँगलों में लौटकर तब तक डाँट खाते जब तक कि वे उन दुमों को अपने पिछवाड़े सजा नहीं लेते।

विशाल आलीशान बँगलों के सुरुचिपूर्ण आकृति और रंग-बिरंगी प्रकृति वाले आभिजात्य लॉन अमूमन वीरान और उदास पड़े रहते हैं। फूल पत्तियाँ चुप। हवा शुष्क। फ़िजा मनहूस। बाहर दबंग कुत्ते खुले घूमते हैं। भीतर साहब लोग बँधे रहते हैं। बाहर सिर्फ़ कभी-कभार उनकी चप्पलों की हलकी आहटें या एक-दो आधे-अधूरे शब्द या वाक्य ही मुश्किल से आ पा़ते, वह भी तब जब ध्यान लगाकर सुना जावे वरना घर भर में लगातार केवल मेम साहबों की ऊँची तेज़ तीखी और तल्ख़ आवाज़ों और निर्देशों का मलबा अर्श से फ़र्श पर टूट-टूट कर गिरता रहता है।

ठंड की उस सुबह जब मैं कॉलोनी में घुसा, ठंड कम थी। लेकिन हमेशा की तरह, नामालूम क्यों एक बार फिर भीतर तक सिहर गया। गेट के बाहर साइकिल टिकाई। पुराने कोट की बाँह से नाक पोंछी। तब घड़ी में साढ़े आठ बज रहे थे। सर्दी शुरू होने के मौसमी संकेत यहाँ-वहाँ दिखने लगे थे। बँगले में भीषण निस्तब्धता थी। जैसे अभी-अभी यहाँ से ताज़ी मैयत उठाई गयी हो। पीठ दिये माली लॉन में

गुलाब की क्यारी गोड़ रहा था। गुलाम अली ड्राइवर कार पोंछ रहा था। बीच-बीच में वह बोनट के अक्स में चेहरा देखता। कुछ गौर से। और फिर तेज़ी से चलते उसके हाथ शिथिल पड़ जाते जैसे नदी की धार में पुरानी गठरी धीरे-धीरे डूब रही हो। मुझे देखकर वह हँसा। उस हँसी में मेरे लिए कम और खुद के लिए दिलासा ज़्यादा थी। उसी के पास भरोसी खड़ा था। वह कचरे की टोकनी बाहर फेंकने के लिए निकला था और आदतन अली से बातें करने में उसका मन रम गया था। वह जितने फुसफुसाकर बोल रहा था, उतने ही भेदिया अन्दाज़ में आँखें नचा रहा था और उसकी इन हरकतों में उसके शरीर के बाकी अंग भी उसी नीचता से सहज शामिल थे। मुझे देखकर वह इरादतन हँसा। मैं भी हँस दिया। इसके अलावा मेरे पास कोई चारा नहीं था। यद्यपि नहीं जानता कि मैं क्यों हँसा। शायद उसके संग-साथ के लिए जिसकी उम्मीद फिजूल थी, तो फिर क्या मैं अपना बचाव कर रहा था! तय है कि उस वक़्त मैं कोई आश्वस्ति ढूँढ रहा था। मैं हर जगह एक अपराध बोध में जाता हूँ, लगभग क्षमा याचना करता हुआ, कोई तसल्लीबख्श आवाज़ या आधे-अधूरे रहम भरी निगाह की भीख माँगता हुआ। बदले में डाँट-फटकार, दुत्कार और जलालत से लतपथ बदन और खिसियाहट के बोझ से दोहरा होता वापस लौटता। यह अजाना अपराध बोध इतना गहरा है कि अपने घर की दहलीज में घुसते भीतर ही भीतर ठिठककर सिकुड़ जाता हूँ। दफ़्तर में जाते यूँ लगता है कि किसी कसाईबाड़े में ठेला जा रहा हूँ और अब हर जगह मुझे उन तमाम आरोपों के सामने होना है जिनके उत्तर मेरे पास नहीं हैं और सवाल समझ के बाहर। घर के अँधेरे-ठंडे कमरों की राहत भी दुःख नहीं हरती बल्कि मरहम सी जलती और चिलकती है।

लेकिन भरोसी ही क्यों, और भी सब क्यों हँसते हैं, मुझे नहीं मालूम। यक़ीनन वह स्वागत क़ी हँसी या सौहार्द भरी आत्मीय नज़र नहीं होती। उसमें हमेशा की तरह एक कमीना कौतूहल होता। इसी बँगले में बड़े पापाजी डिक्टेशन के दौरान मेरी जो दुर्गत बनाया करते थे, ये सब लोग उन प्रसंगों के आनन्दित दर्शक और चश्मदीद गवाह रहे हैं। पूरे समय मेरी बेकसी पर बेशर्मी से हँसने के बाद बाक़ी वक़्त इन्हीं लोगों ने मेरी ज़िल्लत और फज़ीहत के क़िस्सों का रंग-बिरंगा

बेहूदा प्रचार-प्रसार भी बखूबी किया। जबकि वे सभी चौथे और पाँचवें दर्जे के कर्मचारी थे, उनमें से कई तो अस्थायी भी, जबकि मैं उनसे कई ग्रेड ऊपर था। और अब तो मैं बड़े साहब का पी.ए. और स्टेनो था। जब मैं उनकी मासिक उपस्थिति सत्यापित करता, तभी इन कमबख़्तों को तनख़्वाह मिल पाती। लेकिन इन सब बातों को वे बिल्कुल तवज़्जो नहीं देते। उलटे दफ़्तर में शेर की तरह आते और सिर पर खड़े होकर काम करा ले जाते। मेरे पहले द्वारिका बाबू साहब के स्टेनो थे। वे जब टेढ़ी नज़र से घूरते तो यही सब साले एक पोंद से हगने लगते थे। लेकिन मुझे कुछ समझते ही नहीं। शायद मुझमें ही खोट है। पत्नी तक कहती है कि हर कोई मुझे दबा लेता है। शायद यह सच है। दूसरे क्या, मैं तो अपने बच्चों से भी ज़ोर से नहीं बोल पाता। वे ही मेरे ऊपर गरजते बरसते रहते। क्या करूँ। कमी नहीं अपने दुःखों की। पर किससे कहूँ? कहाँ जाऊँ? किसको बताऊँ???

कचरे की बाल्टी झुलाते हुए भरोसी बोला, 'आ गये बड़े ब्राबू, सवेरे-सवेरे, क्या।'

मैं उसे अपने आने का प्रयोजन बता पाता, मेरे खँखारकर गला साफ़ करने के पहले ही अली बोला, 'अबे, सरकारी काम होगा, साहब को बता दे।'

'साहब को सवेरे-सवेरे किसी से भी मिलना पसन्द नईं...क्या...'

भरोसी को बात नहीं जँची। आँखें नचाकर और लगभग घूरते हुए बोला, '...दो-तीन लोगों को अभी तक भगा चुका। उनमें से तो एक बड़ा टाई-सूट डाँटे था। मैंने कह दिया, जाओ दफ़्तर में। बँगला में नो टैम। क्या...। कहन लगा कि कार्ड रख लो। मैंने कहा, खोंस लो भीतर। क्या...। इतना सा मुँह हो गया। पिछवाड़ा हिलाता फौरन सटका।....क्या। जैसे-तैसे उन्हें भगाया सो अब तुम आ गये, क्या...'

मैं खून का घूँट पीकर रह गया। बस किसी तरह बता पाया कि ज़रूरी काम है। साहब को इत्तला कर दो और उलटी हथेली से नाक पोंछने लगा।

'...क्या इत्तला कर दो...बता दिया ना कि साहब को पसन्द नईं। पर टलते ही नहीं। तो कह देता हूँ साहब से। साहब फाड़ें तो मेरी जिम्मेदारी नईं। समझे क्या...यहीं खड़े रहना, भीतर शेरू भैया खुले हैं...'

कहता हुआ वह भीतर चला गया।

मैं मन ही मन हनुमान चालीसा पढ़ने लगा। बँगलों में साहब के कुत्तों को भैया कहने का रिवाज है जो नौकर-चाकरों और दीगर कमजात लोगों के लिए निहायत कानूनी होता है। मुझे डर लगा। यह शेरू बड़े नीच स्वभाव का है। आदमी पहचानता है। हम जैसे लोग आते हैं तो उछलकर सिर पर लपकता है। दूसरे बड़े लोगों के आने पर उनके पैर चाटता है। आज कल कुत्ते भी इतने होशियार हो गये हैं कि वे ऊँच-नीच, छोटा-बड़ा, जाति, धर्म, औकात हम आपसे जल्दी और ज़्यादा समझते हैं। अब ख़ैर इसी में है कि उनसे दब कर रहो। मैं ज़मीन में थोड़ा और धँसकर खड़ा हो गया।

मैला कपड़ा निचोड़ता अली बोला, 'साला, दिन भर भीतर चप्पलें खाता रहता है, बाहर भभकी देता है। कमीना इतना है कि हगते को मारे। दरअसल जनाब, खोट हम में ही है। गरीब लोग एक दूसरे को काटते हैं, एक-दूसरे को जलील करते हैं जबकि जिन लोगों को वाकई जलील करना चाहिए, उनके हियाँ दुम हिलाते हैं...बुरा मत मानिये...ज़माने ने ज़ुबान कड़वी कर दी है। आप तो भले आदमी हैं...बरामदे में बैठिये...आते होंगे...और हाँ, बड़े बाबू, मेरे बेटे नजीर की दरख़्वास्त पर कुछ ग़ौर हुआ। कल्लन मियाँ के रिटायर होने पर ...खाली जगह पर...अगले महीने की ही तो बात है...साहब से अर्ज कर रखी है...खुदा जाने क्या हो, उम्मीद तो है...उसकी आँखों में क्षोभ भरा हिलता अविश्वास था और चेहरे पर तिरस्कार की सूखी हँसी लेकिन बाहर को निकल पड़ते बड़े-बड़े पीले दाँतों से निरीहता झर रही थी। वह एक प्रार्थना थी लेकिन कितनी अजब, घृणा भरी और लगभग गाली देती हुई!

तब तक भरोसी ने मुझे बरामदे से आवाज़ दी और मैं लपककर पहुँचा। भीतर से झल्लाते हुए साहब निकले। वे लाल-पीले फूलों और उस पर झपट्टा मारती काली चिड़ियों वाला लम्बा और फूला हुआ गाऊन पहने हुए थे। मुझे विचित्र जान पड़े। जैसे साहब के भेस में सर्कस का जोकर हो। फ़िल्मों वाला मुकरी! और वक़्त होता तो मैं बेतहाशा हँस पड़ता। मुकरी बहुत हँसाता है। लेकिन जब उन्होंने बहुत तीखी सवालिया नज़रों से मुझे घूरा, मैं धड़ाम से ज़मीन पर गिरा। मेरी घिघ्घी बँध गयी। किसी तरह हिम्मत बटोरकर उन्हें काग़ज़ दिखाया और दुर्जन सिंह की बात बताई। वे पहले थोड़े अचकचाये

और फिर ठठाकर हँस दिये। उनके साथ मैं भी हँसने लगा। मुझे लगा, मैं संकट से उबर गया हूँ। उनके पैरों की तरफ़ झुकते हुए मैंने करीब का फ़र्श छू लिया जिसकी ओर साहब ने ध्यान नहीं दिया। उन्होंने नयी सिगरेट जलाई और मोबाइल पर यही क़िस्सा किसी को हँस-हँसकर सुनाने लगे। बीच-बीच में ब्लडी, ब्लडी फूल बोलते। फिर मोबाइल बन्द कर आनन्दित आँखों से देखा। मेरी ज़िन्दगी का वह अनमोल क्षण था जब साहब ने मुझे प्यार से देखा लेकिन जल्द ही उतनी ही हिकारत से कहा, '...ब्लडी फूल, मैंने करेक्शन...करेक्शन के लिए कहा था बेवकूफ। टेंडर अप्रेजल रिपोर्ट देखकर करेक्टेड आँकड़े भर दो...स्साला...'

वे फिर हँसे। उठते हुए बोले, '...गैट लॉस, ठीक ग्यारह बजे मेरी टेबिल पर टाइप्ड नोट रख देना...ब्लडी फूल।' और पैर घसीटते भीतर चले गये।

मैं हँसता हुआ बाहर आया। वाकई दुर्जन सिंह बिलैडी फूल है। सुसरे ने अर्थ का अनर्थ कर डाला। वो तो भला हो साहब का कि तत्काल समझ गये और हँसते हुए मामला निपटा दिया। बड़े पापाजी होते तो अभी दायें-बायें दोनों ही कान घण्टा भर खींचते। साहब होशियार है। क्या कहते इण्टैलीजेण्ट। एकाएक मेरा मन उनके प्रति अपार श्रद्धा से भर उठा जिसमें अपने बच जाने की खुशी से ज़्यादा साहब के बचा लेने की—मेहरबानी शामिल थी। आँखें छलछला आयीं। मैं बाल-बाल बच गया।

गाड़ी के पास खड़े उत्सुक अली ने पूछा कि क्या हुआ।

मैंने हँसते हुए कहा, '...कुछ नहीं, दुर्जन सिंह बिलैडी फूल है।...'

क़िस्सा सुनकर अली ने हताश होकर कहा, '...सो तो है...लेकिन जनाब, आदमी गज़ब की कुव्वत वाला है। अल्लाह निगहबान हो।...'

और चुपचाप कार पोंछने लगा।

दूर भरोसी संशय में खड़ा था। अब मैं हँसा और बाहर आ गया।

दफ़्तर में यह क़िस्सा ऐसा फैला कि चौतरफा हल्ला हो गया। रोज़मर्रा की मनहूसियत में हँसी-मज़ाक़ का दिलचस्प विषय मिल गया। कुछ उद्दंड नौजवान बाबू एक-दूसरे को बिलैडी फूल कहकर हो-हो हँसने लगे। एक किस्म से रोज़ का रिवाज ही बन गया। लोग किसी को

चाय पीने के लिए भी चलने को कहते तो यही कि चलो बिलैडी फूल, चाय पी लो। हालत यह हो गयी कि दफ़्तर के एक छोर से ज़ोर का नारा लगता—'बिलैडी फूल...' तो दूसरी ओर से समवेत हरहराते स्वरों की तोप छूटती—'बिलैडी फूल...' और बाढ़ के पानी सी साथ बहती भयानक हँसी सारे दफ़्तर को जल-थल कर देती। बाज वक़्त कॉरीडोर में आते जाते और दुर्जन सिंह के पास से गुजरते, आपसी बातचीत में बिलैडी फूल को गाना सा गाते या मज़े-मज़े एक-एक पग धरते **बि लै डी फू ल** कहते और कनखियों से उसे देखकर मुँह दबाये या मुँह चौड़ा कर हँसते। स्टूल पर बैठे दुर्जन सिंह का चेहरा अपमान से काला पड़ जाता।

साहब ने दूसरे दिन कह दिया कि यह आदमी सूरत से ही बेवकूफ नज़र आता है। हटाओ इसे। किसी कचरे में ड्यूटी लगा दो। हुक्म की तामीली फौरन की गयी। जब उसे स्टोर रुम का आर्डर दिया गया, उसका चेहरा हाथ में पकड़े काग़ज़ की तरह सफ़ेद था। बोला कुछ नहीं और तेज़ी से वापस मुड़ गया।

जैसा कि मैं पहले बता चुका हूँ, दुर्जन सिंह टेढ़े दिमाग़ का आदमी था। यह एक बार फिर सिद्ध हुआ जब घटना के कुछ दिनों बाद उसने सेवानिवृत्ति का आवेदन दे दिया। मैं हक्का-बक्का रह गया। कोई आदमी बीच में नौकरी छोड़ भी सकता है, इस बात की मैं कल्पना भी नहीं कर सकता था। उसे लाख समझाया। ऊँच-नीच की बातें और दुनियादारी का जनसुलभ ज्ञान भी दिया। लेकिन वह पत्थर की तरह अड़ा रहा। एक अजब सूखी हँसी चेहरे पर बिखरती रही। इस हँसी की दरारों में गहरा विषाद और आस्था की टूटन तो थी ही, लेकिन साथ में एक अखंडित आत्माभिमान और दृढ़ निश्चय भी टेढ़े-मेढ़े कोनों से भरपूर झलक दे रहा था।

उसने एक ही बात सधे सुर में कही—

'बड़े बाबू, अब नौकरी करने का जी नहीं होता। हाड़ तोड़कर नौकरी की है। गुलामी की तरह। पूरे छब्बीस साल। कई ऊँच-नीच देखी और सही भी। कितने साहब लोग आये और गये। कुछ ने इनाम भी दिया। कुछ ने नहीं दिया लेकिन भेरी गुड भेरी गुड कहा। पर जैसा अपमान इस बार मेरा हुआ है, वैसा कभी नहीं हुआ। कम पढ़ा-लिखा हूँ। भृत्य हूँ। समझने में कभी-कभार गलती भी हो जाती

है लेकिन कभी कोई नुक़सान नहीं किया। ना होने दिया। लेकिन इस बार तो गज़ब हो गया। मानो संगीन जुर्म कर डाला हो। सारे दफ़्तर में बिलैडी फूल बिलैडी फूल कहकर रोज़ मज़ाक़ उड़ाया जाता है। गरीब इनसान की कोई इज़्ज़त ही नहीं। ...आदमी सिर्फ़ पेट की खातिर नहीं इज़्ज़त के लिए भी जीता है। जहाँ लिहाज नहीं...इज़्ज़त नहीं...वहाँ एक पल भी नहीं रहना। आज भी जांगर में दम है। अपने खाने-पहनने लायक कमा सकता हूँ। दो बच्चों को बड़े ओहदों तक अकेली जान ने पहुँचा दिया। अब पिरदीप भी पैरों पर खड़े हो रहे हैं। मेरी खुद की क्या ज़रूरतें। दूध-दही के धन्धे से और पेंशन से जैसे-तैसे मेरा गुज़ारा हो जायेगा। गरीबी क्या देखी नहीं है? सूखी रोटी खाई है और आगे भी खा सकता हूँ। तो फिर एक कटोरी दाल के लिए क्यों रोज़-रोज़ का अपमान झेलूँ...हाय-हाय करूँ...ना जी ना, ऐसी नौकरी नहीं करना... ।"

और उठकर वह चला गया। मैं जाते हुए उसको देखता रह गया। मैं सोचता था कि उसके इस्तीफ़े से दफ़्तर में भूचाल आ जायेगा। कर्मचारियों में गहमा-गहमी होगी। यूनियनबाजी होगी। उसे मनाने के हर स्तर पर प्रयास होंगे। साहब भी उसे बुलाकर समझायेंगे। शायद क्या, मान ही जायेगा। सीधा-सादा ईमानदार है। बुरा लगा तो रूठ गया लेकिन लोग उसके पेट पर लात नहीं पड़ने देंगे। पर ऐसा कुछ भी नहीं हुआ। किसी के माथे पर शिकन तक नहीं आयी। किसी ने कुछ नहीं पूछा। उसका इस्तीफ़ा एक काग़ज़ की शक्ल में उसकी फ़ाइल में लग गया। रोज़मर्रा की तरह फ़ाइलें चलीं। साहब के हस्ताक्षर हुए। स्वत्वों का भुगतान हुआ। और दुर्जन सिंह भूतपूर्व कर्मचारी बन गया। उसके स्टूल पर छदामी लाल बैठने लगा। दफ़्तर ज्यों का त्यों चलने लगा। वही चाल बेढंगी। लेकिन मुझे गलियारा और साहब के बाहर पड़ा स्टूल खाली-खाली सा लगता। कुछ ऐसी कमी जिसने इस दफ़्तर को और अधिक बदशक्ल तथा असहनीय बना दिया था।

इधर मेरे घर के हालात दिनोंदिन गिरते चले जा रहे थे। बड़े लड़के की नौकरी, जैसी भी थी गनीमत थी, लेकिन छूट गयी। पूछो तो कुछ बताता नहीं। रोने लगता। पत्नी ने अकेले में समझाया कि ज़्यादा कहा-सुनी मत करना। ना जाने कैसा उसका मन हो रहा है। कल

छत के पंखे से फन्दा बाँध रहा था। मँझले ने देख लिया वरना अनर्थ हो जाता। मैं धक् रह गया। उधर मँझला किसी इंटरनेट कैफे वाले दोस्त के साथ ब्लू फ़िल्मों की सी.डी. के फेर में फँस गया। थाना पुलिस के चक्कर लगे। बड़ी मुश्किल से जमानत पर छूट सका। गाँठ से चार-पाँच हज़ार गये, इज़्ज़त अलग गयी। थानेदार ने छोड़ते वक़्त घुड़ककर कहा था कि साले को ठीक रखना वरना अगली बार पाँच-दस साल के लिए अन्दर जायेगा। लेकिन मँझले को किसी भी बात की शर्म महसूस नहीं हुई, उलटे दाँव फेल हो जाने का अफसोस बेशर्मी से मनाता और शातिर काँइयापन से बताता कि अगर ऐसा कर लेता या वैसा हो जाता तो अपन कभी फँस ही नहीं पाते और चुटकियों में मामला सुलटा लेते। उसकी संगत भी ख़राब हो चली थी। दुनिया भर के संदिग्ध चेहरे वाले लोग घर आते-जाते। देखकर बुरा लगता लेकिन मुँहज़ोर मँझले के मुँह कौन लगे। फिर गज़ब यह हुआ कि उससे छोटी लड़की ने तो नाक ही कटवा दी होती। वो तो मँझला उसे चोटी पकड़कर घर घसीट लाया वरना किसी टैम्पो ड्राइवर के साथ मुम्बई भाग रही थी और स्टेशन तक पहुँच गयी थी।

दिन-प्रतिदिन के इन सदमों को मैं झेल नहीं सका। एक रात छाती में ऐसा तेज़ दर्द उठा कि अस्पताल पहुँच गया। गुप्ता डाक्टर ने इत्मीनान से बताया कि दिल का दौरा पड़ा था। हालाँकि पहला है और मामूली। लेकिन दूसरा ख़तरनाक हो सकता है, क्या, होता ही है। ध्यान रखिये। अब ध्यान क्या खाक रखूँ। मुसीबतें एक के बाद एक सिर पर चट्टानों सी गिर रही थीं। बचने का उपाय नहीं। भागने की जगह नहीं। चारों तरफ़ कोई सहारा नहीं। आगे इतना अँधेरा कि डर लगता। पत्नी ने ढेरों मनौतियाँ मानीं। उसके साथ सैकड़ों मन्दिर-दरगाहों पर मत्था टेका। व्रत, उपवास किये, भभूत फाँकी। गंडे-ताबीज़ बाँधे। पर कुछ काम ना आया। दिल में अजब हौल सा बैठ गया। अभी उस दिन छोटा बेटा बारहवीं की परीक्षा में प्रथम श्रेणी में पास होने की ख़बर लेकर उमगता आया तो कभी अख़बार देखकर और कभी उसे देखकर मैं रोने लगा। वह मुझे टुकुर-टुकुर देखता रह गया।

दिल का दौरा पड़ने के बाद पत्नी मेरे पीछे ही पड़ गयी। डाक्टर की हिदायत के मुताबिक रोज़ सुबह घूमने के लिए भेजने लगी।

जिन्दगी भर सुबह उठने में कँटाली लगती रही लेकिन अब डर के मारे बड़े सवेरे उठता। सिर पर कन्टोपा और मफलर बाँधकर योद्धा की तरह घूमने निकल जाता। परन्तु सुरीले सौम्य वातावरण में घूमते हुए सारे वक़्त दिन-रात की वही चिड़-चिड़ और चिन्ताएँ दिमाग़ में वबंडर उठाती रहतीं।

ऐसी ही एक सुबह जब मैं डॉक्टर नवाथे की कोठी के पीछे से नज़र बाग की ओर जा रहा था, मुझे चिरपरिचित आवाज़ सुनाई दी। करीब, फिर करीब, और करीब।

...दही लो...मही लो...और दूध...फिर वही आवाज़। उसके साथ एक और आवाज़। एक अलग आवाज़।

सामने दुर्जन सिंह था। मैं खुश हो गया जैसे बहुत बरसों बाद कोई पुराना गोईंया मिल गया हो। लगभग दौड़कर उसकी साइकिल के करीब हो गया और हैंडिल पकड़कर खड़ा हो गया। कुछ बोल ही नहीं सका। दुर्जन सिंह साइकिल से उतर चुका था। उसने बहुत झुकते हुए मेरा अभिवादन किया और पीछे मुड़कर कहा, 'पाँव छुओ बड़े बाबू के। भाग खुले जो आज सुबह सवेरे बड़े बाबू के दर्शन हुए।...'

पीछे दूसरी साइकिल पर उसका बेटा प्रदीप था। नाटे क़द का साँवला नौजवान। गठा शरीर। उसकी आँखें ज़रूरत से ज़्यादा तेज़ और तीखी थीं। भरोसे से इनकार करतीं। बेमुरब्बत और सूखी। दोनों की साइकिलों में भाँति-भाँति के डिब्बे और केनें टँगी थीं। प्रदीप मज़बूती से अपनी साइकिल थामे हुए था और पिता की साइकिल को टेक दिये था। मुझे दुर्जन सिंह पहले की अपेक्षा ज़्यादा स्वस्थ और सुन्दर लगा। ना जाने क्यों। मैंने कन्टोपा उतार लिया और सिर खुजाने लगा।

'कैसे हो भइया...'

यह कैसी मेरी आवाज़...गले में अटकी...अजनबी और...फटी सी।

'बड़े बाबू भोलेण्टरी रिटायर लेके अच्छा ही किया। पिरदीप पालीटेकनक तो अच्छे नम्बरों से पास हो गये लेकिन नौकरी नहीं मिली। बेचारे ने खूब चक्कर लगाये। दफ़्तर-फैक्टरी सब एक कर दिये। मगर कुछ ना हुआ। क्या है बड़े बाबू कि कामपिटीसन बढ़ गया है। सब को नौकरी की पड़ी है। मैंने कहा अरे बाबले, नौकरी के पीछे टेम खोटी मति कर। मैंने खूब नौकरी कर के देख ली। उसमें बरक्कत नहीं है। गुलामी है। तू जी छोटा मत कर। कुछ नहीं

तो अपने घर का धन्धा सँभाल। काम कितना भी छोटा क्यों ना हो, मेहनत से तरक्की होती है। काफ़ी समझाया। पहले तो हिचकिचाया। पीछे हटा। अब नये ज़माने के लड़के हैं ना। हाथ के काम को अच्छा नहीं मानते। लेकिन फिर समझ गया। फंड के पैसे मिले तो मैं चार भैंसे और खरीद लाया। घर के बरामदे को घेरकर दूध, दही और डबलरोटी की दुकान खोल ली। दुकान खुली तो पबलक की डिमांड पर चार चीज़ें और रखने लगे। सवेरे दूध दही की फेरी और दिन भर दुकान। शाम को चकराघाट पर अगरिया वाले पंडिज्जी की कथा सुनना। अब पिरदीप का मन जम गया है तो डेरी की जुगाड़ में लगे हैं। हुसयार और मेहनती लड़का है। हफ्ते में दो चक्कर बेरछा मंडी से मावा ले आता है। चार-पाँच होटल बँध गये हैं। अच्छा चल रहा है बड़े बाबू...'

उसकी आँखें चमक रही थीं। लड़का निस्पृह भाव से खड़ा था। कुछ बोल नहीं रहा था। बस बीच-बीच में घड़ी देख लेता। मैं दुर्जन सिंह की साइकिल का हैंडिल पकड़े उसी तरह खड़ा था जैसे बचपन में पिता के पास खड़ा हो जाता था जब वे मेले से लौटकर आ रहे होते।

'...उस दिन वह घटना ना हुई होती तो मैं बिलैडी फूल, ज़िन्दगी से इतनी हिम्मत के साथ जूझ भी ना पाता। अपने आप को ठीक तरीके से जान भी ना पाता। फिर ये दिन भी ना आते। पिरदीप तो लगा रहता है कि पापा घर बैठो। खूब कर लिया। आराम करो। अब अपनी सेहत का ध्यान रखो। लेकिन मुझे क्या हुआ है? अरे मैं कहता हूँ कि मैं दुर्जन सिंह अभी बीस साल इसी तरह से चलता रहूँगा। ना कोई रोग-दोख और ना लाचारी। बढ़िया है। ऊपर से वो भी...आपकी बहू कहती है कि आ जाना, आ जाना, सब काम निपटा कर आ जाना। अभी जल्दी क्या है...लेकिन बड़े बाबू, आज तो जल्दी है। फिर कभी सीधे घर ही आऊँगा। चाय भी पियूँगा और दुनिया जहान की बातें करूँगा। अभी तो मैं चलता हूँ...'

वह साइकिल पर चल दिया। मैं उसकी पीठ हेरता रहा। कैसे पुष्ट कन्धे, कमान सा खिंचा शरीर और तेज़-तेज़ चलते पाँव। सुन्दरता चेहरे पर ही नहीं होती। वह मनुष्य में होती है, उसे चाहे जहाँ से देखो।

पीछे मोड़ से सुबह की ठहरी हवा को चीरती उस आवाज़ के हमकदम एक और बुलन्द आवाज़ साफ़-साफ़ सुनाई दे रही थी—

'...दही लोऽ...मही लोऽ...और दूधऽऽऽ...'

यह आवाज़ बरसों से सुनते आ रही दुर्जन सिंह की आवाज़ से कुछ अलहदा थी, सीटी सी नोकदार तीखी मगर भरी-भरी और बेहिचक...।

बेमन से घर लौटा। चित्त में विचित्र खलबली मची हुई थी। नहाना-धोना और पूजा-पाठ भी नहीं कर सका। पत्नी आशंकित हुई। वह विपत्तियों से वैसे ही घबराई हुई रहती थी। उसे किसी तरह शान्त किया। टिफिन ले कर रोज़ की तरह घर से निकला।

पर दफ़्तर जाने का मन नहीं हुआ। साइकिल दूसरी तरफ़ मुड़ गयी। पब्लिक बूथ से छोटे बाबू को कह दिया कि ज़रूरी काम है, दफ़्तर ना आ सकूँगा। ऐसा कहते दिल धुकपुकाता रहा। बाईस साल की नौकरी में बेवजह ऐसा कभी किया नहीं। सोचा भी नहीं। फिर साहब लोग छुट्टी देना पसन्द नहीं करते। पर मन को ठेल दिया। भाड़ में गये साहब और उनकी अरजेण्ट फ़ाइल। आज तो दफ़्तर नहीं जाऊँगा। नहीं जाऊँगा। बस्स्...।

बिला वज़ह यहाँ-वहाँ साइकिल घुमाता रहा। हैंडिल को प्ले करता रहा। पोस्टर देखता रहा। पहले की नज़र से अपने शहर को देखना मन में मौज उठा गया। बिना सोचे नज़र बाग की ओर बढ़ गया। बचपन से इसी बाग में खेलता-कूदता रहा हूँ। आज लगा कि जैसे फिर वापस आ गया हूँ। पुराने दिन नये-नये होकर लौटे। जाती ठंड की बिछुड़ती धूप के आलोक में पार्क में खिलते गुलाबों की क़तारों के साथ-साथ हरी घास के लम्बे-लम्बे कालीन बिछे थे। एक अच्छी जगह देखकर टिफिन के झोले को सिरहाना बनाया और पुराने दिनों का तकिया बनाकर लेट गया। टाँगें फैलाकर जैसे ही ऊपर नीले साफ़-शफ्फाक आसमान को देखा, अपना आज भूल गया। पंछियों की चहचहाहटें सुनाई दीं। बदन का बोझ धीरे-धीरे अपने भीतर घुलने लगा। बरसों बाद। परकोटा का प्राइमरी स्कूल दिखा। घंटी बजने लगी। आँखें मुँद गयीं।

...बीते हुए तमाम दिन, तमाम लोग, तमाम जगहें, तमाम बातें याद आने लगीं। जैसे कोई फ़िल्म चल रही हो। बीच-बीच में किसी ट्रेन के चलने और सीटी की आवाज़ आती। अपने छूट जाने का

डर धकिया-धकिया कर घेरता। अज़ब हालात कि जैसे नींद में हों और सपना देख रहे हों और भीतर कहीं बूझ भी रहे हों कि सपना देख रहे हैं। और फिर दिल को हमेशा घेरती वे तमाम बातें जो एक पल भी खुद को भूलने नहीं देती। जोंक की तरह ज़िन्दगी से चिपटी हुई...ढेर सारी बातें जो अब तक मन की भीतरी खोहों में दबी छिपी रहीं, आज सब बेबाकी से सामने आ रही हैं। क्या रही मेरी ज़िन्दगी? क्या कभी ऐसा सोचा था जैसा हुआ और लगातार हो रहा है? सब चल रहे हैं अपनी-अपनी तरह से। सिर्फ़ मैं हूँ जो चल नहीं रहा हूँ, घिसट रहा हूँ, ज़्यादा बेहतर कि घिसटाया जा रहा हूँ! मैं इतना छोटा कैसे रह गया और लोग बहुत बड़े होते चले गये, यहाँ तक कि आज दुर्जन सिंह को देखा तो देखता ही रह गया। ऐसा क्या है दुर्जन सिंह में जो मुझमें नहीं है! ऐसा क्या है जो वह अच्छी-खासी नौकरी को एक क्षण में लात मारकर दूर खड़ा हो जाता है, जैसे कुछ खास नहीं, सिर्फ़ पानी से हाथ धोये हों। क्या मैं ऐसा सोच भी सकता हूँ? अपने सगों के साथ ना देने और मुँह मोड़ने पर भी जो टूटता नहीं बल्कि गाँठदार पेड़ की तरह ज़्यादा मज़बूत होता जाता है। मेरी आँखों में ज़्यादातर आँसू तो मेरे अपनों ने दिये हैं जिसके दलदल में मैं डूबता जाता हूँ। मदद के नाम पर एक और धक्का मिलता है। मेरे भीतर इतना डर, इतना दब्बूपन क्यों और कैसे है? जिसे सोचने मात्र से मेरे अंग-अंग काँप उठते हैं, वह सब कुछ सिर्फ़ एक झटके में, मामूली हरकत की तरह, वह कर जाता है और चेहरे पर शिकन तक नहीं होती, बल्कि खास खुश नज़र आता है!

उसमें और मुझमें यह फ़र्क़ क्यों और कैसा है? जबकि हम दोनों आम इनसान हैं। बल्कि सच तो यह है कि मैं ज़्यादा अच्छे घर-परिवार और वातावरण में पला-पुसा। ज़्यादा पढ़ा-लिखा, ज़्यादा हैसियत और इज़्ज़त वाला भी। वह अनपढ़, गरीब, छोटी जात का और हमेशा से साधन हीन! तो फिर वह कैसे आगे बढ़ जाता है और मैं पीछे छूट जाता हूँ! क्या किसी सरकारी आरक्षण की बदौलत? क्या यह इतना बड़ा कारण ठहराया जा सकता है? ऐसा सोचना बेहूदगी के अलावा कुछ नहीं। यह एक छोटा मोटा, वक़्ती तौर पर सहारा हो सकता है लेकिन ज़िन्दगी से धुआँधार मुठभेड़ में धारदार हथियार नहीं बन सकता। तो क्या यह उसके और मेरे डी.एन.ए. का फ़र्क़ है, या जींस

का या पूर्व जन्म के कर्मों का लेखा-जोखा या जन्म-जन्मान्तरों के पाप-पुण्यों का फल या विधि का अन्धा विधान या ईश्वर का अजूबा न्याय! या इन सब झमेलों से हटकर कुछ और है जिस पर हमारी नज़र नहीं ठहरती? क्या वह उसका साहस, हठ या ज़िद है और किस तरह वे सब उसके ख़ून में उबलकर बहते हैं कि वह औरों से अलग-थलग दिख पड़ता है?

इस सारी ऊहापोह में दिल डूबता चला गया। किनारा नहीं दिखा। एक धारा में बहते-बहते नींद गहराने लगी। और ना जाने क्या-क्या दिखाई पड़ा। सैकड़ों-हज़ारों लोग। वे सभी दिखे जो कभी कहीं मिले। वे भी दिखे जो कभी कहीं नहीं मिले। इन सबके बीच दूब से ऊपर ऊँचे आसमान तक फैलता दुर्जन सिंह दिखा। और दूर ठहर गया। हँसता हुआ। बुलाता हुआ। मैं उसकी तरफ़ बढ़ना चाहता हूँ। लेकिन जिस्म जैसे ठस्स् हो गया है। चीखना चाहता हूँ। उसे पुकारना चाहता हूँ। आवाज़ नहीं निकलती। मेरा दम घुट रहा है। वह सब कुछ जो मैं चाह रहा हूँ, वह सब कुछ जो मेरे करीब है, बहुत करीब कि हाथ बढ़ाकर उसे छुआ जा सकता है, पाया जा सकता है लेकिन वह सब कुछ मुझसे दूर, और दूर, बहुत दूर होता जा रहा है। दुर्जन सिंह का चेहरा और आवाज़ धुँधली पड़ रही है। घर के चूल्हे में से अचानक ऐसा भयानक धुआँ कैसे निकला कि साँसें रुँध रही हैं और जैसे मैं मर रहा हूँ। ...आखिरी दभ निकलने की चीख से पहले मेरी छटपटाहट के घेरे में प्रवेश करता एक हाथ, एक बलिष्ठ हाथ मुझे अपनी तरफ़ खींचता है। गहरे काले रेशेदार रुँओं से भरा एक गेहुँआ मज़बूत हाथ जिस पर हरे खुरदुरे में दुर्जन सिंह लिखा है। मैं खींचा जा रहा हूँ। लगातार खिंच रहा हूँ। अब ना कोई धुआँ, ना घुटन और ना घबराहट। एक शान्त लहर मुझे भिगोकर फिर-फिर वापस आ रही है। मैं उस नीम बेहोशी में डूबता चला गया।

जब कुछ ठंड लगी तो आँख खुली। सिर पर से धूप नदारद थी। हलकी-हलकी ठंड हवा में भरने लगी थी। चारों ओर नीरव शान्ति थी। दूर पेड़ के नीचे दुर्जन सिंह खड़ा था। नहीं। वहाँ कोई नहीं था। पत्तों वाली एक हरी डाल कुछ नीचे झुककर हिल रही थी।

फौव्वारे पर मुँह धोने लगा। देर तक धोता रहा। अपना चेहरा अपना नहीं लगा। जैसे किसी और का मुँह धो रहा था। बरसों बरस

से। मेरा चेहरा कहाँ है! मेरी शक्ल कैसी है, क्या मैं भूल गया हूँ, मैं सोचता रह गया।

लौटती ढलान पर साइकिल अनायास चल रही है। शरीर का वज़न नहीं है और ना साइकिल का। मन इतना हलका कि इसे आसमानों में फेंको तो धरती पर टप्पा खाकर फिर वापस छाती में उसी जगह जहाँ वह अब ज़्यादा नहीं रहना चाहता। यकायक एक हाथ उठाकर उसने ज़ोर से आवाज़ लगाई...

...बिऽलैऽडीऽफूऽलऽऽऽ...

घाटी में गूँज भर गयी। राह चलते एक-दो लोगों ने चौंककर देखा। उसने फिर वही आवाज़ लगाई। इस बार ज़्यादा खुली, बेबाक और देर तक, दूर तक फैलती हुई। अब किसी ने ध्यान नहीं दिया। पुलिया पर बैठा आदमी बकरी को बदस्तूर पत्तियाँ खिलाता रहा। पास में, एड़ियों पर उचक-उचक कर पेड़ से कुछ झराने की कोशिश में लगी छोटी लड़की ने मुड़कर ज़रूर देखा। और हँसी। और बार-बार हँसी।

हवा हलके-हलके चल रही थी। उसने दबाव देकर, भर ताकत दो-चार पैडिल मारे। साइकिल को फुल स्पीड में छोड़ दिया। हैंडिल पर से दोनों हाथ हटाकर पूरे गले से हूपिंग करता हुआ फिर चिल्लाया, ऐसे कुछ जैसे अक्सर बन्दर कठिन डाली से असम्भव चट्टान पर छलाँग लगाने के ठीक पहले किलकारी भरते हैं...।

□□